Christiane Gohl
Lea und Joker

Weitere Titel der Autorin:

Lea und die Pferde – Das Traumpferd fürs Leben

Christiane Gohl

LEA UND JOKER

Zwei Herzen im Wind

Boje

Dieser Titel ist auch als E-Book erschienen

MIX
Papier aus verantwortungsvollen Quellen
FSC® C014496

Neuausgabe

Dieser Sammelband enthält:
»Das Glück der Erde«, erstmals erschienen 2008 im Boje Verlag
unter dem Titel »Lea und die Pferde – Das Glück der Erde«
»Pferdefrühling«, erstmals erschienen 2008 im Boje Verlag
unter dem Titel »Lea und die Pferde – Pferdefrühling«

Dieses Werk wurde vermittelt durch die Literarische Agentur Thomas Schlück GmbH, 30827 Garbsen

Umschlaggestaltung: Christin Wilhelm unter Verwendung von Motiven von
© shutterstock/Viktoria Bondarenko, © shutterstock/BestPhotoStudio,
© shutterstock/Leona Kali und © shutterstock/tatishdesign
Satz: Dörlemann Satz, Lemförde
Gesetzt aus der Dante MT
Druck und Einband: GGP Media GmbH, Pößneck

Printed in Germany
ISBN 978-3-414-82478-3

5 4 3 2

Sie finden uns im Internet unter: www.luebbe.de
Bitte beachten Sie auch: www.lesejury.de

DAS GLÜCK DER ERDE

Die Chance meines Lebens

Es geschah aus heiterem Himmel. Oder eigentlich doch nicht. Wenn ich richtig darüber nachdenke, gab es von Anfang an Warnsignale. Ich hatte sie nur ignoriert. Als Dreijährige zum Beispiel wünschte ich mir ein Bobbycar. Was aber kaufte meine Mutter? Ein Schaukelpferd. Und während die anderen Kinder in schnittigen roten oder blauen Kleinwagen herumflitzten, musste ich sehen, wie ich dieses sperrige Teil irgendwie vorwärtskriegte. Die Schleifspuren auf dem Parkett in unserem Wohnzimmer sind bis heute zu besichtigen.

Später bekam ich dann ein Barbiepferd und eine ganze Anzahl seltsamer Gummimonster mit pinken und hellblauen Locken, die unter der Bezeichnung »Mein süßes Pony« zum Kämmen, Föhnen und Einlegen der »Mähne« einladen sollten. Leider zeigte ich keine Friseurambitionen, und als ich dem ersten die Haare einfach abschnitt, endete diese Episode. Nicht aber die unauffällige Manipulation Richtung Pferd. Als ich mich für Dinosaurier interessierte, erhielt ich ein Buch über frühe Säugetiere: »Guck mal, und das war das Urpferdchen! War das nicht süß?«

Wie gesagt, ich hätte gewarnt sein sollen. Aber im entscheidenden Augenblick gelang es meiner Mom dann doch, mich vollständig zu überraschen. Es war an einem Montagabend, und ich schaute harmlos ein bisschen fern, als sie hereinkam und beiläufig eine Zeitung auf den Tisch legte.

»Interessiert dich das?«, fragte sie und wies auf die Quizsendung im Fernsehen.

Ich zuckte die Achseln. Natürlich konnte ich mir Prickelnderes vorstellen. Zum Beispiel eine ausführliche Reportage über meine Lieblingsband: »Tierpension«. Nicht dass ich deren Entwicklung von der musikalischen Früherziehung bis zur Bambi-Verleihung nicht schon in jeder Einzelheit kannte. Aber ich konnte ihnen nicht nur stundenlang zuhören, sondern sie auch endlos ansehen. Vor allem Nico Chico, den Leadsänger ... und Bombo, den Drummer ... Aber ich schweife ab. Wenn ich jetzt anfange, von »Tierpension« zu schwärmen, bin ich morgen früh noch nicht beim Thema Pferd. Doch an diesem Montag hoffte ich auf Nico Chicos Auftritt in der Show – und tat mir deshalb auch die schwachsinnigen Quizteile an.

Jedenfalls protestierte ich nicht, als Mom jetzt entschlossen den Ton abdrehte. »Ich mache mir manchmal ein bisschen Sorgen um dich ...«, verfiel sie plötzlich in einen ernsthaften Tonfall.

Das war mir bis zu diesem Zeitpunkt gar nicht aufgefallen. Eigentlich bin ich kein Problemkind. Ich habe halbwegs gute Noten und spiele brav ein bisschen Klavier oder lieber Keyboard – schließlich will ich mich ja über irgendwas mit Nico unterhalten können, falls ich ihn mal treffe. Ich habe Freunde, Hobbys, eigentlich bin ich völlig normal.

»Dieses dauernde Herumhängen vor der Glotze zum Beispiel«, führte meine Mutter aus. »Das ist nicht gesund.«

Ich sah verwirrt auf die Uhr. »Was soll ich denn sonst machen?«, erkundigte ich mich. »Es ist halb zehn. In einer halben Stunde schickst du mich ins Bett.«

»Ich meine ja nicht jetzt«, schränkte Mom ein. »Sondern ganz allgemein. Außerdem: Findest du nicht, dass wir beide in der letzten Zeit ein bisschen wenig zusammen unternehmen?«

Ich runzelte die Stirn. Am Samstag waren wir mit der ganzen Familie im Kino gewesen. So ein witziger Film mit Computeranimation. Hatte sogar meinem kleinen Bruder gefallen. Und gestern hatten Mom und ich gemeinsam gekocht. Noch mehr Familie an einem Wochenende hätte ich echt ungesund gefunden!

»Weißt du, was ich denke?«, fragte Mom betont fröhlich. »Wir beide brauchen ein Hobby!«

»Haben wir doch«, bemerkte ich und drehte den Ton lauter. Vielleicht kam jetzt ja »Tierpension«. »Kochen zum Beispiel.«

Meine Mutter und ich kochen regelmäßig gemeinsam. Nicht einfach so »Spiegelei vorwärts und rückwärts«, sondern richtig anspruchsvoll.

»Gerade die Kocherei ...«, meine Mutter spielte mit der Zeitung, »... beunruhigt mich. Findest du nicht, dass wir in der letzten Zeit ein bisschen ... äh ... dick werden?«

Jetzt drehte sie völlig durch. Meine Mutter ist dünn wie eine Bohnenstange, sie hat früher sogar mal als Model gearbeitet. Und was mich angeht: Ich würde mir fast ein paar

Rundungen mehr wünschen. Im Brustbereich zum Beispiel. Da ist bei mir Flachland.

»Jedenfalls dachte ich an einen Sport!«, preschte Mom jetzt vor. »Hier, was hältst du davon?«

Begeisterung heischend hielt sie mir die Zeitung hin.

»Sie träumen von Pferden? Sie wollten immer schon Reiten lernen, aber es bot sich einfach keine Möglichkeit? Und jetzt fragt Ihre Tochter nach Reitstunden? Ergreifen Sie Ihre Chance! Unser ›Mutter-Tochter-Arrangement‹ bietet den idealen Einstieg in den Reitsport. Reiterverein Wienberg, Hohenrehburg, Am Wäldchen.«

Den Reitstall kannte ich. Ein paar Mädchen aus meiner Klasse verbrachten da ihre ganze Freizeit, um sich von Pferden im Kreis herumtragen zu lassen und im Mist zu wühlen. Aber mich zog es ehrlich gesagt nie in die Nähe von Tieren, die größer waren als ein Dackel.

»Hab ich nach Reitstunden gefragt?«, erkundigte ich mich misstrauisch.

Man liest ja schon mal von »multiplen Persönlichkeiten«. Vielleicht bin auch ich ein wenig gespalten? Oder sollte ich schlafwandeln?

»Ach komm, Lea, alle Mädchen lieben Pferde!«

»Ich liebe Nico Chico«, erklärte ich mit verklärtem Lächeln.

»Tierpension« erschien eben auf der Mattscheibe, und Nico begann mit seinem Song »Engelshaar«. Darin schwärmte er von einem Mädchen mit langem, weichem, lockigem Blondhaar. Meins war leider kurz, dunkelrotbraun und struppig. Aber es war ja nur ein Lied. Sicher hatte ihm irgendjemand anders den Text aufgedrückt, und in Wirklichkeit träumte er von einem Mädchen mit rundem Gesicht und Pickeln, ohne Busen, dafür mit Spargelbeinen. Gut, das war unwahrscheinlich. Aber er war ein ernsthafter Junge. Und ich hatte innere Werte.

»Das ist keine Liebe, das ist Schwärmerei!«, entschied meine Mutter, während Nico Chico über die Bühne tobte.

Zwischendurch zeigten sie Bombo in Großaufnahme – was hatte er da für ein süßes Tattoo über der rechten Augenbraue! War das ein Einhorn? Und bei Nico Chico galoppierte es über die Nasenwurzel. Cool! Aber bestimmt nicht eintätowiert, sondern aufgeklebt. Ob es die Dinger wohl irgendwo zu kaufen gab?

»Ein Pferdetattoo!«, bemerkte meine Mutter. »Niedlich!«

Ich warf ihr einen skeptischen Blick zu. Bisher gehörte der Gedanke, ich könnte mich tätowieren lassen, eher zu ihren Albträumen.

»Du, wenn es die Dinger irgendwo zu kaufen gibt, kleben wir uns vor der ersten Reitstunde beide eins an!«

So langsam fand ich die Sache bedenklich.

»Du meinst das ernst?«, erkundigte ich mich, als sich »Tierpension« unter dem Gekreische der beneidenswerten Mädchen im Fernsehstudio zurückzog und der Quizmaster wieder den Bildschirm übernahm. »Du willst wirklich reiten?«

Mami nickte.

»Warum machst du's dann nicht einfach?«, fragte ich. »Ich meine … wozu brauchst du mich dafür?«

Meine Mutter kaute auf ihrer Unterlippe herum. So

verlegen hatte ich sie selten erlebt. Dies war wirklich ein Abend der Überraschungen.

»Na ja, weil … es sieht doch ein bisschen komisch aus … in meinem Alter in der Reitschule … die anderen Anfänger sind schließlich alle höchstens dreizehn …«

Die meisten waren noch jünger. Die Pferdeverrückten in meiner Klasse waren durchweg bereits seit zwei oder drei Jahren dabei und gänzlich abgedreht. Die wachten mit dem Gedanken an Pferde auf und gingen damit schlafen – und statt einem Poster von Nico Chico hingen irgendwelche Bilder von wilden Hengsten über ihren Betten.

»Gibt's nicht so was wie Seniorenreitstunden?«, überlegte ich – und trat damit voll ins Fettnäpfchen. Meine Mutter blitzte mich empört an.

»Soooo alt bin ich nun auch wieder nicht. Im Grunde ist es genau wie in der Anzeige beschrieben … ich habe immer von Pferden geträumt, und nun …«

»Nun hast du eine Tochter, der die Viecher herzlich egal sind. Mein Beileid. Vielleicht kannst du mich ja noch umtauschen.«

Ich war jetzt auch etwas knatschig. »Jedenfalls setze ich mich garantiert nicht deinetwegen auf so ein lebensgefährliches Tier. Ich habe Höhenangst, ich brauche Bodenhaftung.«

Von meiner Seite aus war die Sache damit erledigt. Aber meine Mutter lächelte sadistisch. »Wetten, dass du gleich anders darüber denkst«, bemerkte sie mit einem Gesicht wie unsere Katze, wenn sich der Dosenöffner in die Whiskasdose gräbt. »Schließlich bist du doch … äh … ›tierlieb‹. Und die hier kann ich durchaus noch umtauschen.«

Theatralisch zog sie zwei Konzertkarten aus der Hosentasche. Mir fielen beinahe die Augen aus dem Kopf. »Tierpension«! Nächste Woche in Düsseldorf.

»Und das ist nicht alles«, fügte Mom hinzu. »Ich hab mit der Konzertveranstalterin gesprochen. Dein Nico Chico empfängt ein paar Mädchen backstage. Die Siegerinnen von so einem Preisausschreiben. Zwei mehr würden da gar nicht auffallen ...«

Meine Mutter arbeitet in einem Reisebüro, das auch Konzertkarten vertreibt. Wahrscheinlich hatte sie die kostbaren Tickets umsonst oder doch stark verbilligt bekommen. Und jetzt nutzte sie das, um mich zu erpressen. Sie hat einen schlechten Charakter.

Ich besann mich ebenfalls auf fragwürdige Erbanlagen und begann zu handeln. »Also gut. Wie viele Reitstunden?«

»Zehn für die Karten«, erklärte meine Mutter. »Und zwanzig für Nico Chico von Angesicht zu Angesicht.«

»Dreißig Stunden? Bist du verrückt? Bei einer Stunde pro Woche sind das siebeneinhalb Monate!« Ich war entsetzt.

»Stimmt, das ergibt eine ungerade Zahl«, meinte Mom ungerührt. »Sagen wir 32 Stunden. Dann sind es insgesamt acht Monate. Bis dahin liebst du Pferde!«

Mir fehlten die Worte, was selten vorkommt. Aber mit diesem Deal musste ich erst mal fertigwerden. Das Treffen mit Nico konnte höchstens eine Viertelstunde dauern. Und dafür sollte ich mich acht Monate schinden? War es das wert?

Natürlich war es das wert! Es war schließlich die Chance meines Lebens. Wenn sich Nico in mich verliebte ... Wenn »der Himmel Feuer spie« wie in seinem Lied, als er das Mädchen zum ersten Mal sah … Dann würde sich sowieso alles ändern. Vielleicht würde ich ihn demnächst auf Tournee begleiten – irgendwas machen … wobei mir auf Anhieb nicht allzu viel einfiel. Als Kostümbildnerin falle ich aus. Sobald ich eine Nadel anfasse, fließt Blut. Gitarren stimmen kann ich auch nicht – mein Musiklehrer bestätigt mir immer wieder das Gegenteil des absoluten Gehörs, aber das diagnostiziert er bei allen Fans von »Tierpension«. Und eine Köchin wäre an die Jungs verschwendet. Nico Chico ernährt sich von Hamburgern und Schokoriegeln … Aber letztlich waren das müßige Überlegungen. Wenn er sich in mich verliebte, würde sich schon ein Platz für mich finden. Ich musste nur an ihn rankommen!

»Achtzehn Stunden für den Backstage-Besuch. Also insgesamt sieben Monate«, machte ich meinen Gegenvorschlag. »Komm, Mommi, ich backe dem Gaul auch 'ne Möhrentorte!«

Letzteres schien sie zu überzeugen. Tortenbacken ist schließlich ein Liebesbeweis.

Mom nickte. »In Ordnung. Nächsten Dienstag geht's los … Drei Uhr, um halb fahren wir los. Wird dir bestimmt Spaß machen!«

Ich fuhr auf. »Aber das Konzert ist erst am Freitag!«, protestierte ich. »Können wir nicht nächste Woche …?«

Meine Mutter schüttelte energisch den Kopf. »So was nennt man Vorkasse!«, erklärte sie. »Außerdem habe ich uns schon angemeldet. Gib dir keine Mühe, Lea, da kommst du nicht mehr raus!«

Hoch zu Presslufthammer

»Den Teufel werde ich tun und das hier anziehen! Warum kann ich nicht einfach in Jeans reiten? Und Turnschuhen? Ich hab seit dieser Wattwanderung keine Gummistiefel mehr getragen. Gummistiefel sind uncool!«

Es war Dienstag, und ich starrte voller Entsetzen auf die Klamotten, die meine Mutter mir für die erste Reitstunde herausgesucht hatte.

Keine Ahnung, wo sie diese himmelblauen Leggins aufgetrieben hatte. Ob so was in ihrer Jugend vielleicht mal in war und sie die aus sentimentalen Gründen nicht weggeschmissen hatte? Hatte sie vielleicht ihren ersten Kuss in diesem Teil bekommen? Nein. Unmöglich. Niemand küsste ein Wesen in babyblauen Leggins mit zartgelben Tupfen.

Und dann diese Gummistiefel. Letztes Jahr waren wir auf Klassenfahrt in Norddeich, und unsere Lehrer bestanden auf eine Wattwanderung. Insofern hatten sich sogar die coolsten Mädchen in solche Teile gequält – selbst Jenny Rohde, die schon zweimal einen Freund hatte. Wobei Jenny allerdings hochhackige Gummistiefel aufgetrieben hatte, weiß der Himmel, wo. Sie waren ein voller Erfolg, bis sie sich damit im Schlick auf die Klappe legte … Aber an spektakuläre Stürze wollte ich heute besser gar nicht denken.

»Also schön, Jeans. Aber Gummistiefel! Reiten in Turnschuhen ist gefährlich!« Meine Mutter war gut gelaunt und insofern kompromissbereit. Außerdem trug sie selbst enge Jeans, anscheinend hatten sich keine Liebestöter in ihrer Größe gefunden. Dazu führte sie echte Reitstiefel spazieren. Auch aus Gummi, aber längst nicht so uncool wie meine Treter.

»Sie waren ganz billig …«, meinte Mom verlegen. Mir schwante Schreckliches. Sie musste es ernst meinen. Gewöhnlich investiert sie kein Geld in unsichere Sachen, und Reitstiefel kann man nun wirklich zu nichts anderem als zum Reiten gebrauchen.

»Hier, die hab ich auch nicht vergessen!« Fast verlegen zog sie ein Heftchen mit Klebe-Tattoos aus der Tasche – und rettete mir damit den Tag! Auf der Packung prangte ein Bild von Nico Chico mit Einhorn.

»Die sind ja süß!«, begeisterte ich mich. »Lizenziert von ›Tierpension‹! Aber sie sind noch gar nicht auf der Fan-Seite, und …«

»Ich hab halt Beziehungen«, meinte Mom geheimnisvoll. »Und nun mach, kleb dir eins auf und dann geht's los!«

Sie selbst schien nun doch auf das Tattoo verzichten zu wollen. Mir sollte das recht sein. An Müttern wirkt so was ja eher peinlich. Außerdem hatte ich so mehr für Glory und mich. Glory ist meine beste Freundin. Ich würde sie mit zum Konzert nehmen, und als kleines Dankeschön hatte sie mir gestern zwei Pferdebücher mitgebracht. Ihre Schwester reitet und besitzt eine halbe Bibliothek zum Thema Pferd. Zuerst hielt ich das ja für einen ziemlich schlechten Scherz, aber Glory meinte, ich solle nicht komplett unvorbereitet an die Sache herangehen. Pferde seien schließlich gefährlich, sie könnten vorn beißen und hinten ausschlagen. Darüber war ich dann fast ein bisschen gerührt. Wenigstens eine sorgte sich um mich, wenn meine eigene Mutter mich schon fahrlässig der Tiergefahr aussetzte. Aber wahrscheinlich hatte Glory auch nur eigensüchtige Gründe. Wenn die Gäule mich am Dienstag umbrachten, musste sie am Freitag zu meiner Beerdigung, und das Konzert fiele ins Wasser.

Letztendlich hatte ich ein niedliches Einhorn über meiner Augenbraue platziert und war mit meiner Erscheinung einigermaßen zufrieden. Die zartgrüne Glitzerwolke, auf der das Einhorn dahingaloppierte, passte zu meinen grünbraunen Augen und dem grünen Lidschatten, den ich sicherheitshalber aufgetragen hatte. Schließlich weiß man nie, wo einem der Traumboy begegnet. Meine rotbraunen Haare hatte ich mit etwas Gel bearbeitet und in zwei neckischen Büscheln hochgebunden. Die standen nun vergnügt vom Kopf ab, und ich sah den braven Dressurreiterinnen auf den Fotos in dem Buch von Glorys Schwester nicht ein winziges bisschen ähnlich. Das baute mich auf. Niemals wollte ich in einem derart traurigen, schwarz-weißen Outfit mit Oma-Haarknoten durch die Gegend reiten – wobei die Mädels auch nicht aussahen, als machte das Spaß. Stattdessen guckten sie ernst bis hochnäsig. Garantiert würde ich in den folgenden Monaten nicht zu einem solchen Wesen mutieren, das stand fest!

In Jeans, Sweatshirt und Schlick-Tretern folgte ich meiner Mutter schließlich unwillig zum Auto. Es war nicht weit bis zur Reitschule. Glorys Schwester pflegte den Weg mit dem Fahrrad zurückzulegen. Täglich. Und oft sogar zweimal. Wenn sie ausmisten durfte, war sie im siebten Himmel. Ich war fest entschlossen, dass mir so etwas nicht passieren würde. Ich war normal. Ich mochte keine Pferde. Ich mochte Jungs.

Allerdings gibt es auch unter männlichen Wesen echte Flops. Einer davon stieg gerade mit seinem Papi aus dem Auto, als meine Mutter auf den Hof des Reitstalls fuhr. Und wenn alle Typen hier so aussahen, verstand ich plötzlich, warum die Mädels Pferde vorzogen! Der Junge war rundlich – na ja, nicht fett, eher so kompakt –, ein bisschen wie Bombo von »Tierpension«. Aber nichts von dessen Bärchen-Charme oder gar von coolem Outfit! Der Typ trug eine Trainingshose, die an den Knien verbeult war und auch im hinteren Bereich erfolgreich den Eindruck erweckte, als verstecke er darunter eine volle Windel. Dazu führte er ähnlich grässliche Gummistiefel spazieren wie ich, aber seine waren obendrein schwarz-gelb kariert. Meine waren nur rosa. Der Junge warf einen Blick darauf und schaute mich anschließend fast mitleidig an. Meine Mutter grüßte seinen Vater. Ganz eifrig, anscheinend fand sie ihn attraktiv. Tatsächlich war er ein gänzlich anderer Typ als sein Sprössling. Groß, sportlich und muskulös. Nur das blonde Wuschelhaar und die graublauen Augen verrieten die Verwandtschaft. Ich bemühte mich, Vater und Sohn zu ignorieren.

Der Reitstall lag hübsch im Grünen, und das Wetter meinte es auch gut. Man brauchte keine Jacke. Ein Sweatshirt reichte, um nicht zu frieren. Vor meinem geistigen Auge erschien ein Prinz auf einem Schimmel. Vielleicht war es gar nicht so schlecht, über Sommerwiesen zu galoppieren – und Pferde auf grünen Weiden fand ich durchaus dekorativ. Was das anging, sah es hier aber mau aus. Viel Grün, doch keine Hottehüs.

»Wo sind denn wohl die Pferde?«, fragte meine Mutter ziemlich enttäuscht, worauf ich auch keine Antwort geben konnte.

»Im Stall wahrscheinlich«, meinte der Vater des peinlichen Jungen eher desinteressiert.

Hoffentlich freundeten die zwei sich nicht an! Wenn wir da jetzt hineingingen, stießen wir garantiert auf mindestens hundert Mädchen aus meiner Schule. Wenn die glaubten, der Typ gehöre zu mir, nur weil Mom mit seinem Dad flirtete …

»Ich hab gelesen, dass man sie in Reitschulen selten rauslässt. Dabei wäre das viel besser. ›Artgerechter‹, sagt man, glaub ich«, sinnierte meine Mutter.

Der Vater des Horrortypen blickte sie ungnädig an. »Aber dies sind Turnierpferde«, bemerkte er.

Ich ging entschlossen auf die Stalltür zu. Ein riesiges Scheunentor – und daneben eine normale Tür für Menschen ohne Pferd. Drinnen war es verhältnismäßig dunkel, nach dem Frühlingssonnenlicht draußen musste ich erst mal blinzeln, bevor ich etwas erkannte. Dann sah ich auf eine breite Stallgasse, mit Pferdewohnabteilen rechts und links. Sah ein bisschen aus wie Hühner-Massenhaltung, und die Geräuschkulisse passte auch. Mindestens zehn Mädchen gurrten und säuselten auf ein paar riesige Pferde ein, die sie vor ihren Ställen angebunden hatten. Zwischendurch tauschten sie sich in einer Art Fremdsprache mit ihren Freundinnen aus.

»Ich hasse ja das Martingal. Aber er pullt dann weniger.«

»Ja, gerade beim Springen. Man muss ihn sonst derart runterriegeln …«

Von meiner Mutter und mir nahmen die Mädchen keine Notiz, wahrscheinlich hatten sie alle mal mit rosa Gummistiefeln angefangen. Jetzt steckten sie allerdings durchweg in knallengen Reithosen und hohen schwarzen Stiefeln. Als der Knabe in den Schlabberhosen durch den Stall stolperte, folgten ihm dafür umso mehr Blicke. Klar, ein Junge war hier ein Exot, egal, wie er aussah. Einige Mädchen kicherten, andere verdrehten die Augen, aber dann gingen sie wieder zur Tagesordnung über.

Leider machte der Daddy des Typen die Sache schlimmer.

»Wo geht's denn hier zum Mutter-Kind-Kurs?«, erkundigte er sich bei einem der Mädchen.

Es klang, als handle es sich um eine Art Schwangerschaftsberatung. Das blonde, sehr schlanke Mädchen grinste entsprechend breit. Der Junge schien im Boden versinken zu wollen.

»Ich glaube, das macht Frau Witt im alten Stall. Da müssen sie noch mal über den Hof, das gleiche Gebäude wie die Reithalle. Jedenfalls haben wir da schon zwei Mädchen hingeschickt.«

Immerhin gab die Blonde höflich Auskunft. Sie sah auch sonst ziemlich brav aus, ihr Haar hatte sie zu einem artigen Zopf im Nacken geflochten.

Ich überlegte, ob die beiden Mädchen wohl ohne Mütter gekommen waren oder ob Erwachsene hier einfach übersehen wurden.

Letzteres schien der Fall zu sein, denn »im alten Stall« warteten bereits zwei Frauen und ihre etwa zwölf- bis dreizehnjährigen Töchter. Die Mädchen schienen sich zu kennen. Sie strichen begehrlich um ein gesatteltes Holzpferd herum, das hier in einem Vorraum der Halle auf Reiter zu warten schien. Vorher hatten wir einen weiteren Hühnerstall mit Pferden durchquert, noch dunkler als der vorige. Ob das einschläfernd auf die Vierbeiner wirkte? So wie das Tuch über dem Papageienkäfig? Irgendeinen Grund musste es jedenfalls haben, dass die Fenster hier winzig und in luftiger Höhe von mindestens 2 Meter 50 angebracht waren.

Die Frauen grüßten, als wir hinzukamen, wobei sie besonders den einzigen Mann in der Runde einer interessierten Musterung unterzogen.

Ich dagegen checkte eher das Outfit der anderen Mädchen. Beide trugen Jeans, eine Gummistiefel, die andere Turnschuhe. So gesehen lag ich richtig. Allerdings hatten sich die beiden sonst bemüht, dem Erscheinungsbild der Reiterinnen in den Büchern möglichst nahezukommen. Sie trugen traurige schwarze Pullis, und eine hatte sogar versucht, ihre blonden Haare zum Knoten hochzustecken. Die andere hatte kurzes braunes Haar und war rundlicher als ihre Freundin.

Ich beschloss, in die Offensive zu gehen, bevor sie den Eindruck bekamen, der Junge gehöre zu mir.

»Hi, ich bin Lea.«

Die Mädchen lächelten.

»Marie«, stellte sich die Blonde vor. Sie schien die Aktivere zu sein – hyperaktiv, wie sich später herausstellte. Marie konnte keine Minute still stehen und hörte eigentlich nie auf zu reden – es sei denn, ihre ebenso gesprächige Mutter beschallte die Gemeinde. »Und das ist Anna, meine Freundin.«

Anna war ruhiger. Maries Dauergequassel ließ sie an sich ablaufen wie Wasser am Friesennerz.

»Du hast ein lustiges Tattoo«, bemerkte sie. »Tierpension?«

Anna und ich schienen Gemeinsamkeiten zu haben. Ich fing an, von meiner Audienz bei Nico Chico zu berichten, wozu wir etwas von den Erwachsenen abrückten. Auch den Jungen übersahen wir demonstrativ.

Der ließ sich jedoch nicht abschrecken.

»Ich bin Thorsten«, sagte er kurz.

Bevor das darauffolgende Schweigen allzu peinlich wurde, erschien eine junge Frau in Reithosen. Sie hatte ein rundes Gesicht und kurzes braunes Haar, hielt sich sehr gerade, wie Sportlehrerinnen das immer tun, und lächelte breit.

»Also, hier haben wir unsere Teilnehmer für den Mutter – äh … Tochter-Reitkurs …« Die junge Frau blickte etwas irritiert auf Thorsten. »Oder Vater-Sohn-Reitkurs in diesem Fall …«, verbesserte sie sich ungeschickt mit Blick auf Thorsten und seinen Erzeuger. »Ich bin Helen Witt. Reitlehrerin. Ich leite den Kurs. Aber Sie wollen bestimmt eher die Pferde sehen!«

Frau Witt strahlte, ebenso Marie und Anna. Die beiden schienen es wirklich kaum erwarten zu können. Auch meine Mutter nahm Startposition ein, als gelte es, möglichst als Erste in den Sattel zu kommen.

Frau Witt hielt sie aber noch etwas zurück.

»Ich werde sie Ihnen – und euch – gleich vorstellen. Aber vorher wollen wir uns doch untereinander noch ein bisschen näher kennenlernen ...«

Frau Witt forderte uns alle auf, kurz zu erklären, wie wir auf die Idee gekommen waren, diesen Kurs zu belegen.

Anna und Marie preschten sofort vor. Die Initiative war ganz offensichtlich von ihnen ausgegangen, und sie hätten sich bestimmt auch ohne Mamis wohlgefühlt. Ihre Mütter machten allerdings beide den Eindruck, als wären sie ein bisschen »overprotective«. Ich kannte diesen Typ, meine Freundin Glory schlägt sich auch mit so was herum. Daher der Fachausdruck. Glory hat ihn aus dem Internet. Mütter dieser Art lassen ihre Kinder keine drei Sekunden aus den Klauen. Sie begleiten sie vom Kindergarten bis zum Konzertbesuch bei »Tierpension«, wobei sie nicht davor zurückschrecken, auch noch die Nacht vor der Halle zu verbringen, um vielleicht ein Autogramm für ihre Tochter zu ergattern. Je nach Typ leiden sie dabei stumm oder heucheln Begeisterung.

Maries Mutter war zum Beispiel der »Kumpeltyp«.

»Wir sind viel mehr Freundinnen als Mutter und Tochter, nicht, Marie?«, flötete sie bei der Vorstellung. »Und als Marie nun reiten wollte, dachte ich: Warum nicht auch mal so eine Erfahrung machen?«

Annas Mutter sah sich dagegen mehr als Opfer.

»Anna ist sooo unsportlich! Und jetzt diese großen

Pferde. Aber man will sie ja auch nicht entmutigen. Da hab ich einfach gesagt: Anna, ich mach da mit!«

Anna und Marie guckten gleichermaßen peinlich berührt.

Das war aber noch gar nichts gegen Thorsten. Ein Junge im Mutter-Tochter-Reitkurs ist schließlich von vorneherein der Gipfel der Peinlichkeiten.

Aber nun setzte sein Daddy noch eins drauf: »Thorsten braucht einfach Bewegung!«, erklärte er kurz. »Er neigt zu Übergewicht.«

Anna und Marie kicherten. Ich konnte mich gerade noch beherrschen.

»Und er benötigt Motivation. Wenn man ihn allein wursteln lässt, bringt er die nicht auf. Also mache ich mit. Die Sportart – also Reiten – war Thorstens Idee.«

Daddys Gesichtsausdruck sprach Bände. Man sah genau, was er davon hielt.

Thorsten schluckte. Er begann, mir ernstlich leidzutun. Überhaupt schwante mir Schlimmes: eine Mutter übermotiviert, zwei überängstlich und ein Gefängniswärter. Wir würden uns zweifellos großartig amüsieren.

»Warum hast du dich denn gerade fürs Reiten entschieden?«, wandte sich Frau Witt an Thorsten. Äußerst feinfühlig.

Aber Thorsten ließ sich nicht unterkriegen. Er grinste. »Im Kugelstoßen gab es keinen Mutter-Kind-Kurs«, gab er gelassen von sich.

Ich prustete los. Thorstens Vater schaute verärgert. Aber jetzt waren wir dran. Meine Mutter berichtete mit leuchtenden Augen von ihrer bislang im Verborgenen glimmenden Pferdebegeisterung. »Ich wollte schon als Kind reiten. Leider war kein Geld da, und es gab keine Möglichkeiten. Aber jetzt, da Lea in dem Alter ist … Die Mädchen interessieren sich ja alle für Pferde …«

Mom baute mir immerhin goldene Brücken. Ich brauchte eigentlich nur noch zu nicken. Frau Witt musste mich jetzt für schüchtern halten, aber das war besser als Lügen.

»Nettes Tattoo«, meinte sie, aber ich meinte, eher leichten Tadel in ihrer Stimme mitschwingen zu hören. »Aber vor dem Reiten solltest du es abnehmen. Du verlierst es, wenn du schwitzt. Und deine Zöpfchen musst du auch aufmachen. So passt da keine Kappe drüber.«

An eine Reitkappe hatte ich keine Sekunde gedacht. Aber sicher, die Dinger dienten ja nicht nur der Dekoration, sondern sollten einem im Zweifelsfall das Leben retten. Ich seufzte. Wenn ich meine gegelten Haare jetzt unter so einen Helm zwängte, würde ich hinterher aussehen wie eine nasse Katze. Vielleicht riskierte ich doch lieber den Schädelbruch?

Marie und Anna schienen schadenfroh zu zwinkern, Thorsten zog eine Augenbraue hoch. Verachtung oder Mitleid? Ich beschloss, dass ich hier einfach ein dickes Fell brauchte.

Also lächelte ich Frau Witt an und fummelte gehorsam die Spangen aus meinem Haar. Ich tat einfach so, als hätte ich die Kritik nicht herausgehört.

Ziemlich dickes Fell hatten auch die Pferde, die Frau Witt uns jetzt zuteilte.

»Einige haben noch ein bisschen Winterwolle, ihr müsst

kräftig putzen«, erklärte sie uns. »Das üben wir zuerst. Wer reiten will, sollte auch wissen, wie man das Pferd richtig vorbereitet. Wir arbeiten in Zweiergruppen. Hier, wer nimmt Fanny?«

Das betreffende Pferd war riesig, schwarz und wandte uns in seinem Stall das Hinterteil zu. Marie und Anna schreckte das nicht.

»Wir!«, meldeten sie sich sofort eifrig und grapschten nach dem Halfter an der Stalltür.

Frau Witt schaute erneut irritiert. Bei Zweiergruppen hatte sie wohl an »Familie unter sich« gedacht. Aber die Mädchen schienen wild entschlossen, ihren Müttern so fern wie möglich zu bleiben.

Die drängten sich daraufhin gleich nach dem Pferd in der Box nebenan. Von da aus hatten sie ihre Töchter immerhin im Blick. Das Tier hieß »Ronnie«, war braun und wirkte ganz umgänglich. Es war etwas kleiner und wandte uns wenigstens den Kopf zu. Das tat Nummer drei allerdings auch. Ein dicker Schimmel, der sofort die Ohren anlegte und die Zähne fletschte, als wir uns der Box näherten.

Was das bedeutete, hatte ich schon gelesen. Dieses Tier wünschte offensichtlich keine Streicheleinheiten. Ich zog mich zurück und trat dabei beinahe Thorsten auf die Füße, der ebenfalls auf der Flucht schien.

»Dies hier ist Allegra. Sie ist ein bisschen zickig, aber das ist nur Schau. Wenn sie erst am Anbinder steht, benimmt sie sich …«, behauptete Frau Witt. »Na, wer traut sie sich zu?«

»Ich!«, erklärte meine Mutter zu meinem abgrundtiefen Entsetzen – aber immerhin hatte sie einen Rivalen. Thorstens Papi war fest entschlossen, hier den starken Mann zu spielen.

»Der muss man mal zeigen, wo es langgeht!«, verkündete er.

Frau Witt ließ die Blicke kurz über ihre verbleibenden Schüler schweifen und las ganz richtig in Thorstens und meinem Gesicht. Keiner von uns schien willig, sich Allegra auch nur auf fünf Schritte zu nähern.

»Schön, Frau Groß und Herr Reiser, dann arbeiten Sie doch zusammen. Und für euch beide habe ich ein besonders nettes Pferd!«

Noch vor einer Stunde hätte ich empört aufgeschrien, hätte man mir eine Gruppenarbeit mit einer lebenden Peinlichkeit wie Thorsten zugemutet. Aber jetzt wollte ich nur noch überleben.

Thorsten lächelte schüchtern. Mir fehlten wieder die Worte. Glory hatte mal gesagt, Reitställe wären so was wie moderne Nonnenklöster. Was mich anging, stand ich kurz vor Ablegung des Schweigegelübdes.

Das »besonders nette Pferd« war sandfarben, kleiner als die anderen und so pummelig, dass Thorsten daneben gertenschlank wirkte. Seine Mähne war weiß, seine Augen groß und dunkel. Die Ohren trug es brav nach vorn gerichtet, und es machte keine Anstalten, zu flüchten oder anzugreifen, als wir ihm mit Frau Witts Hilfe das Halfter überzogen. Bei ihr sah das ganz einfach aus. Als wir es selbst versuchten, verwandelte sich das Ding allerdings in ein unübersehbares Wirrwarr aus Riemen und Schnallen.

Das Pferd – Toby – ließ unsere Versuche geduldig über sich ergehen. Überhaupt machte es den Eindruck, als pflege es sich Reitschüler einfach wegzudenken. Als ich zehn Minuten an ihm herumgeputzt hatte, ohne dass es auch nur eine Regung zeigte, fühlte ich mich ignoriert. Ich brauchte Ansprache. Aber alle weiblichen Wesen um mich herum waren voll damit beschäftigt, auf ihre Pferde einzusäuseln.

Schließlich wandte ich mich an Thorsten. »Und warum wolltest du nun wirklich reiten?«, erkundigte ich mich.

Thorsten grinste. Er fuhrwerkte ungeschickt mit Striegel und Bürste an Toby herum und war schon gänzlich mit Pferdehaaren bedeckt. Ich selbst sah vermutlich ähnlich aus. Zudem schien mein Tattoo sich zu lösen.

»Du kannst ja sprechen«, bemerkte er. »Und ich dachte schon, du schmollst. Oder versuchst es mit Telepathie …«

»Womit?«, fragte ich verwirrt.

»Ein Mädchen in meiner Klasse macht ›Tierkommunikation‹«, erklärte er. »Sie behauptet, sie stünde mit ihrem Pferd in dauernder Gedankenverbindung.«

Ich kicherte.

Thorsten zuckte die Schultern. »Bis jetzt fand ich das ja auch ein bisschen gaga, aber immerhin hält sie dabei die Klappe. Die dagegen …«

Marie erzählte ihrem Pferd gerade, was für süße, kleine Mauseöhrchen es hätte. Und meine Mutter murmelte etwas von »bravem kleinem Schnuckeltier«, während sie versuchte, Allegras schnappenden Zähnen zu entkommen.

»Also: Was denkt Toby?«, erkundigte sich Thorsten ernsthaft. »Komm, du kannst es! Lies seine Gedanken!«

Ich runzelte die Stirn.

»Möhren!«, sagte ich dann bedeutungsschwer. »Er versucht, sich uns alle als übergroße Möhren vorzustellen. Hat er in einem Kurs für Schulpferde gelernt. Positives Denken.«

Wir lachten beide.

»Nun sag schon, warum bist du hier?«, griff ich meine Frage von eben wieder auf.

Thorsten bürstete Tobys Mähne. »Du hast ja gehört, ich soll Sport treiben. Aber ich hasse Sport.«

»Und?«, fragte ich.

»Also habe ich mir den Sport ausgesucht, bei dem man sich am wenigsten bewegt. Ich brauche nicht zu rennen, ich werde getragen. Ich denke, es ist ein bisschen wie Go-Kart-Fahren. An die Putzerei vorher habe ich natürlich nicht gedacht.« Wir waren alle schon etwas verschwitzt, nachdem wir die Pferde erfolgreich enthaart hatten. »Und du?«

»Ich bin erpresst worden«, sagte ich düster. Aber bevor ich das näher ausführen konnte, rief Frau Witt zum Satteln. Das brauchten wir noch nicht selbst zu machen. Wir würden auch nur zwei Pferde mit in die Halle nehmen, Toby und Ronnie, der schon beim Anblick des Sattels leidend guckte. Ich hatte gelesen, Pferde hätten keine Mimik. Aber wenn das so war, musste ich ein Telepathie-Naturtalent sein. Für mich jedenfalls war ziemlich klar, wie die Vierbeiner zu all dem standen, was wir hier mit ihnen abzogen. Toby blickte gleichgültig, Allegra wütend, der Rest genervt. Ich beschloss, dem braven Sandfarbenen beim nächsten Mal eine Möhre mitzubringen.

Natürlich rissen sich die Streber unserer Gruppe – Mom, Marie und Anna – gleich darum, beim Satteln zu helfen. Dann führten Frau Witt Ronnie und Marie und Anna Toby triumphierend in Richtung Reithalle. Beide Mädchen redeten dabei wie ein Wasserfall auf den armen Toby ein. Ich hatte das Gefühl, als werfe er mir einen verzweifelten Blick zu. Vielleicht keine Möhren? Besser Ohropax?

In der Halle nahm Frau Witt zunächst Toby an eine lange Leine und ließ ihn im Kreis um sich herumgehen. Unsere einzige Teilnehmerin mit »Reiterfahrung« – Marie behauptete, im Urlaub schon mal geritten zu sein – durfte als Erste in den Sattel. Sie schwankte ziemlich darauf herum.

Frau Witt erklärte den richtigen Sitz. Aufrecht, Beine lang, Absätze tief, Fäuste aufrecht vor sich hertragen.

Es schien nicht schwer zu sein, Marie machte es mühelos nach. Sie wagte auch ein paar Gymnastikübungen, streckte die Arme hoch und drehte sich im Sattel nach rechts und links.

Ich begann, mich zu langweilen. Aber dann hob Frau Witt hinter Toby die Peitsche und bewegte das Pferd zu einer flotteren Gangart. Marie wäre beinahe heruntergefallen. Auf jeden Fall löste ihr schöner Sitz sich völlig auf, und sie hing über dem Sattel wie ein Pfannkuchen, den jemand ziemlich ungeschickt gewendet hatte. Schließlich verlor sie die Steigbügel, klammerte sich hektisch mit den Schenkeln ans Pferd – und fiel herunter, als Toby einen erschrockenen Satz vorwärts machte.

Frau Witt schien das gänzlich normal zu finden. »Das darfst du nie machen!«, erklärte sie Marie. »Das Pferd missdeutet es leicht als treibende Hilfe und wird dann noch schneller. Jetzt versuch es noch einmal und dann tauschen wir.«

Marie erhob sich bedröppelt. Für mein Gefühl hatte

Toby keinesfalls etwas missverstanden. Eher hatte er vor einem blonden Mädchen gescheut, das eben mit einer Peitsche in der Hand in die Reithalle kam. Sie wedelte missmutig damit in der Luft herum. Kein Wunder, dass Toby Angst bekam.

»Und du, Lena, halt die Peitsche tiefer, wenn du hinter dem Pferd hergehst!«, rüffelte Frau Witt sie jetzt ebenfalls.

Lena nickte desinteressiert und wandte sich dann Ronnie zu, um auch an seinem Kopfstück eine lange Leine zu befestigen. Wir arbeiteten also in zwei Gruppen, damit jeder so oft wie möglich aufs Pferd kam. Und dabei hatte ich mir schon ausgerechnet, dass ich höchstens sechs bis sieben Minuten pro Stunde in den Sattel musste. Thorsten machte ein Gesicht, als hätte er Gleiches erhofft, aber alle anderen zeigten sich begeistert, und vor allem meine Mutter strebte sofort auf das größere Pferd zu. Auch Thorstens Daddy musste sich wieder mal beweisen. Anna dagegen blieb bei Toby, schon um Marie zu zeigen, dass sie es besser konnte. Und Thorsten und ich waren uns in einer Hinsicht einig: je erdnäher, desto besser.

Schließlich fanden sich sämtliche Elternteile bei Ronnie, alle Kids bei Toby wieder.

»Seniorenreitstunde«, bemerkte ich und wies auf die Elterngruppe. Die anderen kicherten. Aber dann musste ich in den Sattel, und das Lachen verging mir. Schon wegen der Reitkappe, auf der Frau Witt tatsächlich bestanden hatte. Wir konnten uns vorerst welche leihen, bevor wir uns eigene anschaffen würden. Die Leihkappen sahen alle gleich verschlissen und verschwitzt aus. Bestimmt fand die »Gemeine Kopflaus« darin artgerechte Haltungsbedingungen. Ich wählte schließlich die neueste, auch wenn sie etwas klein war und mir schon beim Angucken Kopfschmerzen machte.

Marie und Anna sahen dagegen ganz professionell aus. Plötzlich verstand ich die reitstalltypische Frisurgestaltung. Thorsten wirkte nur albern. Er hatte eigentlich lockiges hellblondes Haar, ein bisschen länger als bei den meisten Jungs, wohl um von seinem etwas runden Gesicht abzulenken. Unter der schwarzen Samtkappe sah er aus wie ein Vollmond in Trauer. Ich wollte ihn großzügig vorlassen, aber er hielt sich so lange mit dem Verschluss der Kappe auf, dass ich schließlich als Dritte auf Toby kletterte. Das Pferd war rundlich, wie gesagt. Man saß ziemlich breitbeinig. Und dann bewegte es sich auch noch wie ein Wackelpudding. Dazu immer rundum. Nach ein paar Minuten war mir schwindelig.

»Können wir nicht mal geradeaus gehen?«, fragte ich Frau Witt.

Die lachte nur. »Wir können mal traben!«, erwiderte sie, und dann hatte ich endgültig keine Zeit mehr, über irgendetwas anderes nachzudenken als pures Überleben. Der Wackelpudding verwandelte sich unversehens in einen Presslufthammer. Ich verkrampfte meine Finger in der Mähne, versuchte, meine Unterschenkel eher abzuspreizen statt damit zu klammern, um das Pferd ja nicht noch schneller zu machen, und konnte mich plötzlich sehr gut in gewendete Pfannkuchen hineinversetzen. Nach schier endloser Zeit hielt Frau Witt Toby an.

»Das war schon sehr gut!«, lobte sie.

Das konnte sie unmöglich ernst meinen!

Tatsächlich kriegte sich aber auch meine Mutter kaum darüber ein, wie toll ich gesessen habe. »Überhaupt nicht geklammert! Aber in deinem Alter hat man eben noch keine Angst! Mir dagegen war fast ein bisschen mulmig. Aber es macht Spaß, nicht?«

Mom hatte ihr Debüt auf Ronnie problemlos gemeistert und dabei sogar gelächelt.

Inzwischen saß Thorsten auf dem Presslufthammer und schien es mit dem Prinzip Sandsack zu versuchen. Er hing völlig schlaff auf dem Pferd, was nicht ganz falsch zu sein schien, denn im Gegensatz zu seinem Vater auf Ronnie wurde er nicht bei jedem Trabschritt aus dem Sattel geschleudert. Dennoch war er schweißgebadet, als er schließlich abstieg.

»Wie Go-Kart-Fahren?«, fragte ich ihn grinsend.

Thorsten bedachte mich mit einem Blick wie ein gefolterter Mops.

»Wir sehen uns dann alle nächste Woche wieder!«, säuselte Frau Witt. »Wer möchte, kann natürlich noch bleiben und absatteln helfen.«

Thorsten und sein Dad machten, dass sie wegkamen. Letzterem ging es anscheinend vor allem darum, Männlichkeit zu beweisen, und dazu passte es sicher nicht, ein Pferd an- und auszuziehen. Thorsten dagegen hatte beim Putzen entschieden zufriedener gewirkt als beim Reiten. Wahrscheinlich deutete Daddy das als psychische Störung.

Marie und Anna waren natürlich nicht zu bremsen, ebenso wenig meine Mom. Insofern sprangen jetzt mit Lena und Frau Witt ganze fünf Leute um die zwei Pferde herum. Ich beschloss, dass ich da nicht gebraucht wurde. Stattdessen verschwand ich auf die Mädchentoilette und zog Bilanz. Das Einhorntattoo war verloren, meine Haare in Reitkappenform an den Kopf geklatscht und dort zementähnlich verklebt. Zwei Fingernägel waren abgebrochen, meine Augen brannten vom Hallenstaub und vom verlaufenen Make-up. So sahen die Frauen in Horrorfilmen aus, wenn sie dem Monster gerade noch entkommen waren. Und in der nächsten Szene gingen sie dann wieder in den Wald …

Ich hatte immerhin eine Woche Galgenfrist.

Traumboys

Bis Freitag hatte ich mich natürlich wieder erholt, und das Konzert von »Tierpension« war so ziemlich das Coolste, was ich je erlebt hatte. Glory und ich trugen beide Einhorntattoos und wurden von Hunderten von Mädchen darum beneidet. Inzwischen konnte man die Dinger aber auch im Fanshop kaufen. Am Stand vor der Konzerthalle gingen sie weg wie warme Semmeln.

Wir schrien und kreischten mit den anderen, als Nico Chico und die übrigen Jungs auf die Bühne kamen. Die meisten warfen Briefchen und Stofftiere zu ihnen hoch, aber ich hielt das Plüsch-Einhorn, das ich für Nico erstanden hatte, fest in der Hand. Schließlich konnte ich es ihm gleich persönlich geben.

Das Ereignis fand nach dem Konzert statt, und eins der Mädchen, die das Treffen mit »Tierpension« gewonnen hatten, wurde schon vorher ohnmächtig. Wir anderen, insgesamt sieben, wurden von der Tourmanagerin in einen Garderobenraum geführt und erhielten die Anweisung, möglichst weder zu weinen noch zu schreien und vor allem nicht zu versuchen, den Jungs die Kleider vom Leib zu reißen. Die Bandmitglieder wirkten tatsächlich etwas unnahbar und zurückhaltend. Täuschte ich mich, oder hatte

Bombo bei unserem Anblick denselben Gesichtsausdruck wie der Rappe »Ronnie« am Dienstag im Reitstall? Hotte, der Bassist, guckte eher wie Toby – abgeklärt. Nur Nico Chico rang sich ein Lächeln ab. Er redete auch mit uns – wobei den meisten Mädchen die Stimme versagte, wenn er sie etwas fragte. Zwei erinnerten sich nicht mal an ihre Namen. Selbst Glory druckste herum. Der Junge musste uns alle für blöd halten. Dabei sah er so was von cool aus! Sein schmales, witzig geschminktes Gesicht, die Tattoos, das lange schwarze Haar …

»Und du bist Lea, nicht?«

Ich schmolz dahin, als er mich mit Namen ansprach.

Diese samtige Stimme … mir liefen Schauer den Rücken herunter.

»Unsere Managerin kennt deine Mutter. Sie ist cool.« Er ließ offen, ob er die Managerin oder meine Mutter meinte.

Ich musste irgendetwas sagen.

»Ich hab alle eure CDs!«

Das war sicher nicht sonderlich originell, aber ich stotterte nicht und sah ihm dabei in die Augen. Dunkle Murmeln. Seelenvoll. Ein bisschen wie die von Toby …

Hatte ich sie nicht mehr alle?

»Schön«, bemerkte Nico Chico wenig interessiert. Alle Mädchen in diesem Saal hatten all seine CDs. »Und was machst du sonst? Wenn du nicht ›Tierpension‹ hörst?«

Sollte ich jetzt was vom Kochen erzählen? Crêpes Suzettes kamen mir plötzlich spießig vor.

»Ich … äh … reite.«

Über Nicos Gesicht ging ein Leuchten. »Ja? Wollte ich auch schon immer. Wenn die Tour vorbei ist und ich etwas

Zeit habe, kaufe ich mir ein Pferd. He, wir könnten zusammen reiten! So ein romantischer Ritt bei Vollmond. Am besten am Strand entlang. Fänd ich geil! Hättest du Lust?«

Ob ich Lust hatte? Mit Nico hätte ich mich auch zum Haiefüttern im Bermudadreieck angestellt!

»Hier ist bloß kein Strand«, bemerkte ich. Wieder unglaublich dämlich.

Nico Chico grinste. »Den denken wir uns! Du, das ist gut, das ist wie ein Song. Muss ich gleich notieren … Überhaupt, ich denke, wir …« Er warf der Tourmanagerin einen Blick zu, der ein bisschen wirkte, als bitte er um Erlösung.

»Ja, wir sollten langsam Schluss machen. Die Boys haben gleich noch ein Interview. Oder habt ihr noch was ganz Wichtiges zu sagen?«

Glory und ich überreichten unsere Plüsch-Einhörner an Nico und Bombo, und die beiden Jungs bedankten sich allen Ernstes mit einem winzigen Küsschen auf unsere Wangen. Glory wirkte verklärt. Zwei der anderen Mädchen brachen nun doch noch in Tränen aus.

Schließlich schob uns die Managerin nach draußen. Ich drückte meine Autogrammkarte auf die Wange, um das Küsschen zu konservieren. Schließlich brauchte ich etwas, um die nächsten 27 Reitstunden zu überstehen.

Ob Nico das ernst gemeint hatte mit dem Vollmondritt?

Auf dem Klo direkt vor den Garderoben hörte ich eins der anderen Mädchen mit seiner inzwischen wieder zum Leben erweckten Freundin wispern.

»Nico ist so süß! Er hat mich gefragt, was ich sonst so mache. Und er würde auch wahnsinnig gern Tennis spielen … Nach der Tour. Und am besten um Mitternacht. Bei Mondschein. Mit mir …«

Ich beschloss, nicht weiter hinzuhören.

Am nächsten Dienstag schien wieder die Sonne, als wir zum Reitstall fuhren, aber diesmal waren die grünen Wiesen vor dem Stall nicht gänzlich verwaist. Auf der Weide neben dem Parkplatz hielten sich drei Mädchen auf. An ihrer Hand grasten drei der Riesenviecher, eins davon die giftige Allegra, die Gras offensichtlich noch lieber mochte als Menschenfleisch. Jedenfalls machte sie diesmal keine Anstalten, jemanden zu beißen. Das Mädchen am anderen Ende ihrer Führleine, meine Klassenkameradin Nele, hielt die Augen gebannt auf den Rasenplatz nebenan gerichtet. Darauf waren bunte Hindernisse aufgebaut, die mir alle hoch wie Häuser schienen. Und darüber setzte ein Schimmel wie aus dem Märchenbuch – geritten von einem leibhaftigen Prinzen!

Im Ernst, ich übertreibe nicht! Der Junge, der auf diesem Pferd saß, war so was wie Nico Chico in sportlich – womit ich natürlich nicht sagen will, dass er noch besser aussah als mein Traumboy. Aber er war deutlich größer und hatte mehr Muskeln. Nico Chico dagegen war in natura eher kleiner als im Fernsehen, ich war fast etwas enttäuscht gewesen. Dazu war Nico blass, der Junge auf dem Pferd dagegen braun gebrannt. Unter seiner Reitkappe kringelten sich dunkelbraune Locken hervor, kürzer als bei Nico Chico, aber trotzdem verwegen. Und der Typ flog mit dem

Schimmel über die Sprünge, ging bei den Bewegungen des Pferdes geschmeidig mit und saß dabei doch wie festgeklebt. Bis letzte Woche hätte ich das nicht zu schätzen gewusst, aber jetzt blieb mir vor Bewunderung der Mund offen stehen.

Den Mädchen auf der Wiese nebenan ging das offenbar ähnlich, aber im Gegensatz zu mir ignorierte der Prinz sie nicht, sondern stoppte sein Pferd vor ihnen und warf ihnen triumphierende Blicke zu.

»Cool, Heiko!«, flötete denn auch gleich die Erste.

»Absolut irre! Wie du den Oxer genommen hast ...«
»Und Pulvermanns Grab ...«

Wessen Grab? Ich musste unbedingt »Pferdisch« lernen, sonst würde dieser Junge nie ein Wort mit mir wechseln.

Ich versuchte, seine Aufmerksamkeit auf mich zu ziehen, indem ich möglichst sexy über den Parkplatz wandelte. Aber in rosafarbenen Gummistiefeln ist das nicht so einfach, der Gang ähnelt unweigerlich dem einer Ente. Und mit der Frisur konnte ich diesmal auch nicht punkten. Ich hatte meine Haare im Nacken zusammengebunden, aber dafür waren sie eigentlich zu kurz. Ein paar Strähnen stahlen sich jetzt schon heraus, was im Moment vielleicht noch ganz witzig aussah. Nach der Presskur unter der Kappe würde es einfach nur peinlich sein.

Zu allem Unglück parkte Thorstens Daddy seinen Kombi im selben Moment neben dem Springplatz.

Sein Sohn hatte sich diesmal für ein anderes Outfit entschieden. Er steckte in einer Art Gymnastikhöschen, das eigentlich mehr zu einem Balletttänzer passte als zu einem Reiter. Wobei Thorsten mit einem Balletttänzer nicht die geringste Ähnlichkeit hatte. Die Schlabberhose vom letzten Mal hatte gnädig verborgen, dass zu seinem kompakten Oberkörper ziemlich dünne Beine gehörten.

Natürlich hatte sein Daddy nichts Besseres zu tun, als ihm Prinz Heiko als leuchtendes Beispiel vorzuhalten.

»Schau dir das genau an, Thorsten! Das ist es, wo wir hinwollen!«

Thorsten sagte nichts, aber seinem Ausdruck war zu entnehmen, dass er eindeutig ein anderes Ziel vorgezogen hätte.

Sein Vater holte inzwischen zwei nagelneue Reitkappen aus dem Auto. Ebenso wie meine Mom. Wir hatten dazu extra in ein Reitsportgeschäft gehen müssen – auch ich, man muss die Dinger anprobieren. Außerdem waren sie sündhaft teuer.

Heikos dunklen Locken hatte die Reitkappe nichts anhaben können. Sie bauschten sich um sein markantes Gesicht, als er den Helm jetzt abnahm und den Mädchen zugrinste. Sogar Marie und Anna, die gerade aus dem Auto stiegen, bekamen ein Lächeln ab. Mich übersah er. Kein Wunder, schließlich stand ich neben Thorsten.

Die Reitstunde verlief wieder ähnlich wie beim letzten Mal, aber diesmal teilte Frau Witt die Gruppen anders ein. Anscheinend fand sie, dass Hasenfüße und Streber bunter gemischt werden mussten, und so putzte ich diesmal gemeinsam mit Marie den braunen Ronnie, während Thorsten und Anna versuchten, einen gewaltigen Fuchs namens Buffalo zu bändigen. Das Tier mochte nicht ruhig stehen, und Thorsten war schon lange vor dem Aufsatteln schweißgebadet. Ich dagegen strengte mich nicht sonderlich an.

Marie zeigte sich schließlich fast eifersüchtig, wenn ich das Pferd nur berührte. Sie redete pausenlos auf Ronnie ein, während sie sein Fell glättete. Nach zehn Minuten sehnte ich mich nach Thorstens Gesellschaft.

Thorsten schien es nicht besser zu gehen. Beim letzten Mal war er nicht sonderlich aufgefallen, aber im Team mit Anna wurde er schnell zum Prügelknaben des Kurses. Er war eindeutig kein Bewegungswunder und hantierte ziemlich ungeschickt mit Striegel und Bürste. Kein Problem, wenn ein Pferd so ruhig herumstand wie Toby. Der riesige Fuchs dagegen tanzte unartig herum. Beim Versuch, seinen Hufen zu entkommen, stolperte Thorsten pausenlos über seine eigenen Füße und erntete einen Anpfiff nach dem anderen. Von Anna, von seinem Vater – schließlich sogar von Frau Witt: Er solle sich endlich zusammennehmen, er mache das Pferd ganz nervös.

Dabei hatte Buffalo eindeutig angefangen. Der Wallach war hektisch und genervt. Thorstens halbherzige Versuche, ihn nur andeutungsweise mit dem Putzzeug zu berühren, machten das ebenso wenig besser wie Annas »beruhigender« Zuspruch.

»Du, vielleicht ist er kitzelig!«, überlegte ich, als Thorsten und ich uns am Wasserhahn trafen, um Schwämme anzufeuchten. »Nimm doch mal diesen Eisenstriegel statt des Kunststoffdings. Toby hat der auch gefallen.«

Bei Toby hatten wir hartes Putzzeug gebraucht, um seine Winterwolle zu entfernen. Buffalo war dünnhäutiger. Aber die weniger vorsichtige Behandlung schien ihm trotzdem besser zu liegen. Schließlich konnte Thorsten ihm sogar den Sattel auflegen, ohne dass er nach ihm trat.

»Du kannst echt Gedanken lesen!«, sagte Thorsten grinsend, als wir schließlich zur Halle schlurften. Die Streber hatten sich wieder die Pferde geschnappt, diesmal Ronnie und Buffalo.

Thorsten und ich zogen zur Ronnie-Gruppe. Überlebensmotto: immer das kleinste Pferd.

Der Reiterverein Wienberg verfügt über zwei Reithallen – eine frei stehende und eine, die dem Schulpferdestall angeschlossen war. Beim letzten Mal hatten wir Letztere für uns allein gehabt, während der normale Reitunterricht in der größeren stattfand. Diesmal war die Halle jedoch belegt. Zwei Mädchen ritten bereits rundum.

»Privatpferdebesitzer!«, raunte Marie, als gehörten die beiden einem geheimen Orden an, der sie weit über uns Sterbliche hinaushob.

Dabei sahen sie eigentlich ganz normal aus – die eine war allerdings auffallend hübsch. Sie hatte ein schmales, blasses Gesicht wie ein Model und eine lange, dunkle Mähne, die sie mit einem Samtband im Nacken zusammengebunden hatte. Sie saß auf einem riesigen Braunen, der mit gewaltigen Bewegungen durch die Halle trabte. Die andere, auf einem kleineren Fuchs, wirkte dagegen unauffällig. Und dort, an der sogenannten »Bande«, die den Reitbereich vom Zuschauerbereich trennt, lehnte Heiko – natürlich flankiert von zwei weiteren Mädchen. Ich hätte im Boden versinken mögen. Da begegnet einem einmal ein echter Traumboy – und der beobachtet einen dann bei der wohl peinlichsten

Betätigung, der man in rosa Gummistiefeln nachgehen kann: animalisches Presslufthammersurfen.

»Willst du mal anfangen, Lea?«, fragte Frau Witt. Mir fiel kein Grund ein, abzulehnen. Außerdem war es wohl auch egal. Heiko sah nicht aus, als habe er vor, seinen Aussichtspunkt in der nächsten Viertelstunde zu verlassen. Dazu schien ihn der Anblick des dunkelhaarigen Mädchens auf dem Braunen viel zu sehr zu fesseln. Sie saß wie angeklebt, und das Pferd hob seine Hufe zierlich wie ein Balletttänzer.

Auch Frau Witt am anderen Ende meiner Longe schien sie viel interessanter zu finden als meine verzweifelten Versuche, mich irgendwie an Ronnie hochzuziehen. Allerdings war sie nicht uneingeschränkt begeistert. »Nicht so eilig, Ronja! Lass ihn nicht so davonrennen!«

Heiko drückte sich drastischer aus. »Zügel kürzer!«, brüllte er dem Mädchen zu, so laut, dass Buffalo einen erschreckten Sprung zur Seite machte. Anna, die eben aufgestiegen war und noch nicht richtig saß, fiel dabei herunter.

Die Mädchen an der Bande kicherten und verdrehten die Augen. Ich erwartete, dass Lena, die Frau Witt unterstützte, den Jungen rüffelte. Aber sie schien eher genervt von der hoffnungslosen Anfängerin. Jedenfalls grinste sie nur und erheiterte ihre Zuschauer mit der Bemerkung: »Das höchste Glück der Pferde ist der Reiter auf der Erde.«

Ob sie das aufmunternd meinte? Anna jedenfalls guckte nicht getröstet.

Mit ziemlich zitternden Knien erklomm ich schließlich meinen Ronnie, der das Presslufthammer-Feeling viel unmittelbarer vermittelte als der dicke Toby. Schließlich versuchte ich es mit Thorstens Sandsackstrategie – was wirklich Erleichterung schaffte. So langsam nahm ich meine Umwelt wieder wahr – und blickte voll in das feixende Gesicht einer von Heikos Begleiterinnen.

»Ist das nicht schrecklich? Sie knallt dem armen Gaul bei jedem Schritt ins Kreuz!«

Das Mädchen wandte sich an Heiko und heuchelte Tierliebe. Der hatte aber nach wie vor nur Augen für Ronja und ihr Wunderpferd. Ab und zu warf er ihr irgendwelche Bemerkungen zu, die sie mit etwas gequältem Lächeln quittierte. Ob sie seine Freundin war? Wahrscheinlich. Und sicher fürchtete sie die Konkurrenz an der Bande. Ansonsten würde sie sich wohl kaum so von ihm abkanzeln lassen. Heikos Bemerkungen zu ihrem Reitstil – »Nun nimm ihn doch mal auf! Du hängst da drauf wie 'n Schluck Wasser in der Kurve!« – waren nicht gerade feinfühlig. Was würde er wohl zu meiner Reiterei sagen? Ich bemühte mich verzweifelt um Haltung und einen optimistischen Gesichtsausdruck.

»So, jetzt mal tauschen«, befahl Frau Witt endlich. »Damit du eine Pause hast, Lea. Heute kommt jeder zweimal dran, dann seid ihr hinterher nicht so kaputt.«

Frau Witt heuchelte Menschenfreundlichkeit. Dabei nutzte sie die Zeit, die Thorsten brauchte, um Ronnie schwerfällig zu erklimmen, wieder für unverständliche Anweisungen an Ronja.

»Tiefer einsitzen, Ronja, der ist nicht so ein Mäuschen wie deine Mazurka, den musst du dir ranholen! Reiten, Mädchen! Streng dich mal richtig an!«

Ronja sah eigentlich nicht aus, als ob sie die Sache schleifen ließe. Sie war inzwischen knallrot im Gesicht und hielt in einer Ecke an, um ihr Sweatshirt auszuziehen. Auch das T-Shirt, das sie darunter trug, zeigte bereits Schweißflecken. Ich gelangte immer mehr zu der Ansicht, dass Thorsten sich bei der Einschätzung der Reiterei gründlich geirrt hatte. Kugelstoßen war sicher weniger anstrengend.

»Ronja und Heiko sind unsere Turnierhoffnungen«, verriet uns Frau Witt, während Thorsten die ersten Runden drehte. Ab und zu blickte er dabei zu Ronja hinüber und schien ähnliche Gedanken zu hegen wie ich. »Heiko ist auf Schleifen abonniert und Ronja eigentlich auch, sie war Kreismeisterin mit ihrem alten Pferd. Aber den hier hat sie noch nicht lange. Insofern ist es etwas fraglich, ob sie ihn bis Ostern in den Griff kriegt. Heiko hilft ihr da etwas ...«

Hilfe konnte man das auch nennen. Ronjas Lächeln wurde immer gequälter, Heikos Stimme immer lauter. Das Pferd schlug unwillig mit dem Kopf und versuchte schließlich sogar zu buckeln.

Ronja wirkte verzweifelt, aber Marie und Anna verfolgten sie trotzdem mit neidischen Blicken. Überhaupt musste sie sich langsam fühlen wie beim Spießrutenlauf. Außer Thorsten und meiner Mom, die beide gerade auf dem Pferd saßen und mit der eigenen Haltung kämpften, hatten alle nur Augen für Ronja. Die einen guckten neidisch, die anderen schadenfroh – und dann stieß der riesige Braune auch noch beinahe mit Buffalo zusammen. Das war natürlich Lenas Schuld, die Buffalo an der Longe hielt. Sie hätte aufpassen müssen. Aber keiner rüffelte sie. Auch zu Heiko, der jetzt die Tür zur Halle aufstieß, sagte niemand etwas. Dabei scheute daraufhin selbst Ronnie, und der Fuchs, auf dem das andere Mädchen ritt, machte einen schockierten Seitensprung. Thorsten fiel herunter.

Hatte ich nicht gestern noch gelesen, dass man solche Aktionen mit dem Ruf »Tür frei!« ankündigte? Für Heiko schien das nicht zu gelten.

»Lass mich einfach mal!«, befahl er, woraufhin Ronja ihr Pferd brav in die Mitte lenkte. Inzwischen fragte ich mich ernstlich, warum sie sich so behandeln ließ. Gut, wahrscheinlich war sie in ihn verliebt, aber auch das hatte doch wohl Grenzen! Ronja schien allerdings nur noch froh zu sein, den Sattel endlich räumen zu können. Sie sah ziemlich geschafft aus, als sie abstieg.

Natürlich konzentrierte sich jetzt die gesamte Aufmerksamkeit auf Heiko. Selbst Frau Witt gab keine Kommentare mehr zu Moms und Thorstens Sitz ab.

Heiko schien das allgemeine Interesse allerdings nicht zu stören. Im Gegenteil, er warf mit Blicken um sich wie Brad Pitt vor dem Kampf um Troja. Ohne Rücksicht darauf, dass der Braune nervös in den Zirkel tänzelte, auf dem Lena eigentlich longieren sollte, schwang er sich in den Sattel, zog kräftig am Zügel und trabte vom Fleck weg an.

Zum Entsetzen von Marie, die inzwischen auf Buffalo Platz genommen hatte, galoppierte er dicht an ihrem Schulpferd vorbei, das daraufhin schneller wurde. Während Marie sich ängstlich an Buffalos Mähne festklammerte, fragte ich mich, wann Frau Witt endlich einschreiten würde.

Die Reitlehrerin sagte allerdings zunächst nichts. Dann überbot sie sich in Lobeshymnen auf Heiko. »Ja, gut so, jetzt kommt er richtig! Wahnsinnsgänge, aber der will angefasst werden, Ronja, du siehst es ja. Unglaubliche Galoppade. Versuch mal einen Wechsel, Heiko! Nein, noch mehr aufnehmen, noch mehr … ja!«

Ich beobachtete Heiko und den Braunen und versuchte, die Anweisungen zu verstehen. Was sollte er da aufnehmen? Ich jedenfalls sah nur, dass er immer heftiger am Zügel zog. Immer abwechselnd, rechts und links. Der Braune machte dabei den Hals rund, wirkte noch größer und noch eleganter.

Meine Mutter und die meisten anderen Kursteilnehmer erstarrten in Ehrfurcht.

»Wenn ich mal so reiten könnte!«, flüsterte Anna. Den Ehrgeiz hatte ich weniger. Aber wenn ich mal mit dem Reiter eine Cola trinken könnte …

Gut, Heiko verhielt sich nicht gerade gentlemanlike, aber er sah auf dem Braunen noch cooler aus als vorhin auf seinem Schimmel. Die Auseinandersetzung schien ihm Spaß zu machen. Seine Augen blitzten, und seine Locken kringelten sich schweißfeucht auf seiner Stirn. Wahnsinn! Aber wenn ich es nicht irgendwann zu a) einem Pferd und b) einem so verzweifelten Ausdruck bringen konnte wie Ronja, hatte ich da wohl keine Chance.

Frau Witt erinnerte sich inzwischen wieder an uns und ließ Thorsten endlich mit Annas Mutter tauschen. Er kam aufatmend am Boden an und befreite sich als Erstes von seiner Reitkappe. Ohne Helm machte er noch mehr den Eindruck eines ausgewrungenen Handtuchs.

»Oh Mann, ich dachte, Ronnie geht gleich durch, als dieser Angeber da an uns vorbeischrammte!«, bemerkte er und warf einen missbilligenden Blick auf Heiko. »Kann er seinem Harem nicht woanders imponieren?«

Marie und Anna taten so, als hätten sie nichts gehört. Ich dagegen verteidigte den Märchenprinzen. Schließlich wollte er Ronja doch nur einmal zeigen, wie man das Pferd richtig anfasste.

Thorsten musterte Heiko mit skeptischen Blicken.

»Wenn sie das nachmachen will, muss sie vorher mindestens drei Monate Hanteln stemmen«, bemerkte er. »Und ob sie dann noch so hübsch ist, wenn sie Muskeln hat wie 'n Möbelpacker?«

Ronja wirkte auch nicht erleuchtet, sondern eher frustriert, als Heiko schließlich abstieg. Er folgte ihr und ihrem Pferd in die Ställe, kam aber bald mit den anderen Mädchen zurück. Wahrscheinlich wollte er auch der bislang unauffälligen Reiterin mit dem Fuchs noch »Hilfestellung« geben.

Inzwischen war ich zum zweiten Mal an der Reihe, mich von Ronnie foltern zu lassen. Es musste irgendeinen Trick geben, diese Trabbewegungen auszusitzen. Und nun verriet Frau Witt ihn mir auch. Ich lernte »Leicht traben«. Dabei steht man vorbeugend in den Bügeln auf, wenn der Schlag von unten erfolgt, und entzieht sich damit dem ärgsten Gerüttel. Ich fand es gar nicht so schwer. Vor allem war es herrlich, dass der Schmerz endlich nachließ! Ich versuchte ein unsicheres Lächeln – rein durch Zufall Richtung Heiko.

Die Mädchen neben ihm begannen daraufhin sofort wieder zu lästern. Anscheinend wollten sie Konkurrenz erst gar nicht aufkommen lassen. Zumal Heiko Anfängerinnen wohl ganz gern unter die Arme griff …

»Schrecklich, wie sie auf dem Pferd herumschaukelt! Und der Rundrücken! Ich kann mir nicht vorstellen, dass ich auch mal so schlecht geritten bin!«

»Du hast ja auch früher angefangen«, meinte das andere Mädchen. »In dem Alter lernt man es einfach nicht mehr …«

Wie war das mit dem »Seniorenreitkurs«? Anscheinend gehörte ich auch schon dazu.

Inzwischen musterte mich Heiko. Ich versuchte, nicht zu ihm hinüberzuschauen. Stattdessen konzentrierte ich mich aufs Geradesitzen und darauf, die Absätze auch beim Leichttraben nicht hochzuziehen.

»Was wollt ihr denn, sie reitet doch ganz nett!«

Ich wäre fast vom Pferd gefallen, als ich Heikos Stimme hörte.

»Das sind nur diese unmöglichen rosa Gummistiefel. Damit kann es nur schaurig aussehen.«

Ich wagte noch ein Lächeln. Diesmal gezielt in seine Richtung. Und bildete ich es mir ein, oder zwinkerte er mir zu?

Am Ende der Reitstunde galt ich als echte Entdeckung. Ich sei beim Leichttraben nur so über dem Pferd geschwebt, schwärmte Frau Witt. Marie und Anna fragten mich, wie ich das gemacht hätte, und ihre Mütter schauten mich bewundernd an. Thorsten sagte dagegen gar nichts, sondern dackelte nur mit hängendem Kopf hinter seinem Dad zum Auto. Dies war sein schweigsamer Tag.

Am Abend machte ich dann meine Mutter glücklich. Zu Ostern, erklärte ich ihr, wünschte ich mir diesmal keine Eier. Sondern lieber richtige Reitstiefel …

Waffeln für den Prinzen

»Wir brauchen übrigens noch Helfer beim Turnier!«, erklärte Frau Witt am Ende der nächsten Dienstagsstunde und schwenkte einen Meldezettel. »Natürlich sprechen wir vor allem Vereinsmitglieder an, aber das wollt ihr ja auch alle mal werden …«

Wollten wir? Also, mich reizte eher die Mitgliedschaft im »Offiziellen Tierpension Fanclub«, aber meine Mom verweigerte das Geld für die happigen Mitgliedsbeiträge.

Hier dagegen war sie gleich ganz begeistert. Genau genommen ähnelte sie diesen Schülern, die sich ständig darum reißen, die Tafel zu putzen oder das Geld für den Klassenausflug einzusammeln.

»Was müssen wir denn da tun?«

Streberin!

Frau Witt studierte ihren Zettel. »Die Waffelbäckerei am Sonntag stände noch aus … und eine Kassiererin am Kuchenstand …«

Mom strahlte. Sie liebt Waffeln. Ich auch. Wir haben ein Kochbuch, in dem mindestens hundert Rezepte stehen, und wir testen fast jeden Sonntag eins. Vanillewaffeln mit Ahornsirup … Mir lief das Wasser im Mund zusammen. Aber gewerblich hatte ich das eigentlich nie betreiben wollen.

»Die Waffelbäckerei übernehmen Lea und ich!«, erklärte meine Mom. »Nicht, Lea? Das wird toll …«

Ich sah meinen schönen Sonntag schwinden. Kein Ausschlafen, kein Treffen mit Glory, kein gemütliches Abhängen vor dem Fernseher. Stattdessen klebrige Kinderfinger, Leute, die sich ständig über etwas beschwerten … ich hatte schon mal auf einer Schulfete Kuchen verkauft.

Aber dann schob sich das Bild von Heiko vor mein inneres Horrorszenario. Ich sah ihn genüsslich in eine Waffel beißen. »Die sind köstlich, Lea!«

Natürlich würde ich ihm die Waffel schenken. Er sollte sich schließlich an mich erinnern. Und Liebe ging bekanntlich durch den Magen.

Ich nickte eifrig.

Anna und Marie rissen sich um den Job der Kuchenverkäuferin, aber schließlich bekam ihn Annas Mom. Thorstens Daddy wollte nun auch nicht zurückstehen.

»Und für uns Männer gibt's nichts zu tun?«, fragte er Frau Witt und ließ die Muskeln spielen. »Aufbau der Anlage oder so?«

»Im Parcours werden immer Helfer gebraucht«, erklärte Frau Witt und notierte sich Thorstens und Herrn Reisers Namen. »Meldet euch einfach bei Klaus am Springplatz.«

Thorsten sah aus, als hätte er Zahnschmerzen. »Das mit dem Go-Kart-Fahren war der Irrtum meines Lebens«, seufzte er in meine Richtung.

Wir trafen uns am Sonntagmorgen um acht Uhr im Reiterverein. Ich wollte es zuerst kaum glauben, aber tatsächlich galt das noch als christliche Zeit, die ersten Turnierprüfungen hatten schon um sieben begonnen! Freilich lediglich mit begeisterten Müttern und Vätern als Zuschauer. Um diese Zeit starteten die »Jugendreiterprüfungen«, gefolgt von »E-Dressur und -Springen«. »E« stand für »Einsteiger«, und eigentlich waren nur Kinder auf dem Platz. Auch die aber bereits turniermäßig schick in eleganten, kleinen Reitjacketts. Sie mussten mindestens zweimal jährlich rauswachsen! Ein teurer Spaß.

»Nichts gegen das, was die Ponys kosten«, verriet mir Nele, die uns am Waffelstand half. »Ein richtig gutes Turnierpony kostet dreißig-, vierzigtausend Euro und mehr!«

Ich wäre fast in den Teig gefallen, den ich gerade anrührte.

So früh morgens war noch nicht viel los, und meine Mom, Nele und ich schmissen den Stand allein, während unsere zweite Helferin, Frau Schmidt, ihrer Tochter beim Turnierstart Hilfe leistete. Sie war fürchterlich aufgeregt. Ihre Rachel war erst acht, und dies war ihr zweiter Start.

»Aber das Pony ist routiniert«, erklärte sie, vor allem um sich selbst zu beruhigen. »Es hat mit der Vorbesitzerin A gewonnen, und Rachel war letztes Mal auch gleich Dritte.«

Nele verdrehte die Augen. »Das Pony trägt schon das vierte Mädchen durch die Prüfungen«, erklärte sie – ich sollte bald herausfinden, dass Nele auf dem Wissensgebiet Reiterverein Wienberg schlicht nicht zu schlagen ist. »Dem liest du die LPO vor, und dann spult es die Aufgabe ab.«

Das war wieder ziemlich viel Pferdisch in einem Satz,

aber bei Nele traute ich mich nachzufragen. Schließlich haut sie mich auch regelmäßig auf meine Englischhausaufgaben an.

»Die LPO ist die Leistungsprüfungsordnung«, erklärte sie. »Da steht drin, was die Richter bei den Turnieren sehen wollen. Und ›A‹ steht für ›Anfänger‹.«

Gleich darauf weihte sie mich in die seltsame Begriffswelt der Turnierreiterei ein. Denn »Anfänger« stand hier keinesfalls für Leute wie Thorsten und mich. Selbst Fortgeschrittene wie Nele, die schon über ein Jahr ritt, konnten von einem Start in einer A-Prüfung nur träumen. Aber das ging sowieso nur mit eigenem Pferd, und die meisten Privatreiter hatten jeden zweiten Tag Reitstunden. Wenn sie dabei fleißig waren, erreichten sie irgendwann die Turnierklasse »L« – das stand für »leicht«! Eine Weihe, die im Reiterverein Wienberg bislang nur eine Handvoll Reiter erreicht hatte. Darunter natürlich Heiko und Ronja. Und die versuchten sich auch schon in »M« – »Mittelschwer«. Als Einzige neben Lena, unserer Hilfsreitlehrerin.

Mir schwirrte der Kopf.

Auch Mom machte keinen allzu begeisterten Eindruck. Sie hatte Nele und mich zunächst allein gelassen und den anderen Frauen beim Aufbau der Kuchentheke geholfen. Außer mir, Nele und ein paar anderen übereifrigen Schulpferdereiterinnen halfen nur erwachsene Frauen an den Ständen. Alles Vereinsmitglieder, aber Mom und Annas Mutter waren die Einzigen, die selbst in den Sattel stiegen. Meine Mom überraschte das, sie hatte sich wohl auch deshalb zur Hilfe beim Turnier gemeldet, um hier ein paar erwachsene Gleichgesinnte kennenzulernen. Leider erfolglos. Wenn am Kuchenstand überhaupt von Pferden gesprochen wurde, dann nur vom neuen Turnierpferd der Tochter oder – seltener – des Sohnes. Die Mütter gingen ganz im Kuchenbacken auf.

Mom war enttäuscht und tat mir beinahe leid. Schließlich fragte ich die wandelnde Vereinschronik Nele nach reitenden Frauen.

»Aber klar haben wir erwachsene Turnierreiter!«, erklärte Nele. »Auch Frauen. Aber die … na ja, die sind ziemlich hochnäsig … Sie würden schon mal was sponsern, aber Kuchenbacken … Die sind alle ziemlich reich, weißt du … Eine, Frau Müller-Westhoff, hat ihr Pferd von ihrem Mann zum Geburtstag gekriegt! Stell dir das mal vor, du erwähnst irgendwie, dass du gern reiten würdest, und schon steht ein Pferd vor der Tür …«

Meine Mutter hatte zugehört und warf ihr einen galligen Blick zu. »Der Gatte war wahrscheinlich froh, dass sie sich nicht George Clooney gewünscht hat.«

Inzwischen füllte sich der Turnierplatz mit Reitern und Zuschauern, und wir verkauften eine Menge Waffeln. Den richtigen Andrang erwarteten wir allerdings erst am Nachmittag.

Also hatte ich Zeit und wirkte noch nicht allzu mitgenommen, als plötzlich Heiko vor mir stand.

»He, Miss Rosa Gummistiefel einmal anders!«

Heiko musterte mich mit seinen braunen Filmstar-Ritter-Prinzen-Augen, und ich wurde sofort rot. Dabei brauchte ich mich heute wirklich nicht für mein Outfit zu schämen. Genau genommen war ich extra noch eine halbe Stunde früher aufgestanden, um mich angemessen zu stylen. Ich trug ein paar witzige Zöpfchen im Haar, dekoriert mit bunten Spangen, und über meinen ordentlich gezupften und mit etwas grünem Glitter verzierten Augenbrauen prangte ein besonders niedliches Einhorntattoo. Dazu kam etwas Gloss auf den Lippen, zartgrüner Lidschatten – das »Frühlings-Make-up« aus der neuen »Girlie«.

Und überhaupt war ich auf Heiko bestens vorbereitet. Ich hatte sämtliche Bezeichnungen für Hindernisse aus Glorys Buch auswendig gelernt und mich außerdem zum Lesen eines Pferde-Jugendromans aufgerafft. Daher kannte ich jetzt Redewendungen wie »Boh, der springt ja Häuser!« und »Die geht ab wie Biene Maja!«.

»Reitest du nicht gleich?«, fragte ich schließlich. Heiko war noch nicht im Reitdress, sondern trug Jeans und ein T-Shirt.

Er nickte. »Das L-Springen«, erklärte er gewichtig. »Und du könntest dich um meinen Sieg verdient machen, indem du mir mittels Waffel etwas Energie zuführst.«

Ich runzelte die Stirn. »Ist das nicht Doping?«, fragte ich.

Heiko grinste. »Nur, wenn du's dem Pferd verpasst.« Natürlich hatte ich die Waffel für ihn bereits in eine Serviette gepackt, und Nele gab freigebig Kirschgelee dazu.

Keine von uns dachte daran, zu kassieren. Aber Heiko machte auch keine Anstalten, das Portemonnaie zu zücken.

»Danke, man sieht sich!«, erklärte er stattdessen und lächelte mir zu. Nele nahm er nicht wahr. Dabei sah sie fast so nach Weinen, Schreien und in Ohnmacht fallen aus wie die Girls beim Treffen mit »Tierpension«.

»Ob wir wohl zuschauen können?«, hauchte sie schließlich. »Ich meine … beim Springen … wenn Heiko …«

Wobei wohl sonst?

Zum Glück hatten weder meine Mom noch Frau Schmidt etwas dagegen. Während des großen Springens würde ohnehin nicht viel los sein, meinte Frau Schmidt. Da konnten die zwei Frauen den Laden wohl allein schmeißen.

Miss Rosa Gummistiefel

Nele und ich zogen also pünktlich um 15 Uhr los, um uns einen Platz möglichst nah am Geschehen zu sichern. Das Ganze fand auf dem Rasenplatz statt, auf dem Heiko neulich geübt hatte. Auch diesmal stand er voller bunter, sehr beeindruckender Hindernisse. Inzwischen wuchs hier aber kaum noch Gras, denn vorgestern hatte es geregnet. Nachdem nun seit gestern ein Pferd nach dem anderen darübergaloppierte, bestand der Platz fast nur noch aus Schlamm.

»Gefährliches Geläuf«, bemerkte Nele.

Ich überlegte, ob ich mir ein Vokabelheft anschaffen sollte, um solche Sprüche immer sofort zu notieren.

»Der helle Wahnsinn, hier zu springen!«, sagte eine Frau hinter uns. »Auf jeden Fall würde ich nicht auf Zeit reiten. Wer hier sicher rüberkommt, hat schon gewonnen.«

»Wenn auch nur moralisch. Hi, Wiebke! Was treibt dich denn hierher?«

Thorsten hatte eben noch letzte Hand an den Aufbau eines der Hindernisse gelegt. Jetzt kam er an den Zaun des Springplatzes, geschafft und völlig verdreckt – fast als hätte er sich seit gestern im Schlick gewälzt. Wir ließen die Frau von eben vor, damit sie ihn begrüßen konnte. Aber Thorsten hatte mich jetzt auch gesehen.

»Hi, Lea! Ich dachte, du backst Waffeln. Will die keiner? Bist du plötzlich scharf auf Pferde? Oder willst du nur den Schönling von neulich anfeuern?«

Thorstens Stimme klang ziemlich genervt, und ich ärgerte mich ein bisschen. Eben hatte ich noch daran gedacht zu flüchten, als ich ihn sah, aber dann hatte er mir irgendwie leidgetan. Ich war willig, ihn zu bemerken. Allerdings nicht, wenn er mich gleich so anmachte!

Dabei sah er gar nicht so uncool aus, wenn er sich nicht gerade auf Reiter stylte. Das Schlabbershirt und die weite Rapperjeans standen ihm jedenfalls deutlich besser als hautenge Outfits. Und ohne Kappe wirkte sein Gesicht auch weniger kartoffelartig. Graublaue Augen blickten mich spöttisch an.

»Ich … äh … bin nur so da. Wir wechseln uns beim Stand ab, weißt du …«, druckste ich. »Und wie ist das Parcoursbauen?«

Thorstens Blick sprach Bände.

»Seht ihr doch! Eine Schlammschlacht! Die schöne Wiese!«

Das war die Frau von eben.

Thorsten fiel jetzt erst ein, sie vorzustellen.

»Das ist Wiebke. Die Schwester meiner Mutter. Sie hat Pferde …«

Wiebke war deutlich jünger als Thorstens Vater, und man sah nun auch, von welchem Familienzweig Thorstens eher füllige Figur stammte. Wiebke sah ebenfalls nicht aus wie eine Balletttänzerin, sondern war klein und kompakt. Ihr Gesicht war rund, ihre Locken rötlich blond statt strohblond wie Thorstens, und ihr Mund wies Lachfältchen auf.

Bestimmt war sie gewöhnlich ein fröhlicher Mensch, auch wenn sie im Moment eher düster guckte.

»Wiebke findet das alles hier shocking«, erläuterte Thorsten. »Wenn's nach ihr ginge, würden Pferde nur gepampert, nicht gesprungen. Ganz meine Meinung übrigens. Pferde wollen frei sein!«

Wiebke lachte. »Spricht hier die Einsicht oder die Faulheit?«, neckte sie. »Außerdem werden meine Pferde keineswegs nur gehätschelt, ich reite jeden Tag. Aber ich binde ihnen dazu nicht den Kopf runter, zerre ihnen nicht im Maul herum und jage sie nicht über Hindernisse auf Schlammplätzen wie dem da!«

Auf dem Platz erschien jetzt der erste Starter des L-Springens. Ein Junge, aber nicht Heiko. Dieser hier sah nicht so gut aus und hatte auch einen ziemlich verkniffenen Ausdruck im Gesicht. Er grüßte zu den Richtern hinüber und setzte seinen Rappen dann in Gang. Das Pferd kämpfte sich deutlich unwillig durch den Matsch, es ließ die Versuche des Jungen, es mit Gerte und Sporen schneller zu machen, gelassen an sich ablaufen. Erst am letzten Hindernis konnte er das Tier zu etwas höherem Tempo überreden – und kassierte prompt einen Abwurf.

Thorsten setzte sich seufzend in Bewegung und grub die Stange aus dem Matsch. Seine Tante verdrehte die Augen.

Die nächste Starterin war ein Mädchen, dessen Pferd in geradezu atemberaubendem Tempo durch den Schlick tobte. Dabei kriegte es allerdings nicht immer die Kurve. Zweimal schlitterte es einfach in einen der Sprünge hinein.

»Ob das Spaß macht?«, fragte ich zweifelnd.

Nele sah mich strafend an, Wiebke grinste.

Bis Heiko als Siebter startete, gab es noch keinen Null-Fehler-Ritt. Dafür war Thorsten mit einer weiteren Schlammschicht bedeckt. Die Stangen waren ganz schön schwer, und er konnte sie nur mit Ganzkörpereinsatz hochwuchten. Dabei wischte er die Hände gleich am T-Shirt sauber. Ich fragte mich, wo sein Daddy steckte. Schließlich entdeckte ich ihn am Rand des Platzes. Er schien sich angeregt mit jemandem zu unterhalten und war nicht halb so verdreckt wie sein Sohn.

»Da ist Heiko!«, jubelte Nele, während ich mich fragte, wer der Mann wohl sein konnte, mit dem Herr Reiser plauderte. Er kam mir vage bekannt vor, aber so recht fiel mir nicht ein, wo ich ihn vielleicht schon einmal gesehen hatte. Aber nun musste ich sowieso Heiko die Daumen drücken. Hatte ich diesen schwarz-weißen Turnierdress wirklich einmal affig gefunden? Heiko jedenfalls stand er absolut großartig, er wirkte erwachsener und ernster und so edel wie die Ritter in Kostümfilmen. Den Richtern und dem sonstigen Publikum schenkte er sein siegessicheres Grinsen.

Ich schmolz dahin.

Dann galoppierte Heiko an, und sein Schimmel flog wie ein Wirbelsturm über den Parcours. Heiko ließ sich vom Schlamm nicht schrecken. Er lachte nur, wenn das Publikum aufstöhnte, weil der Schimmel ins Rutschen geriet. Manchmal schlitterten die beiden mehr über den Platz, als richtig zu galoppieren, aber Heiko hielt die Zügel fest und lenkte aus den engsten Kurven heraus entschlossen auf die Sprünge zu.

»Wie eine Katze«, bemerkte Tante Wiebke mit widerwilliger Bewunderung. Ich versuchte, mir diesen Ausdruck zu merken.

»Das Pferd ist sensationell. Aber der Reiter …«

Ihre weiteren Äußerungen gingen im Jubel des Publikums unter.

»Null Fehler in 63,9 Sekunden!«, verkündete der Sprecher.

Heiko strahlte, als er herausritt, und winkte ins Publikum. Erst ganz zuletzt schien ihm einzufallen, sein Pferd zum Dank zu klopfen.

Nele neben mir kriegte sich vor Begeisterung nicht mehr ein.

Nach Heikos sensationellem Ritt wurde das Springen endgültig zur Schlammschlacht. Jeder Teilnehmer versuchte, ihn zu übertrumpfen, und einer rutschte und schlitterte mehr durch den Schlick als der andere. Zwei kamen dabei zu Fall, aber es passierte wohl nichts Ernstliches. Drei schafften es ebenfalls ohne Fehler, aber keiner erreichte Heikos Zeit.

»Gewonnen!«, jubelte Nele. »Ich muss in den Stall, gratulieren!«

Ich fragte mich, ob die Mädchen dafür vorher Nummern gezogen hatten. Ansonsten stand die Schlange wohl von hier bis Düsseldorf.

Betont unauffällig verzog auch ich mich zu den Pferden.

Heiko stand mitten in einer Traube von Mädchen und kommentierte den Ritt. »In die Dreifache sind wir fast hineingeschlittert. Ich dachte echt, er kriegt die Kurve nicht mehr. Aber dann hat's ja doch noch geklappt.«

Die Mädchen überboten sich in Lobeshymnen. Ich schlenderte vorbei.

»He, was machst du denn hier?«, rief mir plötzlich eines der Mädchen zu. Klar, ich fiel auf. Schließlich trug ich kein Reitzeug – ich hätte besser meine neuen Reitstiefel angezogen als die coolen grünen Sneakers, die so gut zu meinem Shirt passten.

»Ach, die ist in so 'ner Anfängerabteilung. Mutter-Kind-Reiten oder Behindertenreiten oder was der Vorstand da neuerdings veranstaltet …«, antwortete ein anderes Mädchen. »Und macht heute den Waffelstand …«

Ich wurde rot.

Aber dann traf mich Heikos Blick. »Sie backt die besten Waffeln aller Zeiten!«, erklärte er und schenkte mir ein Lächeln, das mich zur meistbeneideten Person in diesem Stall machte. »Der entscheidende Energieschub vor dem Start, würde ich dir auch mal raten, Ronja … Wo ist die überhaupt?«

Heiko sah sich suchend um, bevor er sich wieder mir zuwandte. »Aber du musst mir mal sagen, wie du heißt. Schließlich kann ich dich nicht ewig Miss Rosa Gummistiefel nennen.«

Ich gewann meine Fassung zurück. »Wieso nicht? Ist doch cool!«

Ich grinste das Mädchen herausfordernd an, das sich neulich über mich lustig gemacht hatte. Dann rauschte ich hinaus. Er konnte mir ja nachlaufen.

Aber das tat er dann doch nicht.

Ich jedenfalls schlenderte weiter, als hätte ich im nächsten Stall dringend etwas zu tun – woraufhin ich mich prompt im Stallgang irrte. Statt zu den Schulpferden kam ich in »Privatstall 2« – unschwer daran zu erkennen, dass er viel heller als der Schulpferdestall war. Außerdem standen die Pferde in größeren Boxen. Eigentlich wollte ich sofort wieder kehrtmachen. Aber dann hörte ich ein Schluchzen, und die Neugier trieb mich weiter. Hier schienen sich eher die weniger Erfolgreichen zur »Turnierkritik« zusammenzufinden. In einer Ecke hockte Ronja auf einem Strohballen und heulte wie ein Schlosshund. Zwei Freundinnen bemühten sich, sie zu trösten.

»Er hat mich so blamiert! Er macht das extra! Genau vor den Richtern. Ich … ich … ich will meine Mazurka zurück!«

Sprach sie von Heiko?

»Er ist schon ein bisschen tückisch. Nach Heiko hat er neulich gebissen«, bemerkte eines der Mädchen.

»Und immer dieses Theater, bevor er mal an den Zügel kommt. Mazurka war nie so!«

Das war wieder Ronja. Sie musste das Pferd meinen! Anscheinend hatte der riesige braune Joker im wahrsten Sinne des Wortes tierisch versagt. Aber machten Pferde das mit Absicht? Blamierten sie gezielt ihre Reiter?

»Aber für Mazurka warst du zu groß«, gab das andere Mädchen zu bedenken. »Da hätten sie dich dieses Jahr nicht mehr so gern platziert.«

»Und jetzt? Platziert mich jetzt einer?«, heulte Ronja. »Jetzt habe ich ein Pferd, das mich nicht leiden kann! Das Mistvieh hat angeblich M gewonnen! Warum galoppiert es dann falsch an?«

Ich fand es langsam etwas peinlich, hier zuzuhören. Schließlich ging mich das Ganze nichts an, und ich hatte in diesem Stall auch nichts verloren. Leise, um nicht von den Mädchen bemerkt zu werden, wandte ich mich um – und schrak zusammen, als mich jemand von hinten anstieß …

Ich unterdrückte einen Aufschrei und wandte mich um.

Da war doch eben noch niemand gewesen! Aber dann sah ich die dicke braune Pferdenase, die sich geschickt durch eine eher kleine Luke fädelte, durch die man von außen Futter in die Boxen füllen konnte. War das nicht …? Ich warf einen Blick auf das Namensschild. Tatsächlich. Joker. Und tückisch sah er nicht aus, eher traurig.

»Es war ein Missverständnis!«

Okay, das mit dem Gedankenlesen ist Käse, aber Joker machte so ein trauriges Gesicht, dass sich die Deutung aufdrängte. Bestimmt hatte er nach dem Ritt keine Möhren bekommen, und anständig abgerieben hatte man ihn auch nicht. Sein Fell wirkte ziemlich verklebt, und dann sah ich auch noch aufgeraute, fast wunde Stellen in seinen Maulwinkeln. Instinktiv tastete ich nach meinem Labello. Aber wenn man mich hier mit dem Lippenstift an anderer Leute Pferd erwischte, wäre das wohl der Gipfel der Peinlichkeit. Dafür fand sich in meiner Tasche aber noch der Probebeutel Pferdeleckerli, den ich im Reitsportgeschäft beim Stiefelkauf erhalten hatte. Ich wusste nicht, warum ich ihn heute eingesteckt hatte, aber jetzt nestelte ich ihn auf und gab Joker ein Apfel-Pfefferminz-Goodie. Mit vielen Vitaminen. Hoffentlich war das nicht die Pferdeversion der zuckerfreien Müsliriegel aus dem Reformhaus, von denen meine Mutter standhaft behauptet, sie wären lecker. Oder noch schlimmer, irgendein Dopingmittel! Aber Joker schien das Zeug zu schmecken. Er wirkte gleich etwas getröstet. Ich streichelte seine Nase. Schön weich war die. Und Anstalten, mich zu beißen, machte er auch nicht.

Auf dem Rückweg zum Turnierplatz traf ich Nele, die gerade ihr Lieblingspferd Nougat mit einem Apfel fütterte. Wahrscheinlich suchte sie Trost, weil sie mit ihrer Gratulation ganz sicher nicht zu Heiko durchgedrungen war. Mich dagegen schaute sie an wie das achte Weltwunder. Heiko hatte schließlich mit mir gesprochen. Und ich hatte geantwortet wie ein ganz normaler Mensch, statt vor Ehrfurcht im Boden zu versinken. Anscheinend wusste sie jetzt nicht so recht, wie sie mich ansprechen sollte. Mylady? Majestät?

»Ronja hat wohl nicht gewonnen …«, erkundigte ich mich vorsichtig.

Nele schien aufzuatmen. Vielleicht hatte sie gedacht, ich sei mir jetzt zu gut dazu, weiter mit ihr zu reden.

»Nein!«, erklärte sie, und es klang schadenfroh. »Hat mir Kathrin schon erzählt. Das neue Pferd hat sie voll versägt. Er soll M gewonnen haben, aber mit Ronja macht er gar nichts. Sie kriegt ihn nicht runter …«

Wieder so ein unverständlicher Satz. Sollte sie ihn in den Schwitzkasten nehmen? Wenn mir das bloß mal einer erklären könnte.

»Mit Heiko ist es natürlich was anderes …« Neles Blick verklärte sich.

Gleich würde sie wieder anfangen, von ihm zu schwärmen. Aber das wollte ich nicht hören. Eher lechzte ich nach Informationen.

»Warum reitet denn Heiko eigentlich ihr Pferd?«, erkundigte ich mich. »Ist sie seine Freundin?«

Nele blickte mich an, als wäre ich nicht ganz bei mir. »Spinnst du? Sie ist seine Schwester. Ronja und Heiko Tünnermann. Ihr Vater hat diese Heizungsfirma in der Merkatorstraße. Schwimmt im Geld, die beiden kriegen immer die absoluten Spitzenpferde. Aber man sieht's mal wieder, das nützt gar nichts! Ronja packt es einfach nicht. Während Heiko ...«

»Natürlich nützt es was!«

Mittlerweile war ich zurück am Waffelstand und hatte von meiner Unterhaltung mit Nele berichtet.

Meine Mom war gerade dabei, Waffeln für Thorsten und seine Tante Wiebke über den Tisch zu reichen. Nach dem L-Springen kam noch ein M-Wettbewerb, aber vorerst hatte Thorsten Pause. Gemeinsam mit meiner Mom lauschte er Wiebke, die sich immer noch über die Springreiter aufregte.

»Aber die Leute müssen doch reiten können!«, gab meine Mutter zu bedenken. »Schließlich gewinnen sie!«

Für mich das Stichwort, von Ronja und Heiko und ihren teuren Pferden zu erzählen. Wiebke griff das Thema sofort begeistert auf. »Mit teuren Pferden ist Gewinnen leichter, besonders im Springen. Die Pferde sind begabt und schon beim Kauf erstklassig ausgebildet. Die Reiter müssen nur oben bleiben und lenken, vielleicht noch ein bisschen das Tempo bestimmen, aber das machen sie ja meistens über die Zügel. Die reiten, wie andere Leute Go-Kart-Fahren.«

Thorsten warf mir einen beschwörenden Seitenblick zu und bat mich mit einer Geste zu schweigen.

Aber Wiebke sprach sowieso schon weiter. »In der Dressur ist es deutlich schwerer«, sagte sie. »Das Pferd darf die Aufgabe nicht auswendig abspulen, die Richter wollen sehen, dass man die richtigen Hilfen gibt. Gute Dressurpferde sind auch sehr sensibel, sie werden nölig, wenn man etwas falsch macht. Bei der Auswahl braucht man also Fingerspitzengefühl. Und wenn dieser Tünnermann den Braunen nur gekauft hat, weil er so viele Siege im Checkbuch hatte, und nicht vorher ausprobiert hat, ob er seiner Tochter nicht noch drei Nummern zu groß ist, kommt es zu solchen Flops. Ronja kann eigentlich nichts dafür und das Pferd erst recht nicht. Vielleicht raufen sie sich noch zusammen, aber wahrscheinlich kriegt sie in der nächsten Saison einfach ein neues.«

Ich musste an Joker und seine weiche Nase denken. Und daran, wie witzig er seinen Rüssel durch die Luke fädelte, um Vorbeigehende zu erschrecken. Ob Ronja das nicht vermissen würde?

Oder war ich da einfach zu sentimental?

Hackordnung

In der nächsten Zeit gewöhnte ich mich an die Reitstunden am Dienstag. Ich fand es nicht mehr so schrecklich, und eigentlich fuhr ich sogar ganz gern in den Stall. Ab und zu auch zwischendurch, aber nur gemeinsam mit Mom. Die nutzte jede Gelegenheit, nach einem gemeinsamen Einkauf »eben mal« bei den Pferden vorbeizuschauen. Dann standen wir meist an der Bande der großen Reithalle und sahen den Reitstunden zu, oder wir beobachteten die Privatreiter beim Üben. Heiko und Ronja nahmen beide an der Dressurstunde für Turnierreiter teil, und ich fühlte immer wieder ein spezielles Kribbeln im Bauch, wenn er mich auf der Tribüne bemerkte und angrinste.

Er war allerdings der Einzige, der mich bemerkte. Abgesehen von Heikos frechen Blicken schienen wir Reitschüler in den Ställen ziemlich unsichtbar zu sein. Ob das nur bei Totalanfängern so war oder auch bei Fortgeschrittenen wie Nele? Ich begann mit gezielten Beobachtungen – und dachte bald daran, hier ein Sozialkunde-Projekt anzusiedeln: »Klassengesellschaft im Pferdestall – Eine Untersuchung von Lea Groß«.

Thorsten grinste, als ich ihm davon erzählte.

»Also ganz unten stehen die Leute aus den Reitkursen«,

führte ich aus. »Wir zum Beispiel, aus dem Mutter-Tochter-Kurs, aber auch die Kinder aus den Ferienkursen. Und dann kommen die normalen Reitschüler …«

Thorsten nickte. »Aber viel zu lachen haben die auch nicht«, bemerkte er. »Wenn ich mir angucke, wie die Privatreiter sie behandeln!«

Das stimmte. Im Grunde trampelten alle vom Reitlehrer bis zu den Privatpferdebesitzern auf den regulären Reitschülern herum. Wobei die das auch noch zu genießen schienen! Nele zum Beispiel versuchte ständig, sich irgendwo einzuschmeicheln. Wenn sie eins von den geheiligten Privatrössern halten durfte, während der Besitzer auf dem Klo war, brach sie vor Ehrfurcht fast zusammen. Hinterher redete sie dann stundenlang mit ihren Freundinnen darüber. Wie das Pferd sie angeguckt hatte und wie nett der oder die Privatreiterin eigentlich sei. Und irgendwann mal … irgendwann in ferner Zukunft, würde man ihn oder sie bestimmt mal fragen, ob man das Goldstück nicht vielleicht als Pflegepferd haben könnte …

Ein Pflegepferd ist in Reiterkreisen begehrter als eine Beziehung mit Nico Chico. Und ein Privatpferd – also, das grenzt dann an Heirat mit dem Traumboy!

Meistens bestand das Leben der Reitschüler aber aus Frust, den sie bevorzugt an den Allerletzten in der Reihe, eben uns Kursreitern, ausließen.

Mich traf es vor der fünften Kursstunde beim Satteln, das ich diesmal im Team mit Maries Mutter erledigen sollte.

Ein hartes Schicksal, denn Maries Mutter hat immer recht und macht gern alles allein. Sie erzieht ihre Tochter auch allein und ganz partnerschaftlich: »Wir werden überall für Freundinnen gehalten!«

Marie nahm es nun sogar in Kauf, eine Gruppe mit Thorsten zu bilden, nur um ihrer Mami zu entgehen. Die hatte ich am Hals und somit natürlich keine Chance, dem milchschokoladenfarbenen Nougat selbst das Halfter umzulegen. Nun kriegte Frau Schröter das gerade noch hin, aber beim Satteln gingen unsere Meinungen ein bisschen auseinander. Ich fand jedenfalls, das Ding sah etwas komisch aus, und der Sattelgurt wurde auch plötzlich von rechts geschlossen anstatt von links.

»Na und? Wahrscheinlich war der letzte Reiter Linkshänder!«, tönte Frau Schröter.

Während ich darüber noch nachdachte, schlenderten zwei Mädchen vorbei. Bei Nougats Anblick kriegten sie Kicheranfälle.

»Ich würde den Sattel ja so drauflegen, dass ich beim Reiten nach vorn gucke«, bemerkte die eine, woraufhin sich die andere vor Lachen bog.

Ich versuchte, den Sinn dieser Äußerung zu verstehen, aber während ich noch kritisch unser Werk beäugte, erschien Heiko.

Keine Ahnung, was ihn in den Schulpferdestall trieb, aber vielleicht suchte er ja Lena. Nele behauptete, er ginge neuerdings mit ihr, aber das hielt ich für ein Gerücht. Lena war zwar zweifellos verrückt nach ihm, aber er hatte sie eigentlich nie anders behandelt als die sonstigen Mitglieder seines Fanclubs.

Auf jeden Fall grinste er breit, als er Nougat in seinem Stall sah.

»Irgendwie muss sich der Gaul unter dem Sattel gedreht haben«, bemerkte er. »Oder hast du ihn falschrum aufgelegt, Miss Gummistiefel?«

Ich funkelte ihn an. Wahrscheinlich wäre ich normalerweise vor Scham im Boden versunken, aber heute hatte mich schon Maries Mutter auf hundertachtzig getrieben, und die Mädels von eben hatten meine Laune auch nicht verbessert.

»Verjuxen kann ich mich selbst!«, pfiff ich ihn an. »Vielleicht hilfst du mir lieber mal!«

Heiko hob die Hände. »Friede!«, sagte er und grinste. Dann platzierte er sich locker neben Nougat, öffnete den Sattelgurt und wuchtete den Sattel andersherum wieder aufs Pferd. Jetzt wurde mir klar, was die Mädchen gemeint hatten. Natürlich, bei korrektem Aufsteigen hätte man bei unserer Sattelvariante auf den Hintern des Pferdes gesehen.

Ich wurde glühend rot.

Heiko lächelte und wandte sich zum Gehen. »Und immer schön den Gurt anziehen!«, bemerkte er noch. »Sonst fällt der Sattel runter!«

»Arroganter Blödmann«, bemerkte Thorsten.

Er musste genauso genervt sein wie ich, arbeitete er doch diesmal mit seinem Daddy zusammen. Außerdem hatte ihn Frau Witt auf dem Kieker. Thorsten landete immer bei den schwierigsten Pferden. Heute versuchte er pausenlos, den Zähnen der giftigen Allegra zu entgehen. Nicht so einfach, wenn obendrein alle auf einem herumhacken.

Am Anfang war Thorsten eigentlich ganz witzig und

guter Dinge gewesen, aber inzwischen schien er total verunsichert. Er stolperte schon auf der Stallgasse pausenlos über die eigenen Füße und entschuldigte sich dafür jedes Mal. Bei seinem Daddy, bei Frau Witt oder beim Stallbesen. Thorsten war gänzlich demoralisiert.

»Er hat uns immerhin geholfen«, meinte ich und starrte Heiko bewundernd hinterher.

Gut, er war von sich eingenommen. Aber er stand auf der Rangliste im Reitstall unangefochten auf dem allerersten Platz. Privatpferdebesitzer bildeten die Oberschicht, Turnierreiter stachen heraus, und so erfolgreiche und obendrein gut aussehende Turnierreiter wie Heiko genossen Star-Status. Vielleicht sollte ich Nele und Kathrin morgen in der Schule erzählen, dass er mein Pferd gesattelt hatte. Sicher traf dann auch mich wieder ein kleiner Strahl von seinem Leuchten.

»Ich bin immer noch der Ansicht, der Sattel müsste andersrum!«, ließ sich Maries Mutter vernehmen. »Wer weiß, was der Lümmel uns erzählt …«

Zum Glück kam Frau Witt zu uns, bevor sie den Sattel wieder umlegen konnte, und lobte uns für die perfekte Arbeit. Dann durften wir Nougat gemeinsam in die Halle führen. Wir arbeiteten jetzt immer mit insgesamt vier Pferden, und Frau Witt nahm uns auch nicht mehr an die Longe. Stattdessen ritten je vier von uns ganz allein hintereinander um die Bahn und versuchten sich dabei auch schon an ersten Bahnfiguren. Dabei lernten wir endlich »Pferdisch«.

»Ecken ausreiten« bedeutet zum Beispiel, das Pferd tief in die Ecken hineinzulenken – was nicht nur mit dem Zügel passieren sollte. Wie man es stattdessen machte, hatte ich

Frau Witts mit Fachausdrücken gespickter Rede noch nicht entnehmen können. Und »auseinandergefallen« war das Pferd, wenn Thorsten nicht ausreichend am Zügel zog. So sah es jedenfalls aus, aber die Bücher von Glorys Schwester erklärten es irgendwie anders. Denen zufolge war Reiten sowieso höchst kompliziert, und es ging gar nicht in erster Linie ums Obenbleiben, sondern darum, das Pferd zu »gymnastizieren«. Klang wie Aerobic auf vier Beinen, sollte aber durch ein »Zusammenspiel von Schenkel- und Zügelhilfen« oder »treibenden und verhaltenden Hilfen« oder was auch immer zu machen sein. Frau Witt hielt sich damit nicht groß auf. Die schrie nur abwechselnd »Treiben!« und »Zügel kürzer!«.

Wir fragten auch nicht nach, denn wir hatten genug damit zu tun, überhaupt im Sattel zu bleiben. Die Pferde machten uns das nicht leichter. Obwohl wir an den Zügeln zogen, liefen sie wild durcheinander, und einmal fingen Allegra und Buffalo sogar Streit miteinander an. Annas Mutter und Marie erschraken darüber dermaßen, dass sie absprangen. Bislang war ich überhaupt die Einzige, die noch nie vom Pferd gefallen war, aber das war mehr Zufall als Können. Ehrlich gesagt, hatte ich vor dem Runterfallen einen derart großen Bammel, dass ich mich mit Zähnen und Klauen auf dem Pferderücken festgeklammert hätte, bevor ich den Sattel freiwillig räumte. Die anderen dagegen schienen den Sturz in Kauf zu nehmen, um nur aus der Gefahrenzone zu kommen.

In der letzten Zeit begann Frau Witt, sich in die Gruppeneinteilung einzumischen. Dann fand ich mich meist in einer Abteilung mit Marie, Anna und meiner Mutter wieder, während die anderen Erwachsenen und Thorsten die zweite Gruppe bildeten. In unserer wurde mehr getrabt und auch schon galoppiert. Marie und Anna strahlten deshalb, wenn Frau Witt uns zur Abteilungsbildung aufforderte. Meine Mutter schien der Sache mit gemischten Gefühlen gegenüberzustehen. Sie ritt gern und war sportlich. Aber sie war schon zwei Mal heruntergefallen und schien langsam Angst zu bekommen.

Wenn ich viel Glück habe, dachte ich manchmal gehässig, würde sie von der Sache eher genug haben als ich.

Gelangweilt sah ich zu, wie Frau Witt Thorsten und die Erwachsenen zwiebelte. Immer wieder forderte sie zum Abstandhalten und zur besseren Kontrolle der Pferde auf, verriet aber nicht, wie das zu machen war. Thorstens verzweifeltes Zügelziehen half jedenfalls nichts. Wenn Ronnie keine Lust mehr hatte, wanderte er in die Mitte und blieb dort stehen. Und wenn Allegra keine Lust mehr hatte, galoppierte sie plötzlich zum Ausgang. Dabei verlor sie ihren Reiter fast immer.

Nachdem der Trab in der Abteilung im üblichen Chaos geendet hatte, durften die Reiter in die Mitte kommen und wir wechselten. Ich machte mir keine großen Sorgen. Nougat war während der ganzen ersten halben Stunde artig geblieben. Bestimmt stellte er auch unter mir nichts an.

Frau Witt platzierte uns an zweiter Stelle – hinter Buffalo und vor Allegra. Anna saß stolz auf Buffalo, Marie wirkte auf Allegra von Anfang an ziemlich unsicher. Die Stute war zweifellos das schwierigste Pferd. Keiner von uns hatte sie auch nur halbwegs unter Kontrolle.

Nun hätte mir das egal sein können, schließlich hatte diesmal Marie den Schwarzen Peter. Aber leider war Allegra mit ihrem Platz alles andere als zufrieden. Eben war sie noch vorn gelaufen – natürlich die ideale Startposition für ihre geliebten Alleingänge. Das schien Frau Witt diesmal verhindern zu wollen, aber Allegra spielte nicht mit. Statt brav auf ihrem Platz zu bleiben, lief sie auf Nougat auf. Der schien das als unsittliche Annäherung zu empfinden. Während ich noch versuchte, den vorschriftsmäßigen Sitz einzunehmen, keilte er schwungvoll nach der Stute aus und katapultierte mich damit vor den Sattel. Aber immerhin noch nicht in den Sand, ich kämpfte um meine Haltung. Bis eine Stimme durch die Halle dröhnte …

»Tür frei!«, rief jemand, stieß dabei aber schon die Tür auf, genau vor Buffalo, den Anna gerade vorsichtig um die Ecke lavierte. Und wie immer, wenn es irgendeine Möglichkeit gab, zu scheuen, nutzte der Fuchs sie aus. Buffalo machte einen gewaltigen Seitensprung, wobei er Anna verlor. Und Nougat schlug einen Haken, um nicht versehentlich in sie hineinzulaufen. Dabei verlor ich endgültig das Gleichgewicht und rutschte ab – genau vor die Hufe von Heikos Schimmel!

Pferd und Reiter grinsten zu mir herunter.

»Also, nur weil ich dir mal beim Satteln helfe, brauchst du mir nicht gleich zu Füßen zu liegen«, bemerkte Heiko.

Ich spürte, wie ich schon wieder rot wurde. Ich musste wie eine zermatschte Tomate aussehen.

»Na los, steig wieder auf, du willst doch Reiten lernen! Ich dachte, ich zeig dir mal, wie's geht!«

Ich konnte es nicht glauben, aber Heiko reichte mir tatsächlich die Hand und zog mich hoch. Womöglich würde er mir jetzt noch den Steigbügel halten, wie der Prinz der Prinzessin im Märchen. Eine Nanosekunde lang verflog die Halle vor mir, und ich befand mich in einem Traumland, in dem Helden die gerade geretteten Prinzessinnen auf weiße Pferde setzen und mit ihnen ins Glück galoppieren …

Aber andererseits musste man dabei auf dem Sattelknauf vor dem Prinzen ziemlich unbequem sitzen. Wahrscheinlich hatten die Mädels hinterher Druckstellen.

»Gleich alle wieder aufsteigen!«, holte mich Frau Witt in die Wirklichkeit zurück. »Und beim nächsten Mal mehr Knieschluss, Zügel kürzer nehmen, nicht auf den Pferden einschlafen. Ihr wisst doch: Das höchste Glück der Pferde …«

»Wenn ich den Spruch noch einmal höre, begehe ich einen Mord!«, brummte Thorsten. Er hatte Nougat für mich eingefangen und reichte mir jetzt die Zügel. »Irgendwie kann das alles nicht richtig sein!«

Ich antwortete nicht, sondern erklomm wieder mein Pferd, diesmal fest entschlossen, es besser zu machen. Frau Witt hatte zum Glück ein Einsehen und ließ Allegra wieder vorn gehen. Ich durfte mit Nougat ganz nach hinten und hatte von dort aus Zeit und Gelegenheit, Heiko reiten zu sehen. Er zog eine Schau ab, ließ seinen Schimmel traben, galoppieren und seitwärts gehen, stoppte manchmal hart aus dem Galopp wie ein Cowboy und grinste dabei immer wieder zu mir hinüber.

»Na, siehst du, wie's geht?«, fragte er schließlich triumphierend.

Ich nickte, um ihn nicht zu verärgern. Dabei wusste ich längst, dass man das Reiten nicht vom Zugucken lernt.

Thorsten schien zu einem ähnlichen Ergebnis gekommen zu sein. Als wir mit den Pferden fertig waren, schob er sich zögernd an mich heran. »Du, Lea ...«

Ich hatte nur Augen für Heiko, der gerade aus dem Privatstall kam.

»Hast du ein Fahrrad?«

Ich schaute Thorsten verwundert an. Natürlich hatte ich ein Fahrrad. Aber was sollte das jetzt sein? Die Einladung zu einer Radtour?

»Ich dachte nämlich, wenn ... also, wenn du Lust hättest ...«

»Gehen wir noch 'ne Cola trinken?« Heiko schien Thorsten neben mir gar nicht zu sehen. Er fragte beiläufig, aber natürlich rechnete er nicht mit einer Abfuhr.

Ich bemühte mich, genauso gelassen zu bleiben und nicht wie ein Honigkuchenpferd zu grinsen. »Warum nicht?«

Thorsten ließ ich stehen. Wenn er etwas von mir wollte, musste er es schon richtig sagen.

Wie selbstverständlich schritt ich neben dem meistbewunderten Typen des Reitstalls zum Cola-Automat, ein Weg, der von Mädchen gesäumt war, die in den verschiedenen Stallgassen ihre Pferde zum Reiten fertig machten. Nele blickte mich so bewundernd an, als wäre ich mindestens mit Nico Chico unterwegs. Die Mädchen aus dem Privatstall verfolgten mich mit blankem Hass.

Eins jedenfalls stand fest: Ich hatte zwar vorhin den Sand geküsst, aber in der Hackordnung in diesem Stall war ich um mehrere Stufen gestiegen!

Missglücktes Outfit

»Dieser Thorsten steht auf dich, oder täusche ich mich da?«, fragte meine Mutter, als wir nach der Reitstunde im Auto saßen.

Das war mal wieder typisch. Von meinem sensationellen Erfolg bei Heiko hatte sie nicht das Geringste mitgekriegt. Aber wenn sich so ein Versager um mich bemühte, bekam sie glänzende Augen. Meine Mom ist der Typ, der ständig Katzenkinder im Müll findet.

»Weiß nicht …«, murmelte ich desinteressiert. Über Thorsten wollte ich jetzt eigentlich nicht reden. Im Grunde wollte ich mich überhaupt nicht unterhalten. Ich stand noch viel zu sehr unter den Nachwirkungen meiner Cola mit Heiko. Womit ich natürlich nicht den Koffeinschock meine. Es war mehr dieses »Heiko-Fluidum«. Er war supercool gewesen, hatte mich alle möglichen Sachen gefragt, in welche Klasse ich ginge und so – und warum ich reiten lernte. Ich hatte natürlich gesagt, ich liebte Pferde. Und dann … na ja, ich weiß, es war gelogen, aber in den Zeitschriften steht immer, man solle den Jungs das Gefühl geben, dass man ihre Interessen teilt. Jedenfalls sagte ich ihm, ich würde gern Turniere reiten. Erst wollte ich »Springen« sagen, aber natürlich sollte er keine Angst vor der Konkurrenz kriegen.

Also erzählte ich ihm, ich würde gern Dressur reiten wie seine Schwester. Und wie toll ich ihr Pferd fände, den Joker. Das schien ihm zu gefallen. Aber das Thema war trotzdem schlecht gewählt, denn er fing gleich wieder an, auf Ronja rumzuhacken. Heikos Meinung nach war das teure Pferd total an sie verschwendet. Sein Vater hätte das Geld lieber in einen neuen Springcrack für Heiko stecken sollen.

»Aber Joker hat da auch Potenzial. Vor dem Turnier hab ich ihn mal über den Parcours geritten – und er war bombig! Wenn ich den ein Jahr trainiere, geht er M. Mal gucken, wie sich das noch entwickelt …«

Im Klartext: Heiko dachte daran, seiner Schwester das Pferd abzuluchsen. Sehr sympathisch fand ich das nicht. Aber andererseits … Wenn sie nun wirklich nichts damit anfangen konnte …

Am Ende schwebte ich durch eine Stallgasse voller neidischer Mädchen zum Reiterstübchen, wo meine Mutter mit den anderen Kursteilnehmerinnen Kaffee trank. Weder Marie noch Anna oder Thorsten waren irgendwo zu sehen.

Die drei erspähte ich aber immerhin noch vor der Abfahrt. Sie standen, jeder ein grasendes Schulpferd an der Hand, auf der Wiese neben dem Springplatz. Marie und Anna schwatzten dabei miteinander, Thorsten hing mit dem sanften Toby am Strick am anderen Ende der Weide herum. Als ich die beiden dort sah, fühlte ich mich irgendwie schuldig. Nougat wäre bestimmt auch gern grasen gegangen. Aber verdient hatte er es nicht! Schließlich hatte er mich abgeworfen! Ich verdrängte die Schuldgefühle – und war eher ein bisschen traurig, dass die Zeit heute nicht für einen Besuch bei Joker gereicht hatte.

Ich dachte an sein trauriges Gesicht. Ob er glücklicher wäre, wenn er mit Heiko Springturniere gewann?

»Aber du machst dich gut in der Reitstunde!«, versuchte es meine Mutter jetzt mit einem anderen Thema. »Ich glaube, du bist überhaupt die Beste im Kurs. Macht es dir denn jetzt ein bisschen Spaß?«

Ich nickte halbherzig. An und für sich hätte ich immer noch gut auf die Reitstunden verzichten können. Aber Heiko wollte ich natürlich wiedersehen …

Meine Mutter strahlte. »Das wusste ich! Und weißt du was: Morgen fahren wir in den Reiterladen und kaufen uns richtige Reithosen! Immer in Jeans reiten, das ist doch nichts!«

Diesmal fiel mein Nicken enthusiastischer aus. Wenn ich demnächst in richtigen Reitsachen erschien, würde ich wenigstens nicht mehr auffallen. Außerdem gab es die Dinger in ganz geilen Farben. An Mädchen wie Ronja sahen sie ziemlich cool aus. Und Heiko würde sehen, dass ich es ernst meinte …

Bisher hatte ich mich noch nie für dick gehalten. Im Gegenteil, mir fehlt es eher an Rundungen. Besonders obenherum. Da war noch gar nichts, und ich fürchtete, es käme auch nicht mehr viel. Zumindest können andere Mädchen mit dreizehn schon mit ganz anderer Oberweite aufwarten, während ich eigentlich nicht einmal einen BH brauchte. Natürlich zog ich trotzdem einen an, aber wie gesagt, ohne hätte ich auch überlebt. Meine Oberschenkel beobachtete ich dagegen mit Argusaugen. Es heißt schließlich, dass sie vom Reiten dick würden. Aber bislang passte ich immer noch in Größe 34, und das, ohne mich anzustrengen. Bei meiner Mutter ist das ähnlich. Die trägt seit Jahren 38, auch ohne Diäten. Mom meint, das sei genetisch bedingt. Wir sind von Natur aus groß und schlank, auch mein Papa ist ein Lulatsch.

Also betraten wir das Reitsportgeschäft am nächsten Tag ganz unbeschwert. Gut, die Verkäuferin war noch ein bisschen dünner als wir, aber das grenzte schon an Magersucht. Allerdings musterte sie uns mit kritischen Blicken, als wir unsere Hosengrößen nannten.

»Versuchen Sie's«, bemerkte sie schließlich und gab den Weg zu den Regalen frei.

Meine Mutter angelte sich gleich eine Hose in dunkelblau, passend zu ihrer Kappe. Ich konnte mich nicht zwischen einem leicht fluoreszierenden Lila und einem knalligen Apfelgrün entscheiden.

»Ich probier zuerst!«, erklärte Mom und verschwand in der Kabine. Die Verkäuferin stellte sich davor in Positur – offensichtlich sah sie das Drama voraus.

»Ist das wirklich 38?«, fragte meine Mutter ratlos. »Ich hab das Gefühl, die ist viel zu klein!«

Das Magermodel nickte. »Sag ich doch«, bemerkte sie, obwohl sie bislang nachweislich nur skeptisch geguckt hatte. Vielleicht glaubte sie ja auch an telepathische Kommunikation. »40 brauchen Sie mindestens.«

Ich feixte ein wenig. Schau an, Mom hatte zugenommen! Dabei war mir das gar nicht aufgefallen. Während die gelangweilte Verkäuferin die Hose eine Nummer größer heraussuchte, verzog ich mich mit meiner Auswahl in die nächste Kabine – und wäre vor Schreck fast umgefallen! Schon an den Unterschenkeln spannte die schicke lila Hose. Über die Oberschenkel war sie kaum zu ziehen, und es war nicht daran zu denken, sie zu schließen. Ich versuchte es mit schlangengleichen Bewegungen. Aber das war hoffnungslos. Niemals würde ich mich damit auf ein Pferd schwingen können!

Ich probierte die grüne mit dem gleichen Ergebnis. Es gab nichts zu deuteln. Ich war fett!

Immerhin war ich entschlossen, das Gesicht zu wahren.

»Ist nicht so das Wahre …«, murmelte ich und zog zum Regal, um mich eine Nummer größer umzusehen. Inzwischen kam meine Mutter aus der Kabine. Sie trug die dunkelblaue Hose und sah ungefähr so aus, als habe man sie in eine Wurstpelle gezwängt.

»Ich hab den Eindruck, sie ist immer noch zu eng …«, meinte sie unglücklich.

Die Verkäuferin runzelte die Stirn. »Nein, so muss sie sitzen. Die weitet sich noch.«

»Was meinst du denn?«, fragte Mom.

»Hast du zugenommen?«, fragte ich herzlos.

Mom schüttelte den Kopf. »Eigentlich nicht, ich weiß auch nicht …«

»Reithosen trägt man sehr eng«, bemerkte die Verkäuferin.

Ich sagte nichts weiter, sondern versuchte es jetzt erst mal meinerseits mit einer violetten Hose, Größe 36. Mit den Bewegungen einer Schlangentänzerin gelangte ich hinein. Das Schließen des Reißverschlusses grenzte an Kraftsport. Waren die Dinger als Trainingsgeräte gedacht? Oder mahnten sie uns, bloß nicht zuzunehmen, um die Pferde nicht allzu sehr zu belasten?

»Schick!«, meinte die Verkäuferin, als ich aus der Kabine trat. Meine Mutter hatte sich inzwischen überwunden und probierte ein Modell in Größe 42. Das passte endlich. Aber dafür reichte es nur bis zur halben Wade. Es war allerdings billiger. Während ich fast vor dem zweiten Ohnmachtsanfall stand, als ich das Preisschildchen an meiner violetten Hose sah. Auch dieser Betrag erklärte das Aussehen der Verkäuferin. Wer so viel für Hosen ausgab, konnte sich das Essen nicht mehr leisten.

Ich versuchte noch mal die apfelgrüne Hose, die etwas preiswerter war.

»Was macht die Dinger denn so teuer?«, erkundigte sich meine Mutter gerade. Sie hatte inzwischen jeden Stolz über Bord geworfen und eine hellblaue Hose in Größe 42 anprobiert. Sie kostete ein Vermögen, aber sie saß immerhin gut.

Die Verkäuferin zuckte die Achseln. »Das sind Markenhosen. Aus Mikrofasern. Darin schwitzen Sie nicht.«

Ich schwitzte eigentlich jetzt schon, der Einstieg in das grüne Höschen war noch anstrengender als das Schlängeln in das violette. Aber ich würde nicht um ein Modell in Größe 38 bitten! Ich nicht!

»Und sie sind aus Stretch-Material. Sie geben bei Bewegungen nach.«

Das mussten sie auch. Sonst würde meine Hose reißen, wenn ich damit aufs Pferd stieg.

»Ist dir die wirklich nicht zu eng, Lea?«, fragte Mom. Ich schüttelte tapfer den Kopf.

»Sitzt perfekt«, behauptete die Verkäuferin. »Darf's noch etwas sein?«

Sie musterte mich skeptisch, und ich fühlte mich unter ihrem Blick fetter und fetter werden.

»Vielleicht ein Sport-BH? Wir empfehlen jetzt auch schon sehr jungen Mädchen einen Sport-BH …«

Meine Mutter wehrte ab. Schließlich verließen wir das Geschäft mit real dünnerem Portemonnaie und gefühlt dickerem Hintern. Da musste mir nicht auch noch ein Busen wachsen.

Ich hoffte natürlich, Heiko am Dienstag wieder zu treffen und vielleicht sogar eine anerkennende Bemerkung zu meiner neuen Hose zu hören zu bekommen. Stattdessen grinste mich aber nur Thorsten an.

»Cooles Grün! Steht dir super. Aber hast du nicht Angst, dass Toby dich mit einem Apfel verwechselt?«

Ich würdigte ihn keiner Antwort. Allegra, die Frau Witt mir heute zum ersten Mal zuwies, fand mich zugegebenermaßen wirklich zum Anbeißen. Wobei ich nicht glaube, dass die Farbe meiner Hose daran schuld war. Allerdings war ich in dem neuen Teil nicht allzu beweglich. Zweimal hätte das Mistvieh mich fast erwischt.

Dazu musste ich auch noch als Erste in den Sattel. In einer Abteilung mit Thorsten, Annas und Maries Mutter.

»Ich setze dich an die Tête, Lea, sieh zu, dass du das Tempo regulierst!«, erklärte Frau Witt.

Deshalb also der »Abstieg« in die »Versagerabteilung«.

Frau Witt hoffte auf mehr Ordnung durch einen »Könner« an der Spitze. Zunächst fühlte ich mich ein bisschen gebauchpinselt. Aber das erledigte sich rasch. Allegra war absolut nicht zu halten. Ich zog genauso verzweifelt am Zügel wie alle anderen Reiter zuvor, aber sie machte, was sie wollte.

»Tief einsitzen! Nimm sie zwischen Kreuz und Schenkel!«, befahl Frau Witt.

Ich sollte auch noch die Schenkel andrücken? Das würde die Stute doch erst recht anfeuern! Und wenn ich mich tief in den Sattel setzte, wurde ich im Trab gnadenlos durchgeschüttelt. Das hielt ich nicht aus, ich konnte nur versuchen, den Stößen zu entgehen, indem ich mich leicht in die Bügel stellte und nach vorn lehnte. Allegra schien das als Aufforderung zu verstehen, noch schneller zu werden. Sie ging keinen Schritt mehr, sondern bewegte sich im knallharten Trab. Ich spürte nicht mal mehr das Spannen meiner Reithose.

»Zügel kürzer!«, rief Frau Witt.

»Noch kürzer!« Das war Heiko.

Der winzige Freudenschauer, der mich überkam, als ich ihn an der Bande stehen sah, wurde gleich gedämpft durch den Schmerz in meiner Hand. Ich war nicht die Einzige, die am Zügel zog. Auch Allegra setzte ihre ganze Kraft ein, mir die Dinger aus der Hand zu zerren. Es tat tierisch weh, ich wusste jetzt, warum Heiko beim Reiten Handschuhe trug.

Und dann hatte Allegra offensichtlich genug. Sie war es nicht gewöhnt, dass Reitschüler mit derartiger Energie kämpften, und sie gedachte auch nicht, das einreißen zu lassen. Ohne Vorankündigung buckelte sie plötzlich los wie ein Rodeopferd. Ich bewies allerdings wenig Talent zum Cowgirl. Diesmal rutschte ich nicht in den Sand, sondern flog in hohem Bogen und stieß mir die Hüfte an. Das tat ziemlich weh – aber zu allem Überfluss hörte ich auch noch ein reißendes Geräusch im Schritt meiner Hose. Der Gipfel der Peinlichkeit! Die Reithose riss! Ich würde Heiko praktisch nackt gegenüberstehen!

Verzweifelt versuchte ich, mein T-Shirt lang zu ziehen, und wenn ich stand, sah man hoffentlich wirklich nichts. Aber spätestens wenn ich mich jetzt wieder in den Sattel schwingen würde, würde mein Slip unter dem Riss aufblitzen. Ich wendete Allegra von Heiko ab, während ich aufstieg, aber das bedeutete zwangsläufig, mich Thorsten zuzuwenden. Ich war knallrot, als ich wieder im Sattel saß, und fest entschlossen, mich auf keine weitere Auseinandersetzung mit Allegra einzulassen. Sollte sie doch ihr Tempo gehen! Wenn es den anderen zu schnell wurde, mussten sie selbst damit zurechtkommen. Der Rest der halben Stunde verlief dann entsprechend chaotisch. Allegra eilte und war schließlich so schnell, dass sie das Ende der Abteilung erreichte. Thorsten, der den braven Toby an zweiter Stelle ritt, hielt dagegen das Tempo und verhinderte das Schlimmste.

»Ich hatte wirklich gedacht, du kommst besser zurecht!«, tadelte Frau Witt, als ich Allegra aufatmend in die Hände der gar nicht so begeisterten Anna abgab.

Niedergeschlagen verzog ich mich mit Thorsten in die Mitte. Heiko wartete an der Bande. Was machte ich bloß, wenn er mich nachher wieder zu einer Cola einlud? Ich konnte auf keinen Fall mit der zerrissenen Hose durch den ganzen Stall laufen.

Thorsten sah mich mitleidig an. »Das muss nicht so sein, Lea«, bemerkte er dann.

»Was muss nicht so sein?«, fragte ich wütend. »Die Reitstunde? Das blöde Pferd?«

Thorsten nickte. »Beides irgendwie. Ich wollte dich letztes Mal eigentlich fragen, ob du mitwillst. Aber du hattest ja was anderes vor. Also bin ich allein gefahren …«

»Gefahren?«, fragte ich unkonzentriert. Allegra versuchte eben, mit Anna Richtung Tor zu flüchten. Heiko hatte wohl genug gesehen und verzog sich aus der Halle.

»Zu Wiebke. Meiner Tante, du weißt schon, die beim Turnier da war. Und sie hat mir einiges erklärt.«

Sollte das der Grund sein, warum er Toby heute so problemlos hinter Allegra gehalten hatte?

»Kann sie Wunder vollbringen?«, fragte ich spöttisch.

»Nein, nur … sie sieht das alles ganz anders. Wenn du Lust hast … also, ich fahre am Sonntag wieder hin …«

Ich hatte im Moment wirklich anderes im Kopf als einen Besuch bei Tante Wiebke. Vor allem die Frage, wie ich ungesehen mit meiner geplatzten Hose aus der Halle kam und auch noch das Absatteln überstand. Beim Hufeauskratzen würde ich mich unweigerlich bücken müssen …

»Ich überleg's mir«, murmelte ich schließlich, während Allegra in der Halle unter Anna buckelte und ihre Reiterin damit mal wieder loswurde.

Frau Witt schimpfte mit Anna, die in Tränen ausbrach. Aber wie sie es besser machen konnte, verriet die Reitlehrerin nicht. Vielleicht kannte Wiebke ja wirklich das Ei des Kolumbus.

Schließlich war die Stunde zu Ende, und ich half Anna,

Allegra in den Stall zu bringen. Da musste ich dann alles allein machen. Anna war stocksauer, sie wollte den »blöden Gaul« nie mehr sehen. Aber irgendwie wirkte auch Allegra nicht besonders glücklich. Sie biss wütend nach mir, als ich sie abrieb, und hätte meiner Hose damit beinahe den Rest gegeben.

Meine Mutter machte die Sache noch schlimmer, indem sie lauthals darüber lamentierte, dass man uns dieses Teil als »Qualitätsreithose« verkauft hatte und wie teuer es gewesen war. Dabei hatte ich gehofft, dass höchstens die Hälfte der Abteilung mein Missgeschick mitgekriegt hatte.

»Vielleicht war sie einfach zu eng«, bemerkte Maries Mami.

Das hatte ich jetzt gerade noch gebraucht!

Und zu allem Überfluss näherte sich Heiko genau in dem Moment, in dem ich Allegra endlich in der Box hatte, mich sicher fühlte und ganz gelassen bückte, um ihr einen Schwung Heu in den Stall zu werfen.

»Du neigst ein bisschen zu missglückten Outfits, nicht?«, bemerkte er grinsend. »Erst die rosa Treter und jetzt …«

Ich wurde so glühend rot wie der Slip, den ich unter der Reithose trug.

»Ich find dich aber trotzdem süß!«

Ich hatte das Gefühl, gleich tot umzufallen. Er fand mich süß und sagte das auch noch! Warum hatte ich kein Tonbandgerät dabei? Und wie reagierte man darauf? Sagte man »Vielen Dank!« oder erklärte man seinerseits, wie cool man den Jungen fand?

Heiko schien keine Entgegnung zu erwarten.

»Willst du noch 'ne Cola?«, fragte er.

Wenn ich jetzt Nein sagte, dachte er wahrscheinlich, ich würde ihn nicht mögen!

»Ich …«

»Kommst du, Lea?«

Meine Mutter. Die Rettung!

Ich versuchte ein bedauerndes Lächeln. »Ich würd' schon gern … Aber du hörst ja …«

»Es ist gleich sechs, und ich will diese Hose reklamieren! Jetzt und gleich!«

Meine Mom war auf hundertachtzig. Und verstand sicher gar nicht, dass sie das Messer in meiner Wunde drehte.

»Na, dann macht mal«, bemerkte Heiko. »Aber insgesamt ist das ja ätzend mit eurem Mutter-Kind-Kurs. Ständig Mami im Schlepptau. Kannst du dich da nicht mal loseisen?«

Ich zuckte die Achseln. Wie sollte ich?

»Am Wochenende ist Turnier in Hermannsburg. Weißt du, wo das ist?«

Natürlich wusste ich, wo der Reitstall in Hermannsburg lag. Er wäre von uns aus näher gewesen als der Reiterverein Wienberg, aber er bot keine Mutter-Tochter-Kurse an.

»Komm doch einfach vorbei. Am besten am Sonntag, da reite ich das M-Springen. Und am Samstagnachmittag blamiert sich Ronja wieder mal öffentlich in zwei Dressuren. Ach ja, und das L-Springen ist da auch. Du kannst mir die Daumen drücken.«

»Hast du dafür nicht genug Mädchen?«, rutschte es mir heraus.

Schließlich war Heiko ständig mit mindestens zwei Anbeterinnen unterwegs – die meisten hübscher und älter als ich. Heiko war sechzehn, und sein Fanclub durfte ein Durchschnittsalter von 15 aufweisen.

»Keins mit Einhorntattoo und rosa Gummistiefeln«, lachte er. »Die Mäuse hier sehen alle aus, als hätte man meine Schwester geklont. Und ich weiß nie, ob sie mich anhimmeln oder mein Pferd.«

Das musste echt ein Problem sein.

»Ich mach mir nicht soooo viel aus Pferden«, bemerkte ich, obwohl ich letzte Woche noch das Gegenteil behauptet hatte. »Und zu Schimmeln …« Ich wies auf Allegra. »… hab ich sowieso ein gestörtes Verhältnis.«

Heiko lachte. »Das Biest ist gemeingefährlich. Mir unverständlich, warum der Verein sich so was als Schulpferd hält …«

»Die anderen sind auch nicht viel besser«, bemerkte ich. Buffalo neigte zum Scheuen, Ronnie strebte ständig in die Mitte, Nougat wurde aggressiv, wenn ihm ein anderes Pferd zu nahe kam. Nur Toby war meistens brav. Aber der galt als langweilig.

»Wie Frau Witt schon sagt: ›Das höchste Glück der Pferde …‹«

Ich seufzte.

»Frau Witt tickt nicht richtig«, erklärte Heiko zu meiner Verwunderung. »Die ist genauso eine Niete wie die Schulpferde. Was meinst du, weshalb für die Privatreiter ein anderer Lehrer kommt? Jedenfalls lernt man nichts vom Runterfallen, die Mädels kriegen davon höchstens Angst …«

»Und die Jungs nicht?«, fragte ich mit gerunzelter Stirn.

»Vielleicht solche Flaschen wie euer Bubi im Kurs, aber richtige Jungs …«

Ich fragte mich, warum es wohl so wenige »richtige Jungs« in den Reitställen gab, wenn man da doch so fabelhaft seine Tapferkeit beweisen konnte. Aber das sagte ich besser nicht laut.

»Also, was ist? Kommst du am Sonntag? Das Springen geht um elf Uhr los.«

Ich zuckte die Schultern.

»Mal sehen«, entgegnete ich.

Aus dem Augenwinkel sah ich Thorsten. Er kam aus Tobys Box – wenn er da die ganze Zeit gehockt hatte, musste er alles mitbekommen haben.

Heiko verdrehte bei seinem Anblick die Augen und wandte sich zum Gehen.

Von draußen rief meine Mutter noch einmal. Thorsten zog die Augenbrauen hoch, als Heiko sich umwandte. »Falls du trotzdem mit zu Wiebke willst: Sonntag um elf am Zoo …«

Voll versägt

Meine Mutter schleifte mich mit meiner gerissenen Hose durch das halbe Einkaufszentrum, bevor sie das Unglücksteil im Reitsportgeschäft präsentierte. Das war natürlich voll – ungefähr zehn Leute erlebten mit, wie meine Mutter wutschnaubend mein T-Shirt anhob und der Verkäuferin vollen Ausblick auf mein Hinterteil gewährte. Aber immerhin war diesmal auch die Ladeninhaberin da, rüffelte die magersüchtige Verkäuferin für die schlechte Beratung und gewährte uns schließlich einen ordentlichen Preisnachlass auf eine langweilige dunkelgrüne Hose in Größe 38. Ich hätte im Boden versinken können!

Und auch sonst ging alles ziemlich schief. Ich machte den Fehler, Mom von meinen Turnierplänen am Wochenende zu erzählen.

»Du willst in Hermannsburg zuschauen? Super, dann fahren wir doch zusammen hin!«

So hatte Heiko sich das natürlich nicht gedacht. Zu blöd. Gerade hatte ich gehofft, ihn am Samstag allein und ohne Pferd genießen zu können. Schließlich würde er bei den Dressuren nur zuschauen. Das Daumendrücken beim Springen war mir dagegen gar nicht so wichtig. Für mich sah da ein Durchgang aus wie der andere.

Das war allerdings noch nichts gegen die Dressurprüfungen! Dabei starteten durchschnittlich neunzig Mädchen in haargenau gleichen weißen Reithosen und schwarzen Jacken. Sie ritten auf braunen, fuchsfarbenen oder schwarzen Pferden mit der gleichen Zöpfchenfrisur und bewegten sich wie Klone. Wo die Richter hier Unterschiede sehen konnten, war mir ein völliges Rätsel, und meiner Mutter schien es sich auch nicht zu erschließen. Sie wollte deshalb nach der A-Dressur Kaffeetrinken gehen, aber ich bestand darauf, Ronja und Joker in der L-Prüfung zu sehen. Die Konkurrenz unterschied sich für mich vor allem darin, dass die teilnehmenden Mädchen gelegentlich auch dunkelblaue oder dunkelgrüne Reitjacken trugen und einzeln starteten.

Ronja kam in dieser Prüfung als Sechste dran. Aber sie war bereits Stunden vorher auf dem Abreiteplatz, wo Heiko sie triezte. Womit er das Bild entschieden zerstörte. Ursprünglich hätten Ronja und Joker nämlich zumindest eine Schönheitskonkurrenz problemlos gewinnen können. Ronja ist der Typ, dem der strenge Turnierlook steht. Sie hat ganz gleichmäßige Gesichtszüge, porzellanblass, so ein bisschen geishamäßig. Die kamen unter der Kappe gut zur Geltung. Und ihre langen, dunklen Haare trug sie heute in einem Netz, was irgendwie cool aussah. Dazu ist sie schlank und groß, ihr dunkelblaues Jackett passte zu ihren dunkelblauen Augen. Ein bisschen geschminkt war sie auch – sie sah aus wie ein Model für Reitmoden. Und Joker war ebenfalls ein sehr schönes Pferd. Sein dunkelbraunes Fell glänzte heute wie lackiert, er trug eine schneeweiße Satteldecke und ein Samtstirnband in Weiß und Dunkelblau. Zuerst schien er auch fast etwas stolz auf seinen Staat, er guckte ganz unternehmungslustig drein, als er auf den Abreiteplatz kam. Aber dann nahm sich Heiko die beiden vor, und das Drama begann.

»Nun stell ihn schon zusammen, so eine lange Aufwärmzeit braucht der nicht, schließlich ist er ein M-Pferd! Und benutz mal die Sporen, wozu hast du sie dran! Er fällt total auseinander. Wenn er so in die Prüfung geht, kriegen die Richter 'ne Krise!«

»Aber ich kann ihn doch nicht hinter die Senkrechte …«

»Klar kannst du! Machen die großen Stars doch auch. Wenn du ihm jetzt zeigst, was 'ne Harke ist, versägt er dich gleich nicht, sondern ist froh, dass er mehr Zügel kriegt!«

Nicht dass ich irgendetwas von dieser Unterhaltung verstand. Aber ich sah, dass Ronja mit unheimlicher Anstrengung am Zügel zog und Joker dabei permanent mit den Sporen traktierte. Das gefiel ihm verständlicherweise nicht, er guckte ungnädig und wehrte sich schließlich, indem er unter den Bauch trat oder ausschlug. Stolz sah er nicht mehr aus, sondern eher traurig, fast wie besiegt, als er schließlich nachgab und sich den Kopf fast bis an die Brust ziehen ließ. Ronja schien zu diesem Zeitpunkt mit ihren Kräften am Ende. Ihre Schminke war zerlaufen, sie war rot vor Anstrengung und ihr Gesicht schweißüberströmt.

Als sie endlich einreiten durfte, scheute Joker als Erstes vor dem Richterhäuschen und dann vor ein paar Kindern, die am Reitplatzrand spielten. Beim Grüßen vor den Richtern hampelte er herum, anstatt stillzustehen, und dann wollte er vor dem Richterpult nicht auf den Hufschlag.

Ronja zwang ihn schließlich, und der erste Teil der Aufgabe sah dann auch aus wie bei allen anderen – fand ich, Heiko war da allerdings anderer Ansicht.

Ich war wie zufällig zu ihm rübergeschlendert.

»He, du bist ja heute schon da!« Heiko begrüßte mich fröhlich und legte mir flüchtig und wie nebenbei den Arm um die Schulter, während er mich rasch zum nächsten Sitzplatz auf der Tribüne lotste. Ich fühlte mich sofort besser. Wenn Heiko Ronja zusammenstauchte, mochte ich ihn nicht sonderlich, aber sobald er bei mir war, waren alle diese Gefühle ausgelöscht, und ich strahlte nur noch – innerlich und äußerlich. Natürlich hatte ich mich auch wieder für ihn schön gemacht. Einhorntattoo und witzige Ohrringe, auch aus dem »Tierpension«-Fanshop. An meinem linken Ohr baumelte ein winziges Nilpferd, am rechten ein Frosch. Ich hatte auch noch ein sehr weit ausgeschnittenes T-Shirt anziehen und ein weiteres Tattoo im Ausschnitt platzieren wollen, aber darauf hatte ich dann verzichtet, um Fragen meiner Mutter vorzubeugen. Allerdings war mein Top bauchfrei – irgendwie musste ich der Welt beweisen, dass ich nicht fett war, auch wenn mein Hintern Reithosen sprengte.

Heiko hatte jetzt allerdings nur Augen für Ronja und Joker, und was er sah, gefiel ihm gar nicht.

»Er geht viel zu verhalten … meine Güte, entweder sie hält ihn zu fest oder sie lässt ihn zu lang, das Mädchen lernt's nie!«, schimpfte er.

»Aber … aber kann er denn so überhaupt noch gucken?«, fragte ich schüchtern. Jokers Kopf war immer noch Richtung Brust gezerrt, und ich meinte, irgendwo gelesen zu haben, dass Pferde nur geradeaus schauen können, wenn sie den Kopf heben. Jokers Verhalten bestätigte das. Er scheute vor jeder Kleinigkeit am Reitplatzrand.

»Er braucht nicht zu gucken, Reitplätze sehen überall gleich aus«, belehrte mich Heiko. »Aber so tief einstellen sollte sie ihn in der Prüfung auch nicht. Das macht man vorher, um sie kirre zu machen. Aber doch nicht, wenn die Richter gucken!«

Ich verstand das alles nicht so recht. Joker wirkte inzwischen eher verärgert und machte seinem Frust Luft, als er endlich galoppieren durfte. Er galoppierte nicht gleichmäßig und langsam wie die Pferde vor ihm, sondern er schoss zunächst los und buckelte dann herzhaft, als Ronja ihn bremsen wollte. Ronja fiel dabei nicht herunter, was für mich eindeutig die größte Leistung dieses Tages darstellte. Bislang hatte sich die Reiterei der Turnierteilnehmer für mich nicht allzu sehr von unseren eigenen Versuchen im Kurs unterschieden. Aber beim Rodeo hätte Ronja punkten können. Und es sah nicht einmal besonders schwer aus.

Heiko neben mir fluchte. »Das war's dann wohl mit einer Platzierung. Mein Vater wird begeistert sein. Aber ich hab's ja gleich gesagt: Ronja braucht ein ›Knopfdruckpferd‹, mit dem hier wird das nie was!«

»Willst du jetzt noch weitergucken oder gehen wir was trinken?«, ergriff ich die Chance, erstens vom Reitplatz und von dieser langweiligen Prüfung wegzukommen und zweitens Ronja die Abreibung durch ihren Bruder zu ersparen.

Heiko zögerte, aber dann dachte er wohl, dass er Ronja schließlich noch den ganzen Abend zur Schnecke machen konnte. Außerdem gesellte sich gerade ein kräftiger, dunkelhaariger Mann zu ihr – der, mit dem Thorstens Vater neulich am Rande des Parcours gesprochen hatte. Nun fiel mir auch ein, warum er mir damals bekannt vorgekommen war. Er sah Heiko und Ronja auffallend ähnlich.

»Mein Vater«, erklärte Heiko mit einem schadenfrohen Blick auf seine Schwester. »Hat er's also doch noch geschafft zu kommen. Jetzt hat er das Trauerspiel ja wenigstens mal selbst gesehen ...«

Arme Ronja. Aber glückliche Lea! Für die nächste Stunde gehörte Heiko ganz und gar mir. Nicht mal meine Mom kam uns in die Quere, die quasselte mit irgendwelchen Müttern am Kuchenstand. Und wieder mal unterhielt ich mich blendend mit Heiko. Wir redeten über die Schule, über Musik – abgesehen davon, dass er »Tierpension« nichts abgewinnen konnte, mochten wir fast die gleichen Bands – und über Filme.

»Wir können ja mal ins Kino gehen!«, sagte er schließlich.

Ich grüßte die Welt von Wolke 17!

Schließlich ging ich mit, um Mariano fürs L-Springen fertig zu machen. Ich fürchtete zuerst, Heiko würde dazu meine Hilfe brauchen, und ich würde mich unrettbar in dem Riemengewirr verheddern, das man »Trense« nannte. Aber dann wimmelte es im Stall nur so vor Mädchen in Reitzeug, die bereit waren, Mariano und sein Sattelzeug notfalls mit der Zunge sauber zu lecken. Natürlich guckten sie mich alle an, als wollten sie mich bei nächster Gelegenheit an die Fische verfüttern, aber da stand ich drüber. Gelassen schlenderte ich zu Joker hinüber, der trübsinnig in einer ziemlich kleinen Box stand. Er hätte schon wieder einen Labello gebraucht. Oder eigentlich eher Wundsalbe.

Seine Maulwinkel waren mehr als ein bisschen aufgesprungen. Sie waren wund.

»Du kannst ein bisschen Vaseline draufmachen«, bemerkte Heiko, als ich ihn darauf hinwies. »Ist selbst schuld, der Gaul, warum kommt er nicht runter?«

Ein Topf Vaseline fand sich in Marianos Putzkasten. Solche Missgeschicke schienen hier also öfter vorzukommen. Mit klopfendem Herzen schlüpfte ich zu Joker in die Box. Er war so viel größer als unsere Schulpferde …

Allerdings machte er keine Anstalten, mich zu beißen. Im Gegenteil, er schien sich über den Besuch zu freuen und unterzog erst mal meine Hosentaschen einer gründlichen Untersuchung. Dabei fand er tatsächlich ein paar Leckerli. Extra heute Morgen eingesteckt – obwohl ich doch nie eines von diesen Mädchen hatte werden wollen, die ständig irgendwelche klebrigen Pferdebonbons mit sich herumschleppen. Aber irgendwann wird so was zum Reflex: Man geht irgendwohin, wo es Pferde gibt – und automatisch stopft man sich vor der Abfahrt die Taschen voll … Seit wir regelmäßig reiten, hat meine Mutter eine Packung Leckerlis im Flur unserer Wohnung deponiert.

Nachdem Joker seinen Snack verputzt hatte, überprüfte er meinen Bauchnabel. Er hatte eine witzige Art, seine Nase vorzustrecken und wie eine Art Fühler zu gebrauchen. Es kitzelte auf der nackten Haut.

»He, ich werde eifersüchtig!«, tönte Heiko lautstark, der eben auf dem Weg zur Umkleide an der Box vorbeikam. Er musste sich jetzt für die Prüfung in Schale werfen. »Darf ich nachher auch mal fummeln, wenn ich gewinne?«

Ich runzelte die Stirn. »Turniersieger dürfen Prinzessinnen küssen«, bemerkte ich. »Aber von Bauchnabelfummeln ist im ›Letzten Ritter‹ nicht die Rede.«

Heiko lachte und verschwand. Joker ließ sich brav die Maulwinkel einschmieren und verrieb die Vaseline anschließend auf meinem T-Shirt, indem er seinen Kopf an mir schubbelte. Er mochte kein besonders tolles Dressurpferd sein, aber er war nett.

Heikos Springen verlief genau so wie zwei Wochen zuvor in Wienberg. Nur dass es diesmal nicht geregnet hatte. Also schlitterte niemand durch den Matsch, alle ritten schneller und schließlich kamen fünf Starter ohne Fehler durch den Parcours: Heiko, drei erwachsene Männer und ein Mädchen. Beim Springen war es anders als beim Dressurreiten. Wie Heiko gesagt hatte: Wo es um Mut ging, überwogen die männlichen Reiter. Und Mut zeigten die Sieger wirklich: Sie rasten wie die Wilden über die Hindernisse und nahmen die Kurven atemberaubend eng. Heiko war dabei wieder der Beste. Mariano schien auf einer Briefmarke wenden zu können, und er kam auch aus den unmöglichsten Ausgangspositionen über die Sprünge. Schließlich bekam er eine goldene Schleife – und ich einen Kuss!

Heiko platzierte den Schmatz so überraschend mitten auf meinem Mund, dass ich keine Zeit hatte, die Angelegenheit vorher noch zu diskutieren. Das Ganze direkt zwischen Parcours und Abreiteplatz, vor dem halben Reitstall! Nele schaute mich an wie das achte Weltwunder. Morgen würde sie mich vor Ehrfurcht wahrscheinlich siezen. Die Privatpferdereiterinnen – also die Gruppe, aus der Prinzen gewöhnlich ihre Prinzessinnen wählen – schmiedeten dagegen erkennbar Mordpläne.

Außer Ronja und ihren zwei Freundinnen. Die mussten sie wieder trösten. Ronja hockte diesmal in der Sattelkammer und heulte sich die Augen aus.

Den Grund dafür verriet mir Heiko gleich darauf. Er war ein bisschen auf dem Sprung, anscheinend wollte sein Vater jetzt im Bierzelt mit ihm angeben.

»Ich wäre ja lieber noch mit dir was trinken gegangen. Aber das holen wir morgen nach. Dann gibt's nämlich noch mehr zu feiern! Dad hat mir gerade erlaubt, eine Prüfung nachzumelden. Ganz früh morgens ist ein Stilspringen. Und ich starte mit Joker!«

Bislang war ich mir nicht sicher gewesen, ob ich am Sonntag noch einmal nach Hermannsburg fahren wollte. Natürlich wollte ich mit Heiko zusammen sein, aber wenn er ritt, hatte er sowieso keine Zeit für mich, und die Prüfungen fand ich durchweg ätzend. Außerdem ging mir die Verabredung mit Thorsten nicht aus dem Kopf. Nicht wegen Thorsten, um Himmels willen! Aber je öfter ich im Reitstall war, desto seltsamer fand ich das Verhältnis zwischen Reitern und Pferden. Vielleicht wäre es wirklich spannend, sich mit jemandem zu unterhalten, der »alles ganz anders sah« wie Thorstens Tante Wiebke.

Aber jetzt, da Heiko auf Joker starten sollte, musste ich

einfach zusehen! Und außerdem verzichtete meine Mutter sehr gern, ich würde also ohne Anhang nach Hermannsburg radeln können. Die Chance musste ich nutzen.

Das »Stilspringen« begann bereits morgens um neun, ich musste also früh aufstehen. Vorher warf ich noch kurz einen Blick ins Internet, um herauszufinden, was dieses Springen von den anderen unterschied. Hier, so lernte ich, ging es nicht nur um Fehlerpunkte und Zeit. Stattdessen würden auch Sitz und Einwirkung des Reiters bewertet. Ich war gespannt. Bei Wiebke war Heikos Sitz ja neulich nicht so gut angekommen, und auch der wohlwollendste Zuschauer musste erkennen, dass er ganz schön heftig am Zügel zog. Gestern Abend hatte Mariano die Vaseline sicher auch gebraucht. Ob die Richter das anmerkten?

Ronja war nicht im Stall, als ich kurz vor dem Springen eintraf, wohl aber ihre Freundinnen, die empört miteinander tuschelten. Andere Mädchen bereiteten Joker eben für Heiko vor, und ich steckte ihm rasch einen Apfel zu. Der große Braune wirkte heute nicht so fröhlich wie gestern, sondern eher mürrisch. Seine Maulwinkel waren noch nicht verheilt – und so langsam fragte ich mich auch, wie es in seinem Maul aussah. Die Trense lag schließlich auf der Zunge. Konnte die gequetscht werden?

Heiko kam eben aus den Umkleidekabinen und begrüßte mich mit Küsschen rechts und Küsschen links. Mir wurde umgehend warm ums Herz – aber ich konnte Joker nicht vergessen. Diesmal fieberte ich wirklich mit, als

Heiko ihn zum Abreiteplatz führte und mir beim Aufsteigen fröhlich zuwinkte.

Heiko erreichte in drei Minuten, wozu Ronja zwanzig gebraucht hatte. Er zog Joker mit Schwung den Kopf vor die Brust. Aus dieser Haltung ging er den Probesprung an – und ließ das Pferd erst im allerletzten Moment gucken. Verweigern konnte Joker da kaum noch, wenn er nicht in die Stangen hineinschlittern wollte. Aber er schien auch schon mal gesprungen zu sein. Brav setzte er über den Sprung und wurde hinterher gleich wieder »aufgenommen«. Inzwischen wusste ich, was das hieß: Der Reiter zog den Zügel wieder stark an.

Heiko wechselte ein paar Worte mit seinem Vater, dann grinste er zu mir hinüber.

»Ich hab Startnummer zehn, Glücksfee! Also geh schon mal zum Parcours und konzentrier dich!«

Ich musste mir das Geschehen auf dem Abreiteplatz auch nicht länger ansehen. Joker schien seinen Frust geradezu in Wellen abzustrahlen. Aber die anderen Pferde wirkten auch nicht unbedingt glücklich. Wenn hier wirklich jemand Gedanken lesen könnte, müsste er sich schreiend am Boden wälzen.

Im Parcours sah ich keinen allzu großen Unterschied zu den Ritten am Tag zuvor. Zwar ging alles etwas langsamer und die Reiter riskierten nicht so viel, wenn es um die Kurven ging. Aber das lag vielleicht auch daran, dass hier deutlich mehr Mädchen am Start waren. Und das Starterfeld war kleiner. Nur 15 Reiter, und dabei war es ein A-Springen. Gestern hatten über vierzig um eine Platzierung gekämpft.

Neben mich setzte sich eben eine der Freundinnen von Ronja. Ich beschloss, sie anzusprechen. »Warum reiten hier so wenige mit?«, erkundigte ich mich. »Wollen die alle nicht so früh aufstehen?«

Das Mädchen lachte. Immerhin nahm sie Notiz von mir. Wie gesagt, ich war in der Hackordnung sprunghaft gestiegen.

»Die A-Dressuren fangen zum Teil noch früher an«, erklärte sie. »Und erst recht die E-Dressuren und die Jugendreiterprüfungen. Früh aufstehen sind hier alle gewohnt. Aber dies ist ein Stilspringen. Dazu hat kaum einer Lust.«

Das Mädchen hatte blonde, kurze Haare, freundliche grüne Augen und sah nett aus. Ich vermerkte auch erleichtert, dass sie sich nicht über mich lustig machte. Das alles gab mir Mut, weiterzufragen. »Wieso denn nicht? Ist doch eigentlich eine ganz gute Idee … ich meine …«

»Du meinst, es wäre ganz sinnvoll, auch im Parcours ein bisschen schöner zu reiten«, fragte Ronjas Freundin. »Womit du recht hast. Wenn hier ordentlich gerichtet würde, könnten mal ganz andere gewinnen als sonst. Wird aber nicht. Im Grunde gilt das Gleiche wie immer: Du kannst reiten wie eine Göttin. Aber wenn dein Pferd einen Sprung reißt, bist du raus aus der Wertung. Die da zum Beispiel sitzt absolut lehrbuchgerecht …«

Sie wies auf ein Mädchen, das gerade einen kleinen Fuchs über die Sprünge lenkte. Ich erkannte unsere Mitreiterin von neulich.

»Aber sie hat keine Chance. Selbst wenn sie ohne Fehler durchkommt: Die setzen doch kein Mädchen mit einem

Durchschnittspferd einem Heiko Tünnermann vor die Nase! Das trauen sich die Richter gar nicht. Sie würden damit ja zugeben, dass Springen sonst von Leuten gewonnen werden, die reiten wie die Henker. Also werden sie dieselben nach vorn setzen wie immer. Die anderen ärgern sich. Und bleiben beim nächsten Mal lieber im Bett.«

Ich selbst sah keine großen Unterschiede zwischen den Ritten, aber ich erkannte ein paar Starter wieder. Und tatsächlich wurden der Dritte und Vierte von gestern deutlich höher bewertet als das Mädchen auf dem Fuchs. Obwohl sie schneller ritten und die Pferde oft ganz schön um die Kurve zerrten.

Schließlich war Heiko an der Reihe. Er hielt Joker eisern am Zügel, als er einritt und grüßte, und dann zog er eine ziemliche Show ab. Der große Braune galoppierte in einer Art Zeitlupe durch den Parcours und nahm die Kurven dabei noch enger als Mariano. Teilweise schien er sich geradezu auf der Hinterhand herumzuwerfen. Heiko achtete allerdings darauf, ihn gerade vor die Sprünge zu bekommen und ihm genau rechtzeitig zum Taxieren den Kopf freizugeben.

»Joker macht es großartig, nicht?«, fragte ich schüchtern.

Das Mädchen neben mir schnaubte. »Kunststück, er ist ein Dressurpferd. Der geht S-Lektionen, Galopppirouetten macht er wie nix. Jedenfalls früher, bevor Ronja ihn hatte. Die Vorbesitzerin ist genauso hart geritten wie Heiko. Rollkur, du weißt schon …«

Ich wusste nicht. Aber ich konnte es mir denken. Wenn Heiko Joker den Kopf nach unten zog, sah es aus, als würde der Braune gleich zu einer Rolle vorwärts ansetzen.

»Und Ronja packt das nicht. Dafür ist sie einfach zu nett. Und diese Richter da drüben sollten Heiko jetzt in Grund und Boden punkten! Das Pferd war während der ganzen Prüfung hinterm Zügel. Aber warte mal ab, was kommt!«

Ronjas Freundin schien es schade, aber nicht ehrenrührig zu finden, dass Ronja nicht mit Joker zurechtkam. Und ich schnappte nach Luft, als ich Heikos Bewertung hörte. Seine Stilnote war himmelhoch.

»Ich geh jetzt Maren trösten«, bemerkte das Mädchen. »Das ist die mit dem Fuchs. Die hätte gewinnen müssen. Aber sie gewinnt nie. Ihr Dreamboy ist zu nichtssagend. Der fällt nicht auf, und Maren ist auch nicht der Typ für die Charmeoffensive.«

Ich sah die zwei miteinander reden, während Maren ihr Pferd vom Abreiteplatz führte. Mit Heikos Ritt war sie endgültig raus aus der Platzierung. Aber immerhin ließ sie das Pferd nichts davon spüren. Im Gegenteil. Dreamboy bekam ein Leckerli und folgte ihr zufrieden wie ein Hündchen in Richtung Stall.

Ich selbst wartete die Siegerehrung ab – schließlich waren nach Heiko nur noch fünf Ritte zu absolvieren.

Die Platzierung sah dann genauso aus, wie Ronjas Freundin sie vorausgesagt hatte. Drei der Reiter waren gestern schon im L-Springen platziert gewesen, die anderen beiden hatten Platz eins und zwei im A-Springen belegt.

So richtig konnte ich mich nicht für Heiko freuen. Auch wenn er mir wieder ein Küsschen gab, und das sogar vor seinem Vater!

Das machte er inzwischen schon ganz nebenbei. Er sprang ab, knutschte mich kurz und unterhielt sich vorher und danach mit seinem Vater.

»Sag ich doch, dass der Potenzial hat! Lass mich ein paarmal in A-Springen starten, damit er ein bisschen Erfahrung kriegt. Bis Ende der Saison geht er dann L. Ob's für M reicht, wird man sehen. Aber warum nicht, so riesig, wie er ist?«

Sein Daddy wirkte auch ganz zufrieden. Nur Joker sah schlimm aus. Er war ganz und gar mit Schweiß bedeckt, an der Brust und an den Flanken hatte sich Schaum gebildet, und an seinem Kopf lief der Schweiß in kleinen Bächen herunter. Dabei ließ er den Kopf hängen, nicht mal meine Leckerli konnten ihn aufheitern.

»Kann es sein, dass er ein bisschen hinkt?«, fragte ich schüchtern, als er sich in Gang setzte.

Heiko musterte ihn kritisch. »Tatsächlich, tickt ein wenig. Na ja, er ist es halt nicht gewohnt. Aber das ist in drei Tagen weg. Ronja kann ihm ja 'ne Packung machen. Oder ein anderes Mädchen. Aber jetzt müssen wir erst mal Mariano fürs M-Springen fertig machen.«

Für Joker schien also niemand Zeit zu haben. Er sollte verschwitzt und mit wundem Maul in seine Box. Wenn ich nicht …

»Soll ich ihn eben abwaschen?«, fragte ich. Ich hörte mich an wie Nele. Die kleine Bittstellerin aus dem Schulpferdestall.

Heiko warf mir einen skeptischen Blick zu. Eigentlich trug ich eher ein Glücksfee-Outfit: giftgrüne Glitzer-Sneaker und abgeschnittene Jeans und diesmal das weit ausgeschnittene rosa Shirt mit Einhorn-Tattoo im Ausschnitt. Nicht das Ideale, um Pferde abzusatteln. Aber was sollte es, es gab ja Waschmaschinen!

Während Heiko zum nächsten Sieg schwebte – flankiert von reichlich Mädchen, die sich vor Gratulationsbekundungen gar nicht einkriegen konnten –, fummelte ich Jokers Sattel ab und kämpfte mit dem Zaumzeug. Ich würde nie verstehen, welche Riemen ich öffnen musste und welche einfach zubleiben konnten, wenn man dem Pferd das Ding vom Kopf zog. Joker machte mir das auch nicht allzu einfach. Weder mochte er den Kopf zum Abnehmen der Trense senken, noch streckte er mir die Nase zum Anlegen des Halfters entgegen.

»Lass mal, ich helf dir!« Ronjas Freundin von vorhin. Sie musste im Stall gewartet haben, wahrscheinlich hätte sie sich des Pferdes angenommen, wenn ich mich nicht bereit erklärt hätte. Aber jetzt lernte ich immerhin etwas. Sie erklärte mir mit wenigen Worten das Geheimnis der Riemen und zeigte mir einen Griff, mit dem man himmelhohe Pferdeköpfe auf Arbeitshöhe brachte. Dann führten wir Joker zum Waschplatz und veranstalteten ein Badefest. Er schien das zu lieben und wurde endlich wieder zugänglicher. Am Ende waren meine Turnschuhe durchweicht und meine Jeans dreckbespritzt. Aber Joker war wieder guter Dinge. Wir versorgten ihn mit Vaseline und führten ihn zurück in die Box.

»Du solltest zum Springplatz gehen«, meinte Madeleine schließlich. Beim Plantschen hatten wir uns vorgestellt. »Dein Schatz startet gleich wieder.«

»Er ist nicht … ich meine …« Ich stotterte herum. War

Heiko mein Freund? Also, gefragt hatte er mich nicht. Aber wenn man sich schon küsst …

»Ist schon okay, wenn du in ihn verknallt bist. War ich auch mal. Da muss man durch!« Sie lachte mich an. »Nun geh schon, ich miste die Box noch mal durch. Dazu kommt unser Held nämlich garantiert nicht mehr. Und Ronja auch nicht. Die sitzt zu Hause und schmollt.«

Ich winkte Madeleine und Joker zu und wandte mich halbherzig Richtung Springplatz. Eigentlich hatte ich überhaupt keine Lust darauf, jetzt dem dritten Aufguss von »Unbesiegbarer Held im Parcours« beizuwohnen.

Stattdessen … Ich sah auf die Uhr. Es war zwanzig vor elf. Wenn ich jetzt mal in Tour de France machte statt in Hamburger Derby, wäre ich gerade noch rechtzeitig am Zoo.

Paarlauf mit Alien

Ich war völlig geschafft, als ich in letzter Minute auf den Zooparkplatz einbog. Thorsten war schon da. Er strahlte wie ein zu klein geratener Leuchtturm, als er mich entdeckte. »Ich glaub's nicht!«, freute er sich. »Hast du tatsächlich den Prinzen versetzt?«

Ich zuckte die Achseln. »Im Notfall brauche ich nur den hier zu küssen und gegen die Wand zu werfen«, bemerkte ich und wies auf meinen Ohrring.

Thorsten grinste. »Und wer hat dich heute Morgen schon gegen die Wand geworfen? Das Outfit ist ja stark, aber nicht gerade taufrisch, oder?«

Ich hatte es eigentlich nicht vorgehabt, aber jetzt erzählte ich doch von Heiko und Joker.

Thorsten nickte verständnisvoll. »Ja, ich habe es geahnt«, bemerkte er salbungsvoll. »Du bist mit der Gabe gestraft, die Gedanken der Pferde zu lesen. Noch sträubst du dich, aber irgendwann wirst du dein Coming-out haben …«

Ich kicherte. »Hör bloß mit Pferdeflüstern auf, davon redet meine Mom schon dauernd. Sie meint, mit Allegra müsste nur mal jemand Klartext reden, dann würde sie vielleicht aufhören, uns zu piesacken. Aber …«

»Aber du hast dich natürlich längst mit Allegra verständigt – und was hat sie gesagt? ›Ich muss die Typen einfach nur oft genug herunterschmeißen. Dann werden sie vielleicht aufhören, mich zu piesacken.‹« Thorsten wühlte in seinen Satteltaschen und beförderte zwei Flaschen O-Saft heraus. Wir lachten, während wir sie öffneten, und nachdem ich meine rasch geleert hatte, machten wir uns auf den Weg.

Gleich hinter der Universität begann der Wald, hier wohnte man stadtnah, aber ländlich. Zum Anwesen von Tante Wiebke brauchten wir eine knappe halbe Stunde.

»Wiebke wohnt hier nicht, sie hat nur ihre Pferde hier stehen«, erklärte Thorsten, als wir auf den Bauernhof abbogen.

»Ein Reiterverein?«, fragte ich.

»Nein, eine Haltergemeinschaft. Sie haben insgesamt zehn Pferde mit fünf Besitzern. Die teilen sich die Stallarbeit und die Kosten für die Ställe und Weiden.«

Tatsächlich Weiden! Rund um die Ställe war alles grün, und hier standen wirklich Pferde und grasten. Ganz ohne Leute am Strick. Die Menschen sammelten derweil Pferdemist aus einer Art überdimensionalem Sandkasten, der sich an offene Ställe anschloss.

»Da stehen die Pferde drin, wenn sie nicht auf der Weide sind«, informierte mich Thorsten.

»Alle zusammen?«, fragte ich erstaunt.

Thorsten nickte. »Wiebke meint, das sei normal.«

»Aber hauen sie sich dann nicht?« Wenn die Schulpferde im Verein sich nur nahe kamen, legten sie schon die Ohren an.

»Warum sollten sie?«, ertönte Wiebkes fröhliche Stimme aus dem Auslauf. Sie hatte ihr Mistbesteck weggelegt und kam zu uns herüber. »Thorsten, schön, dass du da bist! Und deine Freundin hast du auch mitgebracht. Schick siehst du aus, Lea! Aber willst du in den Sachen reiten?«

Jetzt erst sah ich den Reithelm auf Thorstens Gepäckträger.

»Ich wusste nicht ...«, murmelte ich und blitzte Thorsten an. Was fiel dem ein? Mich erst mal als seine Freundin anzukündigen und dann auch noch für eine Reitstunde anzumelden!

»Lea ist nicht meine ... äh ... Freundin. Nur ... äh ... sozusagen ... *eine* Freundin ...«, druckste Thorsten und wandte sich dann mir zu. »Ich hab dir nicht gesagt, dass Wiebke uns zum Reiten eingeladen hat. Weil ... so gern reitest du ja nicht ...«

Wiebke ließ ihre Blicke zwischen uns schweifen und runzelte die Stirn. Aber dann lachte sie wieder. »Ihr solltet morgen einen Beziehungsberater aufsuchen. Aber jetzt zeige ich dir erst mal die Pferde, Lea. Die zwei da sind meine!«

Sie wies auf eine Braune, die genauso glänzte wie Joker, und ein beigefarbenes, dickliches Pferd mit schwarzer Stehmähne. Genau genommen trug das Pferd eine Frisur wie Hotte, der Bassist von »Tierpension«. Nach all den Zöpfchen heute Morgen fand ich den Anblick erfrischend.

Die Braune dagegen trug das Haar wie Ronja, wenn sie nicht gerade Turnier ritt: lang, dunkel, leicht wellig. Eine Mähne zum Neidischwerden.

»Das ist Hotte«, stellte Wiebke vor und wies auf den

Falben. »Eigentlich heißt er Torgeir, aber die Mädchen hier schrien alle gleich los, er sähe aus wie der Drummer von irgend so einer Band …«

»Der Bassist«, stellte ich richtig.

Thorsten grinste.

»Also rufen wir ihn Hotte. Passt auch gut zu ihm, er ist ganz lieb und gemütlich. Ein Fjordpferd übrigens. Und das ist Lady, die hat schon eher etwas Pfeffer. Nichts für Anfänger. Ein Welsh Cob.«

Hier schienen die Pferde Rassen zu haben wie Hunde. Im Reitstall war mir das bisher nicht aufgefallen. Da hieß es immer nur: Der geht Dressur, der Springen.

»Und die Haflingerstute dahinten hatte ich eigentlich dir zugedacht, Lea. Sie heißt Emma und gehört meiner Freundin. Aber wenn du nicht reiten willst …«

»Lea kommt gerade von einem Springturnier«, sagte Thorsten, als ob das irgendetwas erklärte. »Sie …«

Ich lief rot an.

»Es war auch ein Dressurturnier«, verteidigte ich mich, als ob mir das mildernde Umstände bescherte.

Wiebke runzelte erneut die Stirn. »Erklärt das jetzt nur dein Outfit oder sind Ponys unter deiner Würde?«, fragte sie mich.

Ich wurde noch röter.

»Wieso Ponys?«, fragte ich. Die Pferde hier erschienen mir gar nicht so klein. Aber dann kam Hotte näher, und ich sah, dass er nicht einmal ganz so groß war wie Toby, das kleinste Pferd im Verein. Interessiert schnupperte er an meiner Jeanstasche. Ich kramte nach einem Leckerli.

Wiebke lächelte.

»Alle Pferde unter einer Größe von 1,48 Meter gelten als Kleinpferde oder Ponys«, erklärte sie dann. »Hotte und Emma fallen da eindeutig drunter, Lady ist ein bisschen höher. An Ponyturnieren kann sie nicht mehr teilnehmen. Aber das wollen wir ja auch nicht. Mögt ihr die Pferde mal einfangen?« Sie warf einen weiteren kritischen Blick auf meinen Aufzug. »Kann allerdings sein, Lea, dass deine Schuhe dabei noch etwas grüner werden.«

Das war jetzt auch schon egal. Viel schlimmer war, dass ich mich gleich hoffnungslos blamieren würde. Die Halfter der Pferde hingen als wirres Durcheinander am Weidezaun. Niemals würde ich es schaffen, eins davon zu ordnen und Emma überzuziehen.

Thorsten hatte das bis letzte Woche auch nicht gekonnt. Aber jetzt griff er ganz selbstverständlich zu.

»Schau's dir an und finde den Riemen, der um die Nase kommt. Halt das Ding so, dass er unten ist, und dann siehst du eigentlich schon, ob es über den Kinnriemen oder den Nackenriemen geschlossen wird.«

Das war tatsächlich ganz einfach. Und jetzt sollte ich die Pferde »fangen« … Irgendwie war mir mulmig zumute. Kein Zaun, keine Boxwand zwischen mir und zehn frei herumlaufenden Pferden! »Allein unter Hotties« – Eigentlich kein schlechter Filmtitel. Nervös ging ich auf Lady zu. Aber die dachte gar nicht daran, meinetwegen ihr Frühstück zu beenden. Sie wandte sich ab und schlenderte davon. Dabei schien sie mich fast feixend anzusehen.

»Lady merkt, ob du es ernst meinst!«, sagte Wiebke lachend. »Versuch es erst mal mit Emma, die ist zugänglicher.«

Tatsächlich kam Emma sofort auf mich zu, nahm erfreut das allerletzte Leckerli und wartete geduldig, bis ich das Halfter geordnet hatte.

Und dann geschah etwas ganz Verrücktes. Wiebke griff nach einem dritten Halfter, rief »Lady, hierher!« über die Wiese, und die langmähnige braune Stute trabte vergnügt auf sie zu und steckte den Kopf freiwillig ins Halfter.

»Die … die ist ja wie ein Hund!«, bemerkte ich verblüfft.

»Sie arbeitet gern«, meinte Wiebke. »Aber sie macht sich auch gern über Menschen lustig. Kein Anfängerpferd, wie gesagt.«

Wahrscheinlich buckelte sie also auch, stieg und warf sich auf den Boden. Prima. Was mich betraf, sanken Ladys Sympathiewerte auf null. Da mochte sie noch so attraktiv sein, mit ihren langen, dunklen Locken und ihren großen Augen.

Eine üppige Mähne hatte Emma allerdings auch. Nur flachsblond und weder weich noch lockig. Hier schien – abgesehen von Hottes Punkschnitt – niemand seine Pferde zu frisieren. Aber es ging ja auch niemand zum Turnier … Ich beschloss, dieses Thema noch einmal anzuschneiden.

Die Gelegenheit bot sich, als wir die Pferde nebeneinander angebunden hatten und putzten. Im Gegensatz zum Reitstall konnte man sich hier dabei unterhalten. Keiner säuselte auf die Pferde ein, und keiner musste über gewaltige Sicherheitsabstände hinwegschreien.

»Sie … halten nicht viel von Turnieren?«, fragte ich Wiebke.

»Du kannst du sagen, wir sind hier nicht so förmlich«, antwortete sie zunächst. Dann schien sie kurz zu überlegen. »Zumindest nicht vom Springen«, erklärte sie schließlich. »Dressur ergibt ja noch einen gewissen Sinn. Schließlich ist es ziemlich mühsam, Pferde zu gymnastizieren. Da motiviert es, wenn man einen Wettkampf vor sich hat. Aber Springen über einen Meter zwanzig hat keinen gymnastizierenden Wert. Stattdessen geht es auf die Beine der Pferde und verdirbt den Charakter der Reiter …«

Hier hätte ich natürlich gern nachgehakt, aber Thorsten unterbrach seine Tante schon mit einer anderen Frage.

»Ständig kommst du mit dieser Gymnastik für Pferde«, sagte er. »Und es steht auch in allen möglichen Büchern. Aber wozu soll das gut sein? Dass die Viecher nicht dick werden?«

»Ein sehr positiver Nebeneffekt!«, erwiderte Wiebke und lachte wieder. »Darüber solltest du auch mal nachdenken. Aber bei Pferden heißt es nicht ›Gymnastik‹, sondern ›Gymnastizierung‹, und das bedeutet im Grunde, ein Pferd fit für seinen Job zu machen. Man bringt ihm bei, den Reiter zu tragen.«

»Aber das können sie doch schon!«, wunderte ich mich. »Ich meine … im Film setzen die Leute sich einfach drauf, und dann werden sie ein paarmal runtergebuckelt. Aber danach gehen die Pferde ganz normal.«

Wiebke verdrehte die Augen. »Also, wenn ich Thorsten so höre, bocken die Wienberger Schulpferde euch heute noch ab. Aber das hat mit ›Fitmachen fürs Reiten‹ nichts zu tun. Mal ganz abgesehen davon, dass man normale Pferde heute langsam an Sattel und Reiter gewöhnt. Stellt es euch mal so vor: Da drüben steht ein Sack Katzenfutter. Acht Kilo. Könnt ihr den heben?«

Wir bejahten. Um das Zeug zu stemmen, brauchte man nun wirklich kein Hanteltraining.

Wiebke nickte. »Aber nun stellt euch mal vor, ihr solltet mit diesem Gewicht zehn Kilometer wandern. Oder gar einen Walzer tanzen. Dann sähe es schon anders aus. Ihr müsstet euch zum Beispiel Gedanken darüber machen, wie ihr das Ding am besten befördert. Ein Rucksack wäre dabei geeigneter als eine Tragetasche. Und der Rucksack sollte gepolsterte Gurte haben, damit sie nicht einschneiden. Ihr müsstet auch zu einer richtigen Traghaltung finden. Und das Gewicht sollte gleichmäßig verteilt werden. Wenn alles nach rechts oder links hängt, bekommt ihr Rückenschmerzen. Zu guter Letzt müsstet ihr noch trainieren, wirklich lange mit der Last unterwegs zu sein. Einmal hochheben ist nichts, aber zehn Kilometer werden lang.«

Mir ging ein Licht auf. »Mit dem Pferd ist es genauso!«

Wiebke lächelte. »Richtig. Es braucht einen Sattel, der das Gewicht ordentlich verteilt und nicht drückt. Einen Reiter, der im Gleichgewicht sitzt. Und schließlich intensives Training, um auch über längere Zeit und in allen Gangarten mit dem Gewicht fertigzuwerden. Das, vereinfacht gesagt, bewirkt Gymnastizierung. Das Pferd lernt die richtige Traghaltung, indem es mit euch Walzer tanzt. Nur nennt man es in unserem Fall ›Dressurreiten‹. So, die Pferde sind sauber genug. Willst du wirklich nicht reiten, Lea? Sonst müssen wir uns nämlich was überlegen. In den Sachen kannst du nicht aufs Pferd, da reitest du dir die Waden auf.«

Ich war unschlüssig. Eigentlich reichte mir die Zitterpartie am Dienstag. Aber jetzt hatte ich Emma schon gestriegelt, und sie war nett. Und Thorsten schien sich aufs Reiten zu freuen, er hatte seinen Hotte bereits gesattelt.

»Sie kann meine Stiefel haben!«, rief ein Mädchen aus dem Auslauf. »Ich wollte sowieso nur Longieren, das kann ich auch in Turnschuhen. Und sie müsste ungefähr meine Größe haben.«

Die Plastikreitstiefel – die von der teuren, gefütterten Sorte – passten mir tatsächlich. Vielleicht trugen sie auf den nackten Waden etwas auf, aber das war mir egal. Ich wollte jetzt wissen, ob hier wirklich alles anders war.

Eine Reitkappe fand sich auch noch im Stall, und Wiebke half mir mit der Trense. Dann führten wir die Pferde auf den Hof. Ich suchte nach einer Reithalle oder wenigstens einem Außenplatz, aber Wiebke schüttelte den Kopf.

»Das Wetter ist viel zu schön zum Kringelreiten. Und ihr solltet auch erst mal Vertrauen zu den Pferden aufbauen. Allein wie ihr sie führt – als ob es Handgranaten wären!«

»Sind es ja auch oft!«, verteidigte ich mich. »Wenn sie erschrecken ...« Erst vorletzte Woche war Buffalo neben mir explodiert, als ich ihn in die Halle führte und Thorsten hinter uns über den Stallbesen stolperte. Beinahe wären Buffalos Hufe auf meinen Füßen gelandet.

»Hotte und Emma erschrecken nicht. Sonst würde ich keine Anfänger draufsetzen. Für den Anfängerunterricht braucht man bierruhige Pferde. Aber leider scheint das in eurem Reitstall noch nicht angekommen zu sein. Allerdings liegt es natürlich auch an der Haltung. Wenn ich den ganzen Tag in einem dunklen Stall stehen müsste, hätte ich auch schlechte Laune!«

Wiebke half uns, die Steigbügel zu verstellen. Hotte und Emma standen dabei nebeneinander wie in Stein gemeißelt. Ich fühlte mich ganz schön mulmig, als ich schließlich in den Sattel stieg. Ich saß auf einem Pferd! Und um mich herum war keine Halle, kein Zaun. Unter uns Asphalt. Wenn Emma jetzt irgendwas Verrücktes einfiel … Ich nahm sicherheitshalber die Zügel kurz, wie Frau Witt es uns immer wieder predigte. Emma ging rückwärts. Ich schrie erschrocken auf.

»Zügel lang lassen, Lea!«, rief Wiebke. »Lass einfach los!«

Erschrocken verlor ich den Zügel ganz aus den Händen. Genial, garantiert galoppierte das Pferd gleich los!

Aber Emma tat nichts dergleichen. Stattdessen blieb sie stehen. Ich suchte meine Zügel wieder zusammen und versuchte, auch meinen Sitz zu ordnen.

Wiebke lächelte mir zu. »Entspann dich einfach, Lea!«, sagte sie dann. »Wir reiten hier nicht mit angezogener Handbremse. Wozu denn auch, wir wollen doch vorwärtskommen. Und eigentlich reitest du heute auch gar nicht. Also, nicht im Sinne von Arbeit und Gymnastizierung. Heute nimmt Emma dich nur mit auf einen Spaziergang. Du lässt die Zügel locker, sitzt ruhig und genießt den schönen Tag. Aber du, Thorsten, setzt schon ein bisschen um, was wir letztes Mal geübt haben! Der liebe Hotte ist nämlich ein bisschen faul, den muss man treiben.«

Damit schwang sich Wiebke auf ihre braune Stute Lady, rief den anderen Pferdebesitzern einen Gruß zu und ritt einfach los. Emma setzte sich ebenfalls in Bewegung, was mich wieder zum ruckartigen Aufnehmen der Zügel bewog. Die Stute blieb stehen. Ich war völlig verblüfft. Noch nie hatte ein Reitschulpferd so schnell auf meine Hilfen reagiert.

»Nicht am Zügel ziehen!«, schimpfte Wiebke. »Du machst sie noch ganz nervös. Lass einfach locker, sie läuft uns nach.«

»Aber ... aber ... sollte sie nicht machen, was ich will?«, fragte ich nervös. Frau Witts ständige Rufe nach »Kontrolle« klangen mir im Ohr.

Wiebke seufzte. »Du kennst den Weg doch gar nicht«, bemerkte sie. »Aber gut, wenn du Emma so gar nicht vertraust, dann reite doch hier mal gerade eine Acht auf dem Hof. Damit du siehst, dass sie sich lenken lässt. Aber nicht nur rechts und links am Zügel ziehen! Mach es so, wie deine Reitlehrerin es dir erklärt hat!«

Frau Witt pflegte viel von »innerem Schenkel am Gurt« und »äußerem hinterm Gurt« zu reden und von Gewichtsverlagerung. Aber auf Allegra und Co. hatten meine diesbezüglichen Versuche nie einen Eindruck gemacht. Umso verblüffter war ich, als Emma schon abwendete, wenn ich mich nur ein bisschen nach rechts rübersetzte. Ich brauchte die Zügel fast gar nicht, um sie um die Kurve zu lenken, und sie ging auch ohne Probleme von den anderen Pferden weg, obwohl es ihr nicht zu gefallen schien. Das tat sie kund, indem sie unwillig grunzte.

»So, und jetzt halt sie mal an – aber wieder ohne Ziehen und Zerren. Atme aus und setz dich tief in den Sattel!«

Was hatte das mit Ausatmen zu tun? Ich fand das seltsam, führte die Anweisung jedoch aus. Zu meiner Verblüffung stoppte Emma sofort.

»So!«, meinte Wiebke zufrieden. »Und diesmal hat sie auch die Hinterbeine brav unter den Körper gebracht und nicht auf der Vorhand gestoppt wie gerade eben. Das gehört nämlich zur Gymnastizierung: Das Pferd lernt, das Reitergewicht mit der stärkeren Hinterhand statt mit der schwächeren Vorhand zu tragen. Bist du jetzt überzeugt, dass Emma dich nicht umbringt?«

Ich nickte. Mehr noch, ich begann, Emma richtig lieb zu haben!

»Gut, dann können wir ja. Lass sie einfach hinterherlaufen. Und du, Thorsten, kommst neben mich, damit wir das mit dem Treiben noch einmal besprechen.«

Ich hatte bislang gedacht, Treiben bestünde darin, dem Pferd die Waden in die Flanken zu drücken oder im Zweifelsfall die Hacken in die Weichen zu hämmern, bis es schneller vorwärtsging. Bei Wiebke hörte sich das allerdings viel komplizierter an. Sie redete viel vom richtigen Rhythmus, in dem man die treibenden Hilfen einsetzte, und die Zügel hatten auch damit zu tun. Als sie Thorsten das vorführte, machte ihre Lady den Hals rund und sah plötzlich genauso edel aus wie Joker in seinen Sternstunden. Aber Wiebke strengte sich dabei nicht an, und sie nahm die Zügel zwar auf, zerrte aber nicht daran herum.

Jetzt kamen wir auf einen Waldweg, und die Sache begann richtig Spaß zu machen. So hatte ich mir Reiten früher vorgestellt. Schattige Alleen, singende Vögel – und dann möglichst noch der Prinz an meiner Seite. Gut, stattdessen war ich mit Thorsten gesegnet, aber der Mensch kann nicht alles haben.

Thorsten und Hotte waren inzwischen etwas zurückgefallen. Sie kamen zwar mit, aber so ganz schien er das mit dem Treiben noch nicht herauszuhaben. Dafür probierte ich es jetzt – und war ganz überrascht, als Emma sofort zu Lady aufschloss. Zum ersten Mal ritt ich neben jemandem – und stellte fest, dass man sich beim Reiten unterhalten kann, anstatt nervös die Zähne zusammenzubeißen.

»Warum meinst du, Springen verdirbt den Charakter?«, fragte ich endlich.

Wiebke lachte. »Doch ein bisschen verliebt in den Schönling auf dem Schimmel?«, neckte sie mich. »Thorsten hat so was erwähnt, und ich befürchte, er ist ein bisschen eifersüchtig.«

Ich wurde rot. »Ich mein ja bloß …«, murmelte ich. »Weil … eigentlich ist Heiko ganz nett … er …«

»Er geht nur ziemlich rücksichtslos mit seinem Pferd um«, erwiderte Wiebke. »Und bei solchen Leuten habe ich immer ein schlechtes Gefühl. Meistens benehmen sie sich Menschen gegenüber nämlich auch nicht viel anders.«

»Aber was hat das mit dem Springen zu tun?«, fragte ich und biss mir auf die Lippen. Im Grunde hatte ich damit ja zugegeben, dass Heiko tatsächlich ganz schön fies sein konnte.

»Mit dem Springen direkt nichts, aber mit dem Sport«, führte Wiebke aus. »Dabei kommt es nur darauf an, irgendwie über die Hürden zu kommen. Möglichst schnell und ohne Fehler. Wie du das anstellst, interessiert keine Seele – wenn du dein Pferd nicht gleich so spornierst, dass es eine Blutspur im Parcours hinterlässt! Ein begabtes, von Profis vorbereitetes Pferd wie dieser Mariano tut dann sein Bestes, um über die Sprünge zu kommen. Schon aus Selbsterhaltungstrieb, ihm macht es ja auch keinen Spaß, in die Stangen hineinzuknallen. Das klappt natürlich nicht ewig. Irgendwann hat das Pferd genug vom Zügelzerren und davon, dass ihm der Reiter ständig in den Rücken fällt. Dann wird es verkauft, und der Sprössling bekommt ein neues ... Pferde als Konsumgut. Ex und hopp. Für diese Reiter sind Lebewesen Sportgeräte. Benutzen, dabei vielleicht auch kaputtmachen und wegwerfen. Und das verdirbt den Charakter!«

Ich dachte an Heiko. Und an Joker, der Walzer tanzen so gründlich gelernt hatte, dass er die allerengsten Wendungen schaffte – und groß und begabt genug war, um die Hindernisse zu springen. Jedenfalls für eine Saison ...

»Aber Heiko meint, man müsse das Pferd öfter wechseln«, wandte ich ein. »Nur so lernt man reiten ...«

Wiebke nickte. »Das stimmt. Deshalb kauft man sich ja auch möglichst nicht gleich ein eigenes Pferd, sondern reitet ein paar Jahre lang Schulpferde. Immer mal wieder ein anderes. Die haben natürlich auch eine Seele, und selbstverständlich behandelt man sie gut und mit Respekt. Aber eine richtige, enge Beziehung hat man gewöhnlich nicht zu ihnen. Das kommt erst mit dem eigenen Pferd. Und das wechselt man dann auch nicht so leicht.«

Sie zauste Ladys Mähne und warf Hotte einen zärtlichen Blick zu.

»Aber die Mädchen in meiner Schule sind ständig verliebt in irgendein Schulpferd«, gab ich wieder zu bedenken. »Kriegen die auch alle einen schlechten Charakter?«

Wiebke musste lachen. »Nein, bestimmt nicht. Aber zwischen ›verlieben‹ und ›lieben‹ gibt es einen Unterschied. Heute bist du in Heiko verliebt, gestern womöglich in diesen Drummer ›Hotte‹ …«

»Bassisten«, verbesserte ich und dachte an Nico Chico.

»… und morgen ist vielleicht Thorsten dran …« Sie zwinkerte mir zu.

Nie im Leben, dachte ich.

»Aber das ist alles nichts für ewig«, erklärte Wiebke. »Wenn ich dagegen ein Pferd kaufe …«

Thorsten hatte seinen Namen gehört, energischer getrieben und war zu uns aufgeschlossen. Jetzt verdrehte er die Augen.

»Warum sagst du nicht gleich adoptieren? Wie bei kleinen Katzen?«, brummte er.

Wiebke lachte wieder. »Sagt man das jetzt bei kleinen Katzen? Sehr treffend. Jedenfalls, wenn ich ein Pferd zu mir nehme, dann ist das fürs Leben …«

Thorsten kicherte. »In guten und bösen Tagen, in Reichtum und Armut, in Gesundheit und Krankheit, bis dass der Tod uns scheidet …«

Wiebke nickte. »Genau. Vor allem die Tierarztkosten sollte sich jeder Pferdekäufer rechtzeitig vor Augen führen. Aber du brauchst einen Dämpfer. Wollen wir mal traben?«

Das dämpfte meine Begeisterung auch gleich wieder. Aber Emma erwies sich im Trab als ebenso unerschütterlich wie im Schritt. Ihre Bewegungen waren weicher als die der meisten Schulpferde, und es war viel einfacher, leicht zu traben, wenn man dabei nicht aufpassen musste, dass sein Pferd dem Vorderpferd auflief oder den Kopf zum Buckeln senkte. Eigentlich war es fast wie an der Longe, und dann ermutigte mich Wiebke auch noch, mich ruhig in der Mähne festzuhalten.

»Aber nicht dran hochziehen! Versuch mal, in den Knien mehr nachzugeben und einen Entenpo zu machen. So ähnlich wie ein Jockey. Dann geht's leichter!«

Das war tatsächlich so. Sogar Thorsten schaffte es mithilfe dieser Anweisungen, recht passabel leicht zu traben. Aber dann hatte es Emma wohl eilig, denn plötzlich sprang sie in Galopp. Beinahe hätte ich wieder am Zügel gezogen. Bis ich merkte, dass sie nicht schneller wurde! Sie galoppierte ganz langsam und gelassen hinter Lady her. Man saß dabei viel bequemer als im Trab. Nach hundert Metern ertappte ich mich dabei, dass ich blöd wie ein Honigkuchenpferd grinste. Das sollte Reiten sein? Das war einfach nur schön!

Schließlich parierte Wiebke durch, aber diesmal machte ich einen Fehler. Ich wartete nicht einfach, bis Emma auslief, sondern nahm die Zügel auf – wieder zu fest! Erschrocken blieb Emma stehen, und ich geriet fast ein bisschen in Raumnot. Schlimmer noch traf es Thorsten. Sein Hotte wurde von Emmas plötzlichem Stopp überrascht und konnte nicht schnell genug anhalten. Stattdessen überholte er und rammte dann abrupt die Beine in den Boden, als Wiebke ebenfalls anhielt, weil sie merkte, dass bei uns etwas nicht stimmte. Für Thorsten war das zu viel. Er geriet aus dem Gleichgewicht und ließ sich vorsichtshalber sofort vom Pferd fallen. Dabei passierte ihm nichts, Hotte hatte schließlich vorher schon angehalten.

Wiebke verdrehte die Augen. »Da wären wir wieder bei der Gymnastik für den Reiter«, bemerkte sie. »Ein bisschen Körperspannung musst du schon entwickeln, Thorsten. Selbst ein braves Pferd zeigt Lebensregungen. Reiten verlangt große Körperbeherrschung. Auch wenn es aussieht, als mache man da oben gar nichts.«

»Reiten ist schwer …«, murmelte ich.

Wiebke nickte. Ich dachte, sie würde lachen, aber sie blieb ganz ernst. »Damit hast du das Wesentliche begriffen, Lea«, sagte sie. »Reiten gehört zu den schwersten aller Sportarten. Es verlangt Selbstkontrolle, Technik – aber auch, wie soll ich sagen … individuellen Ausdruck, Gefühl … Nicht zu Unrecht spricht man ja nicht nur von Reitsport, sondern auch von Reitkunst. Das ist ähnlich wie beim Ballett oder beim Eiskunstlauf. Da reicht es auch nicht, einfach die Bewegungen zu beherrschen.«

»Und es ist immer Paarlauf«, dämmerte es mir. »Weil man es zusammen mit dem Pferd betreibt.«

Wiebke stimmte zu. »Wobei erschwerend hinzukommt, dass man es in diesem Fall nicht einfach mit einem menschlichen Partner zu tun hat«, erläuterte sie weiter. »Ein Pferd ist ein ganz andersartiges Wesen.«

Thorsten hatte sich inzwischen aufgerafft und wieder auf Hotte Platz genommen. »Demnach ist Reiten«, fasste er grinsend zusammen, »so etwas wie Eiskunstlauf mit einem Alien.«

Wiebke und ich mussten lachen. Aber irgendwie hatte er ins Schwarze getroffen. Plötzlich sah ich Joker als eine Art

E. T., gestrandet in einer Menschenwelt und verurteilt zu einem Tanz, der ihm nicht gefiel.

Und keine Aussicht, nach Hause zu telefonieren …

Verliebt oder nicht?

»Gibt diese Wiebke Reitstunden?«, fragte meine Mutter. »Ich meine … das hört sich doch viel besser an als der Unterricht im Reitstall.«

Inzwischen war der »Mutter-Tochter-Kurs« fast vorbei, und Frau Witt hatte uns nahegelegt, in den Verein einzutreten. Dann war der Unterricht billiger.

Thorstens Vater war fest dazu entschlossen. Zumindest sein Sohn sollte unbedingt weiterreiten. Er wünschte sich für ihn eine Turnierkarriere, möglichst in Heikos Fußstapfen. Ich persönlich sah da schwarz. Die Erschütterungen über einem Sprung waren eindeutig zu viel für jemanden, der schon im Stand von Hotte fiel.

Meine Mutter war dagegen nicht mehr so begeistert. Sie war in den letzten Reitstunden dreimal vom Pferd gefallen. Einmal von Buffalo, einmal von Nougat und natürlich von Allegra. Wenn ich Glück hatte, würden wir nach dem Kurs aufhören. Aber ich war mir nicht mehr so sicher, ob ich das wirklich wollte.

Ihre Frage musste ich jedenfalls verneinen. In Wiebkes Stall gab es keine Schulpferde und niemand unterrichtete. Wiebke und ihre Freunde nahmen Unterricht bei verschiedenen Lehrern, die entweder einmal pro Woche auf den

Hof kamen oder bei denen sie Kurse belegten. Voraussetzung war ein eigenes Pferd.

Thorsten berichtete mir, dass Wiebke ihm angeboten hatte, auf Hotte mitzureiten, aber das wollte sein Vater nicht. Thorsten sollte sich endlich wie ein richtiger Junge benehmen und fürs Springen begeistern, statt mit »Ponys durch die Gegend zu juckeln«. Zugegebenermaßen nahm man bei letzterer Betätigung kaum ab. Ich hatte auf Emma keinen Tropfen Schweiß verloren.

Meine Mutter jedenfalls sah sich nach anderen Reitmöglichkeiten um. Annas und Maries Mütter wollten nach dem Kurs ganz aufhören. Annas Mutter hatte sich ziemlich schnell entschieden, während Maries Mami erst dreimal von Allegra hatte fallen müssen. Beide würden ihre Aktivitäten rund ums Pferd demnächst darauf beschränken, auf Turnieren Waffeln zu backen.

Marie war so dankbar für diese Entwicklung, dass sie Allegra am nächsten Dienstag Möhren mitbrachte. »Sie hat auch ihr Gutes!«, erklärte sie grinsend.

Jedenfalls durften auch Anna und Marie in den Verein eintreten, sodass ich die Einzige war, die keine Einladung zur »Sommer-Ferien-Pferdefete« erhielt. Die veranstaltete der Verein jedes Jahr zu Ferienbeginn für seine Jugendlichen, und nach allem, was Nele und Kathrin erzählten, war es die coolste Party des Jahres. Ich konnte mir das kaum vorstellen, schließlich gab es doch fast keine Jungen im Verein. Aber vielleicht brachte man die ja mit. Jedenfalls gab es Lagerfeuer auf der Weide mit Würstchenbraten, und den Bierstand, der sonst auf Turnieren aufgebaut wurde, durften die Jungs auch in Betrieb nehmen. Die Vereinsparty versprach also spannend zu werden, aber ich würde mich auf keinen Fall von Thorsten dazu einladen lassen!

Stattdessen hoffte ich auf Heiko, doch der zeigte mir die kalte Schulter, seit ich am letzten Turniersonntag einfach abgehauen war. Ich hatte mich auch nicht weiter um ihn bemüht, aber jetzt schlenderte ich doch betont gleichmütig in den Privatpferdestall, nachdem ich sein Moped auf dem Parkplatz entdeckt hatte.

Joker hangelte mit seiner Nase nach mir. Ich streichelte ihn und gab ihm einen Leckerbissen. Seine Maulwinkel sahen ziemlich schlimm aus. Heiko ritt ihn jetzt fast täglich. Wie es hieß, probierte Ronja neue Pferde aus.

Heiko sattelte eben Mariano. »Na, du untreue Glücksfee!«, begrüßte er mich. »Ich bin am Sonntag nur Zweiter geworden. Und daran bist du schuld!«

Ich murmelte etwas von einem Notfall in der Familie. »Meine … äh … Oma … ist … äh … vom Baum gefallen.« Eine blödere Ausrede konnte mir auch nicht einfallen! »Beim … äh … Apfelpflücken …«, fügte ich rasch hinzu. Keine Ahnung, ob Äpfel gerade reif waren.

Heiko baute sich vor mir auf und schien mir die Schwindelei an der Nase anzusehen. Er sagte jedoch nichts dazu, sondern fuhr nur mit seinem Finger meine Augenbrauen nach, zwischen denen ich mein vorletztes Einhorntattoo platziert hatte, streichelte über meine Nase und rieb sanft meine Lippen, um sich dann zum Kinn herunterzutasten. Ich spürte ein wohliges Kribbeln und hob unweigerlich mein Gesicht. Heiko war etwas größer als ich – eine Seltenheit bei Jungs im passenden Alter.

»Du bist so was von süß mit deinem Sticker und deinen Wuschelhaaren!«, lachte er.

Ich war dazu übergegangen, meine Haare nach dem Reiten einfach mit beiden Händen wild zu zerzausen.

Das sah etwas abenteuerlich aus, aber wenigstens klatschten sie dann nicht mehr an.

»Darf ich dich auch mal küssen, wenn ich nicht gewonnen habe?«

Ich hätte wirklich nichts dagegen gehabt, aber er hätte mich schon vorher fragen können, ob ich richtig mit ihm gehen wollte! So sagte ich gar nichts, sondern zog mich eher etwas zurück.

»Samstag auf der Vereinsfete versetzt du mich jedenfalls nicht, verstanden!«, sagte er dann streng.

Ich atmete auf. Na, also! Wenn er offiziell mit mir auftauchte, war das fast genauso wie eine formelle Frage.

»Bestimmt nicht!«, erklärte ich rasch, bevor er es sich anders überlegte. Außerdem stellte ich mich auf die Zehenspitzen und gab ihm meinerseits ein kleines Küsschen. Eigentlich hätte das die Schmetterlinge in meinem Bauch gymnastizieren sollen, aber zu meiner Verwunderung regte sich nicht allzu viel. Im Gegenteil, ich schämte mich fast ein bisschen. Schließlich sollte man Küsse nicht aus Dankbarkeit oder Berechnung verschenken, sondern nur, weil man wirklich verliebt war. Und da war ich mir bei Heiko nicht mehr sicher.

Meine Eltern examinierten mich vor der Vereinsfete wie vor jeder Party. Sie haben da ziemlich altmodische Ansichten. Mit dreizehn, meinen sie, sollte man spätestens um zehn Uhr zu Hause sein. Dabei dauern selbst die Feten in meiner Klasse mindestens bis elf. Und bei der Vereinsparty ging es erst nach Einbruch der Dunkelheit richtig los, hatten Nele und Kathrin erzählt. Jetzt, im Juli, war es um zehn fast noch hell. Eine Lagerfeuerfete und dann noch im Hellen abhauen, das ging nicht. Meine Mutter sah das schließlich ein. Sie bestand allerdings darauf, mich um elf Uhr abzuholen – obwohl Heiko mir versprochen hatte, mich auf seinem Moped mitzunehmen. Ich hatte mir das soooo romantisch vorgestellt! Darüber war mit Mom jedoch nicht zu reden. Auf der Hinfahrt ungern, in der Nacht auf keinen Fall!

Mein Vater fand es sowieso gefährlich, mich mit einem Jungen auf eine Party zu schicken – höchst seltsam, schließlich macht er sich auch keine Gedanken darüber, dass ich in der Schule ständig mit Jungs zusammentreffe. Wahrscheinlich nimmt er an, dass man uns da vor dem Unterricht in Plastikfolie verpackt, was Küssen unmöglich macht.

Mom hielt ihm allerdings entgegen, dass sicher massenhaft Erwachsene dabei seien und aufpassten. »Schon wegen des offenen Feuers so nah am Pferdestall! Das ist doch gefährlich!«, sagte sie.

Schließlich waren alle Vereinbarungen getroffen, und ich konnte mich der Outfit-Frage widmen. Natürlich das letzte Einhorntattoo. Aber sonst? Mal ein Kleid oder doch lieber Jeans? Schließlich entschied ich mich für Jeans. Schon wegen der Mücken auf den Weiden. Natürlich mussten es knallenge sein. Ich presste mich mühsam hinein, aber ich hatte die Dinger schon länger. Platzgefahr bestand sicher nicht. Dazu kamen ein bauchfreies Top, große, bunte Ohrringe und massenhaft bunte Spangen im Haar, das ich in viele freche Büschel zusammenfasste. Bloß nicht brav wirken! Inzwischen war mir klar, dass Heiko auf all die Reitstallmädchen, die aussahen wie Barbies kleine Schwester, absolut nicht stand.

Er pfiff auch anerkennend durch die Zähne, als er mich um sieben abholte. »Cool siehst du aus!« Er gab mir ein Küsschen auf die Wange. Ich schmolz dahin. Anscheinend war ich doch verliebt – jedenfalls immer dann, wenn ich nicht das Gefühl hatte, dass Joker mich aus seiner Box heraus vorwurfsvoll ansah.

Die Fahrt auf dem Moped machte Spaß – warum kam meine Mutter nicht auf so eine Idee? Motorradfahren war bestimmt leichter zu lernen als Reiten. Aber mit Mom wär's kaum so prickelnd gewesen wie mit Heiko. Es war einfach nur cool, sich an ihn zu schmiegen und gemeinsam das Tempo zu genießen. Heiko fuhr genauso, wie er ritt. Schnell. Sehr schnell.

Im Reitstall war der Bierstand bereits aufgebaut, außerdem ein Büfett. Viele Mädchen hatten Salate und andere Köstlichkeiten mitgebracht. Dumm, dass man mir nichts davon gesagt hatte. Ich hätte gern Crostini für Heiko gebacken.

Der setzte gerade den Helm ab und half den anderen Jungs, das Lagerfeuer anzufachen. Vorher holte er sich aber noch ein Bier – und vergaß auch nicht, mich mit einer Cola zu versorgen.

Es gab einige Jungs auf dieser Party. Ein paar von ihnen hatte ich schon auf den Turnieren gesehen, die waren wohl aus anderen Vereinen »ausgeliehen«. Andere waren von den Mädchen mitgebracht worden – leicht daran zu erkennen, dass sie sich ein bisschen abseits der Szene zusammenrotteten und über Musik und Computer sprachen. Im Zentrum der Party gab es dagegen nur ein Thema: Pferde. Thorsten hing mit Marie und Anna herum, alle drei schienen sich etwas verloren zu fühlen. Kaum einer redete mit ihnen.

Die Mädchen aus den Schulpferdeabteilungen bildeten ihrerseits Grüppchen und tuschelten mit gedämpften Stimmen miteinander. Nur die Privatpferdereiter wirkten locker: Sie beachteten die Schulpferdereiterinnen überhaupt nicht. Es schien fast, als sei hier eine Gruppe Normalsterblicher in eine Prominentenparty hineingeraten. Die Normalsterblichen schauten angespannt und ehrfurchtsvoll zu, aber niemand würde es wagen, La Faye oder Nico Chico anzusprechen. Außer mir. Ich war mit Heiko hier, dem unangefochtenen Star! Insofern durfte ich auch dabeistehen und zuhören, wenn Madeleine, Ronja und Lena über ihre Pferde redeten. Oder über die Pferde, die sie demnächst haben würden. Ronja jedenfalls schien über Joker schon weitgehend hinweg zu sein. Sie hatte eine Stute namens Rose Garden Probe geritten und war hin und weg davon, wie schön die ging.

Lena plante demnächst die ersten Starts in Turnierklasse M, war aber besorgt darüber, ob ihr Pferd den Anforderungen gewachsen wäre. »Sie hat einfach zu wenig Ausdruck. So was platzieren sie ungern … du hast echt Glück mit deinem Daddy, Ronja! Meiner will absolut kein neues Pferd kaufen, er meint, ich sollte mich mal anstrengen, dann würde das auch was mit Luella. Aber er hat natürlich keine Ahnung …«

Ich fand das ziemlich langweilig. Mit Wiebke hatte ich mich besser unterhalten. »Paarlauf mit einem Alien« – Umgang mit Pferden als »Begegnung der dritten Art«. Das machte alles so viel spannender. Die Mädchen hier dagegen schienen nichts dabei zu finden, ihre persönlichen E. T.s bei Nichtgefallen auf den Mond zu schießen!

Zu den eher öden Unterhaltungen gab es Alcopops, die in einem mit Eis gefüllten Eimer unter dem Büfett lagerten. Die Jungs tranken Bier und hielten Würstchen an langen Stäben in das inzwischen fröhlich flackernde Feuer.

Heiko und die anderen taten so, als wären die außen verbrannten, innen noch weitgehend rohen Würstchen der Gipfel des Genusses.

»Wie bei den Cowboys!«, erklärte ein schlaksiger Blonder, der Heiko mitunter bei Springturnieren Konkurrenz machte, biss in eine verkohlte Thüringer Wurst und spülte sie mit einem großen Schluck Bier hinunter.

Das alles geschah ganz offen. Mit der Aufsicht war es nicht weit her. Weibliche Erwachsene gab es eigentlich gar nicht, wenn man die paar Mädchen zwischen 18 und 20 nicht dazuzählen wollte, die sich vereinzelt unter den Privatreitern fanden. Eine davon war die Jugendwartin des Vereins und hatte hier wohl die Verantwortung. Sie wies ab und zu darauf hin, keinen Abfall und erst recht keine Bierflaschen, Dosen oder sonst was auf die Weide zu werfen.

Aber das Bier wurde sowieso in Pappbechern ausgeschenkt, und jedes Mal, wenn die Jugendwartin eine Warnung von sich gab, johlten die Jungs und drängten ihr einen weiteren Becher Bier oder Wein auf. Ein paar Zweiliterflaschen Wein – die Sorte, von der meine Mutter sagt, man könnte sie nicht mal zum Kochen verwenden! – waren inzwischen auch aufgetaucht.

Die paar männlichen Erwachsenen flirteten mit den älteren Mädchen und kümmerten sich herzlich wenig um alles andere.

Eine Klassenfete unter so ungestörten Verhältnissen wäre cool gewesen. Aber hier fand ich die Atmosphäre seltsam, zumal die Gruppen sich im Laufe des Abends kaum vermischten. Auf Schulfeten hüpften wir schnell ungeniert auf der Tanzfläche herum – auch ohne Jungs, wenn die keine Lust hatten. Aber das war hier anders. Die Tanzerei kam erst nach neun Uhr langsam in Gang, und meistens versuchten sich die älteren Männer mit ihren neuen Freundinnen. Ich tanzte ein- oder zweimal mit Heiko – und bemerkte verwundert, dass Thorsten abwechselnd mit Marie und Anna um das Feuer herumhüpfte. Er bewegte sich dabei nicht sonderlich graziös, sondern eher wie ein Tanzbär auf Ecstasy, aber die drei hatten offensichtlich Spaß. Mehr als die anderen Schulpferdereiter. Und eigentlich auch mehr als ich.

Ich hatte mich zu Heiko gesetzt. Die Gespräche der Mädchen langweilten mich endgültig, vielleicht hatten die Jungs ja spannendere Themen drauf. Das war aber nicht so. Tatsächlich ging es auch hier hauptsächlich um Turniere, aber nicht um die passenden Pferde, sondern vor allem darum, wer wen wann warum schlug oder nicht. Dabei leerten die Jungs einen Becher Bier nach dem anderen, und der Tonfall wurde zunehmend aggressiver.

»Dein Neuer zum Beispiel«, machte der blonde Wildwestfan Heiko an. »Der ist ganz schön wendig. Echt irre, wie der in die Kurven geht. Aber M-Höhe schafft der nie! Womöglich nicht mal L. Dafür hat er nicht das Herz, der Gaul ist feige!«

Heiko runzelte die Stirn. »Sonst geht's dir aber gut, ja?«, fragte er, wobei er schon ein wenig lallte. »Der ist nur noch nicht richtig gefordert worden. Aber wenn der erst loslegt, springt der Häuser!«

»Groß genug wäre er ja. Aber ich sag dir, der hat nicht die Traute!«

Ich stellte ziemlich entsetzt fest, dass sie von Joker sprachen. Sollte der jetzt Hochsprungrekorde feiern? Und wieso »dein Neuer«? Aber wahrscheinlich hatte Heiko den Braunen jetzt endgültig von Ronja übernommen. Die bekam ja Rose Garden.

»Willst du auch mal tanzen?« Während ich der Unterhaltung der Jungen gebannt lauschte, war Thorsten neben mir aufgetaucht. »Dein Märchenprinz badet ja wohl eher im Bier …«

Dem hatte Thorsten wohl auch zugesprochen. Sonst hätte er sich kaum hier ins Zentrum des Geschehens getraut.

»Ich …« Ich wusste nicht, was ich sagen sollte. Eigentlich hätte ich gern getanzt. Aber Heiko …

»Was gibt's, Kleiner? Hast du irgendwas mit meiner Freundin zu bereden?« Heiko hatte Thorsten gesehen, und seine Frage klang fast bedrohlich. Ich wusste nicht, weshalb ich plötzlich Angst hatte, aber Heiko schien sich streiten zu wollen. Mit dem Blonden oder mit Thorsten ... Es wäre gut, hier ein bisschen Abstand zu gewinnen.

»Er will nur mit mir tanzen«, sagte ich. »Und du hast ja im Moment was anderes zu tun. Komm, Thorsten!« Ich stand auf.

»Der tanzt mir nicht mit meinem Mädchen ...« Heiko wollte sich ebenfalls erheben, etwas taumelig, wie mir schien.

Thorsten verdrehte die Augen. »Ich bring sie dir unbeschadet wieder!«, erklärte er beschwichtigend.

Heiko blitzte ihn an. »Ich würde mir das überlegen ...«, stieß er durch die Zähne hervor wie ein Cowboy in einem schlechten Film.

Mittlerweile waren Madeleine, Ronja und ein paar andere Mädchen auf uns aufmerksam geworden.

»Nun krieg dich mal wieder ein, Heiko!«, wies Madeleine ihn streng zurecht. »Lea kann tanzen, mit wem sie will. Und du hast genug mit den Planungen zu tun, dein neues Pferd zu verheizen.«

Anscheinend hatte Madeleine die Unterhaltung der Jungen zumindest am Rande mitgekriegt.

»Wir sollten hier abhauen«, raunte mir Thorsten zu. »Oder soll ich mich für dich schlagen?«

Meine Spannung entlud sich in einem Kichern. »Warum nicht? Kommt ›Reiter‹ nicht von ›Ritter‹?«

Heiko schien sich tatsächlich abzuregen. »Gibt ja Mädchen genug ...«, hörte ich noch seine spöttische Stimme. »Komm her, Lena, trink was mit uns und sag uns deine Meinung. Packt der Braune M?«

Ich konnte es kaum glauben, aber Lena gehorchte! Anscheinend hatte sie nur darauf gewartet, dass Heiko endlich genug von mir bekam. Gleich danach stritten sie zu dritt über Jokers Qualitäten als Springpferd. Wobei ich eigentlich gern zugehört hätte. Aber Heiko war schon so benebelt, dass man ihn wohl ohnehin nicht ernst nehmen musste. Dagegen war Thorsten höchstens ganz leicht angeheitert, gerade so, dass er wieder ein bisschen mutiger wurde, wie in den ersten Reitstunden oder bei Wiebke. Im Kurs hingegen brachte er inzwischen kaum noch ein Wort heraus. Ich teilte mir jetzt auch eine Dose »Tropentraum« – Ananassaft mit einem Spritzer weißen Rum – mit Marie und Anna. Am Ende waren wir fast so was wie Freundinnen. Jedenfalls alberten wir herum, tanzten und hatten Spaß. Dabei hätte ich eigentlich Liebeskummer haben müssen …

Thorsten kicherte, als ich eine dementsprechende Bemerkung machte. »Bis jetzt haben sie deinen Joker doch noch gar nicht verkauft!«, meinte er.

Ich führte wortreich aus, dass ich mich nie, niemals in ein Pferd verlieben könnte …

Es wird brenzlig

Über all dem Spaß mit Anna, Marie und Thorsten bekam ich gar nicht mit, wie der Streit am Feuer immer lauter und aggressiver wurde. Ich nahm auch nur am Rande wahr, dass Heiko und der Blonde – Nele verriet mir später, dass er Markus hieß – schließlich aufstanden und mit unsicheren Schritten Richtung Ställe gingen. Ein paar Mädchen folgten ihnen gleich, aber die meisten von uns wurden erst aufmerksam, als Neles Freundin Kathrin aufgeregt herübergelaufen kam. Anscheinend hatte sie ein paar bierselige Worte mit ihrem Lieblingspferd wechseln wollen und war dabei auf Heiko und sein Gefolge gestoßen. Jetzt platzte sie mit der Neuigkeit heraus. »Die satteln da drin Pferde! Und in der Halle bauen sie Hindernisse auf! Heiko will diesem Markus wohl irgendwas beweisen!«

Ich dachte sofort an Joker. Die würden doch jetzt nicht wirklich einen Hochsprungwettbewerb durchführen! Da musste jemand eingreifen!

Ich setzte mich schon in Trab, während die meisten Partygäste die Lage erst mal diskutierten.

Thorsten folgte mir. »Halle oder Stall?«, fragte er.

Im Privatstall brannte Licht. Die Reithalle neben dem Schulpferdestall war allerdings auch hell erleuchtet.

»Probieren wir erst den Stall!«, entschied ich in der vagen Hoffnung, Heiko vielleicht noch zur Vernunft bringen zu können. Aber er führte Joker schon gesattelt heraus, als wir ankamen. Madeleine und Ronja folgten ihm und redeten auf ihn ein, Lena hatte er ebenfalls im Schlepptau, aber die sagte nichts.

Heiko stoppte kurz, als er mich sah. »Na, Miss Rosa Gummistiefel? Willsse … willsse mir wieder Glück bringen? Hasste … Hasste dir doch überlegt, zu weme gehörss?«

Heiko lallte inzwischen sehr, er war vollständig betrunken. Irgendjemand musste ihn daran hindern, aufs Pferd zu steigen!

»Komm, Heiko, lass das doch!«, versuchte ich mein Glück, obwohl ich kaum Hoffnung sah. »Natürlich bin ich lieber mit dir zusammen als … als mit …« Ich kam mir wie eine Verräterin vor, aber Thorsten schien es nicht übel zu nehmen. Stattdessen machte er Anstalten, Heiko das Pferd abzunehmen.

»Ich sattele jetzt für dich ab, und du gehst mit Lea zurück zum Feuer!«, schlug er vor, obwohl es ihm sicherlich schwerfiel. Er stieg kometenhaft in meiner Achtung.

»Neineineinein, erst bringt se mir Glück! Lea-Maus, pass auf, der Gaul hüppt heut über eins neunzig!«

Madeleine verdrehte die Augen.

Und ich machte den entscheidenden Fehler. »Der arme Joker! Das hat er doch noch nie gemacht! Er ist schließlich ein Dressurpferd … nicht, dass er sich wieder verletzt!«

Jokers Tapirnase angelte nach meiner Hosentasche. Ich streichelte sie.

»Ach, der ›arme Joker‹!«, äffte Heiko mich nach. »Und das von dir! Wo du doch gar keine Pferde magst … Aber ihr … ihr seid alle gleich, nur heiß hinner den Gäulen … und nu … nu lasst mich ma durch inne Halle …

»Das fiel jetzt wohl unter ›Eigentor‹«, bemerkte Thorsten.

Wir folgten Heiko ziemlich geschlagen in den Schulpferdestall, den wir durchqueren mussten, um in die Halle zu kommen.

»Was ist denn mit den ganzen Kerlen, die hier die ›Aufsicht‹ führen sollten?«, fragte Anna. »Die müssten doch …«

»Die sollten auch ein Auge drauf haben, was im Heulager läuft«, sagte Nele, die aus der anderen Richtung zu uns stieß. »Da knutschen zwei wie die Weltmeister, und den Typen hab ich vorhin am Lagerfeuer rauchen sehen.«

Die restlichen Erwachsenen fanden wir in der Halle, eifrig damit beschäftigt, Hindernisse aufzubauen oder das kommende Ereignis zu kommentieren.

»Die sind alle betrunken!«, stellte Marie fassungslos fest.

Die Jungen in der Halle hatten zwei Hindernisse aufgebaut, jeweils an einer langen Seite. Viel zu lenken brauchte Heiko also nicht, die Route lag fest. Bis jetzt waren die Sprünge auch für Heikos Verhältnisse nicht sonderlich hoch, etwa einen Meter und einen Meter zehn. Er machte eine abfällige Bemerkung dazu, als er sich in den Sattel schwang.

»Du musst ihn doch erst warm machen!«, erklärte Markus. Anscheinend fand er es ganz normal, das schon mit ein paar dicken A-Sprüngen zu verbinden.

Ronja dagegen erhob jetzt ernstlich Einspruch. »Reite ihn wenigstens ordentlich ab, Heiko!«, bettelte sie.

Heiko beachtete sie gar nicht. Er ritt keine ganze Runde Schritt, bevor er antrabte und die Zügel gleich ganz kurz nahm. In gewohnter Manier zerrte er Joker den Kopf in Richtung Brust und ließ ihn gleich nach den ersten zwei Runden Trab über das erste Hindernis setzen. Ronja weinte. Madeleine stieß Flüche aus.

Joker guckte einfach nur erschrocken, als verstünde er die Welt nicht mehr. Aber er sprang. Auch über den zweiten Sprung. Die Männer erhöhten sofort. Eins zwanzig und eins dreißig ... Für mich waren das Hochhäuser. Aber Joker ist ein riesiges Pferd, daher kam er problemlos über die Sprünge. Heiko schien da eher Schwierigkeiten zu haben, sich auszubalancieren. Er saß nicht so sicher wie sonst – nach all dem Bier! – und löste das Problem, indem er sich am Zügel festhielt. Joker versuchte zu buckeln, aber Heiko fixierte seinen Kopf eisern vor der Brust, und die Hupfer fielen entsprechend schwach aus.

Ein Meter vierzig. Joker nahm den Sprung ziemlich locker. Aber Heiko schaffte es nicht, ihn danach sofort wieder aufzunehmen. Das Pferd nutzte seine Chance und rannte am nächsten Hindernis vorbei. Markus und seine Freunde triumphierten.

»Eins neunzig will er springen! Aber der Gaul macht sich schon bei eins fünfzig in die Hose!«

Heiko wurde rot vor Wut und ritt den Sprung noch mal

an. Diesmal hob Joker sich hinüber. Er hatte enormes Potenzial, die Höhe störte ihn offenbar nicht halb so sehr wie Heikos brutale Zügelhilfen. Zusätzlich setzte Heiko jetzt massiv die Sporen ein.

»Schon um sich festzustecken«, bemerkte Thorsten gallig. »Sonst fällt er gleich runter. Lasst uns hoffen, dass er das bald tut, damit der arme Gaul erlöst wird.«

Heiko ritt derweil eins sechzig an, und die Mädchen aus dem Verein begannen, anfeuernd zu johlen. Ich hatte bis jetzt eigentlich gedacht, dass praktisch alle Anwesenden diese Show entsetzlich fanden. Doch tatsächlich schien die Mehrheit das Spektakel zu genießen! Es wurde immer voller. Inzwischen hatte sich der größte Teil der Partygäste in der Halle versammelt – nur die Knutscher blieben mit sich selbst beschäftigt. Die Jungs erhöhten erneut die Hindernisse.

Eins siebzig. Jetzt musste Joker sich richtig anstrengen. Er kam nur knapp hinüber, mit den Hinterbeinen stieß er an.

Heiko ließ die Stange trotzdem auf eins achtzig legen.

»Er ist nicht bei Trost!«, murmelte Madeleine.

»Ich rufe Papa an …«, sagte Ronja und suchte ihr Handy.

Auf die Idee hätte sie schon eine halbe Stunde früher kommen können! Vielleicht hätte Daddy seinen Sohnemann rechtzeitig gestoppt. Schon weil das vierbeinige Spielzeug, auf dem er saß, ganz schön teuer gewesen war. Aber jetzt gab es keine Chance mehr. So schnell konnte Herr Tünnermann nicht im Stall sein, und auf dem Pferd hatte Heiko auch kein Handy.

Die Hindernisse wurden erneut erhöht. Heiko galoppierte aus der Ecke an und holte Schwung – das Johlen der Zuschauer wich gespanntem Schweigen.

Aber dann wurde alles plötzlich durch einen Schrei unterbrochen.

»Feuer! Es brennt im Heulager!«

Später wusste niemand, wer das Feuer gemeldet hatte. Vielleicht jemand, der hinausgegangen war, weil er die Pferdequälerei in der Halle nicht mehr mitansehen konnte, oder das knutschende Pärchen. Vielleicht hatten sie mit ihren Zigaretten das Feuer verursacht?

Unter den Zuschauern in der Halle brach jedenfalls in diesem Moment Panik aus – und Heiko geriet völlig aus dem Takt. Joker ging den Sprung viel zu schnell an und schien zu früh abspringen zu wollen. Aber dann verließ ihn im letzten Moment wohl doch der Mut, oder er spürte, dass Heiko abgelenkt war. Jedenfalls rammte er die Beine in den Boden, und Heiko, der schon in den Springsitz gegangen war, hatte keine Chance. Die Fliehkraft katapultierte ihn über und in den Sprung, er landete kopfüber in einem Gewirr von Stangen und Hindernisständern. Joker, froh, die Last los zu sein, rappelte sich auf und floh im Galopp durch die Halle. Niemand machte Anstalten, ihn einzufangen. Die wenigen Zuschauer, die nicht mit ihrer eigenen Flucht vor dem Feuer beschäftigt waren, kümmerten sich um Heiko. Auch Ronja lief zu ihrem Bruder. Inzwischen hatte Joker die offene Hallentür entdeckt und rannte hinaus. Wieder hielt ihn niemand auf. Die Leute davor stoben auseinander und machten ihm Platz. Schließlich galoppierte der große Braune mit der Hälfte der Partygäste um die Wette in Richtung Ausgang des Schulpferdestalls. Die meisten Jugendlichen waren in Panik. Dabei waren gar keine Flammen zu sehen. Allerdings drang Rauch aus dem Gang zum Heulager.

»Wir müssen die Pferde retten!«, rief Nele aufgeregt.

Was dann geschah, war einfach nur der helle Wahnsinn.

Wie gesagt: Bislang waren weder Menschen noch Pferde wirklich in Gefahr, und es wären genügend Leute da gewesen, um jedes Schulpferd einzeln in Ruhe aufzuhalftern und nach draußen zu führen. Der Brand schwelte am anderen Ende des Stalles, man musste nicht am Feuer vorbei oder gar hindurch.

Das hätte allerdings jemand organisieren müssen, und die wenigen Erwachsenen waren schon mit Heikos Unfall völlig überfordert. Heiko war wohl ein paar Minuten ziemlich weggetreten gewesen, aber jetzt humpelte er, auf zwei der Männer gestützt, aus der Halle. Sein Mädchen-Fanclub, allen voran Lena, folgte ihm. Ronja schien Joker vergessen zu haben. Ich hoffte nur noch, dass er auf die Weide oder zurück in den Privatstall galoppiert war. Im Schulpferdestall war er jedenfalls nicht mehr. Dort ergriffen Nele und Kathrin die Initiative zur »Rettung« der Pferde. Kopflos rissen sie eine Box nach der anderen auf und ließen die Tiere hinauslaufen.

Die meisten Pferde hatten es dabei nicht sonderlich eilig. Der Brandgeruch schien sie nicht nervös zu machen, obwohl er jetzt stärker wurde. Aber es war keineswegs so wie in den Filmen, in denen Pferde in Panik aus brennenden Ställen flüchten. Nougat und Buffalo nutzten die Gelegenheit, ihren ständig schwelenden Konflikt endlich einmal auszutragen. Als sie in der Stallgasse aufeinandertrafen, quietschten sie und schlugen zunächst mit den Vorderhufen nacheinander aus. Allegra brachte zusätzlich Schwung in die Sache, indem sie auch die Hinterhufe einsetzte.

Nele löste das Problem dadurch, dass sie in die Halle rannte und eine Longierpeitsche griff. Damit knallte sie in Richtung Schulpferdestall wie ein Zirkusdirektor. Nougat und die anderen beteiligten Pferde entschieden sich umgehend, ihre Schlägerei nach draußen zu verlegen. Die letzten Pferde bekamen nun auch Angst. Schließlich stürmte eine ganze Herde von sieben Tieren aus dem Stall und hätte fast noch Heiko und seine Helfer überrannt.

Ich fragte mich, ob jemand die Feuerwehr angerufen hatte, aber dann hörte ich in der Ferne auch schon Sirenen. Mittlerweile waren die Schulpferde auf dem Stallvorplatz mit Joker zusammengetroffen, der verzweifelt wiehernd hin und her trabte. Der Privatstall war zu, er konnte also nicht in seine Box. Daher schien er froh zu sein, sich immerhin den Artgenossen anschließen zu können. Nele und Thorsten versuchten, die Pferde auf eine der Weiden zu treiben, aber dann fuhr der Feuerwehrwagen mit voller Beleuchtung und heulender Sirene auf den Hof. Das gab den Pferden den Rest. Joker entdeckte das offene Tor. Er wurde häufiger im Gelände geritten als die Schulpferde und wusste wohl, dass dieser Weg in die Freiheit führte. Gefolgt von den anderen Pferden, raste er hinaus.

»Verdammter Mist, sie rennen auf die Straße!«, keuchte Thorsten und jagte ihnen nach. Ich folgte ihm und überholte ihn gleich darauf, ich war ganz klar die schnellere Läuferin. Trotzdem hatten wir natürlich keine Chance, die Pferde einzuholen, aber eine Alternative fiel uns auch nicht ein. Der Feuerwehr auf dem Hof konnten wir nicht helfen – und außer uns und ein paar Schulpferdereiterinnen schien sich kaum jemand für die Pferde zu interessieren. Alles gaffte auf die Feuerwehrmänner, die jetzt in fliegender Eile ihre Spritze in Positur brachten und ihre Schläuche entrollten. Die Privatpferdereiter begannen mittlerweile auch, ihre eigenen Schätzchen in Sicherheit zu bringen. Geordnet natürlich, Lena führte ihren Rappen gerade auf eine der Weiden.

Von der Zufahrtsstraße zum Stall aus konnten wir immerhin sehen, ob die Pferde Richtung Bundesstraße oder Richtung Wald unterwegs waren. Zu meinem Entsetzen bogen sie zunächst zur Straße ab. Aber dann kam ihnen ein Auto entgegen – und veranstaltete gleich ein Höllengetöse und eine Lightshow mit Hupe und Lichthupe. Joker drehte entsetzt um und jagte Richtung Wald.

Ich erkannte den alten Kombi meiner Mutter.

»Was ist denn hier los!«, fragte Mom aufgeregt. »Gott sei Dank, dass dir nichts passiert ist! Als mich eben die Feuerwehr überholte, hab ich schon das Schlimmste befürchtet. Und jetzt die Pferde …«

»Wir müssen ihnen nach!«, rief Thorsten und öffnete auch schon die Tür auf der Beifahrerseite. »Komm, Lea, fahren Sie, Frau Groß!«

Ich schlüpfte hinter ihm ins Auto, und meine Mom fuhr los. Sie verhielt sich absolut cool, da konnte man nichts sagen. Papa wäre ausgeflippt, wenn wir von ihm verlangt hätten, über schlammige Waldwege zu kurven, um einer Herde Pferde zu folgen.

»Kennt ihr euch hier aus?«, fragte sie nur. »Ich meine,

nicht dass wir in einem Bach landen oder so. Das Auto hat keinen Allradantrieb.«

Wir antworteten nicht. Schließlich wusste sie auch, dass unsere Gruppe bislang nie ausgeritten war. Immerhin: Die Pferde kannten sich hier ebenso wenig aus wie wir. Mit ein bisschen Glück würden sie auf den Hauptwegen bleiben. Ich dachte daran, dass Wiebke in einem solchen Fall sicher genau wüsste, wo sie ihre Pferde suchen müsste. Wenn die überhaupt weggelaufen wären.

Meine Mutter fuhr schnell, aber vorsichtig. Schließlich wollte sie nicht riskieren, nach einer Kurve mitten in der Pferdegruppe zu landen.

»Was machen wir, wenn wir sie finden?«, fragte ich schließlich.

»Zurückführen!«, meinte Mom energisch.

»Die Polizei rufen?«, fragte Thorsten.

Wir warfen ihm beide strafende Blicke zu. Polizeisirenen würden die Pferde erst recht verrückt machen.

Schließlich wich das Waldstück offenem Land. Hier gab es Stoppelfelder, aber auch noch ein paar Äcker, die nicht abgeerntet waren. In einem der Felder standen die Pferde. Alle noch ein bisschen aufgeregt und schnaubend, aber doch zufrieden damit beschäftigt, das Feld möglichst gründlich abzuernten.

Ich suchte nach einem Leckerbissen und fand tatsächlich eine Tüte im Auto. Wir waren wirklich schon ziemlich pferdeverrückt, früher hatte ich an dieser Stelle Kartoffelchips gehortet.

»Joker!«

Der riesige Braune hob den Kopf und trottete brav auf

mich zu. Thorsten fing Allegra ein. Sie bot sich dazu an, denn aufgrund ihrer Biestigkeit trug sie auch im Stall ein Halfter. Meine Mutter funktionierte ihren Gürtel zum Führstrick um.

»Ob die anderen hinterherlaufen, wenn wir Joker und Allegra führen?«, fragte Thorsten. Mit der Polizei wollte er uns wohl nicht noch einmal kommen.

»Versuch macht klug«, bemerkte ich und zog Joker energisch aus dem Kornfeld. Thorsten folgte mit Allegra. Und das Wunder geschah! Auch die anderen Pferde trennten sich vom Hafer und trödelten gelassen hinterher.

»Ich fahre dann mal vor und sichere die Zufahrtsstraße«, meinte Mom fast etwas bedauernd. Sie wäre wohl lieber bei dem Abenteuer dabeigeblieben. »Nicht dass euch nachher noch die Feuerwehr entgegenkommt.«

Wir warteten in sicherer Entfernung, bis sie das Auto angelassen hatte, und dann beleuchtete nur noch das Mondlicht die Felder und den Wald.

»Unheimlich!«, grinste Thorsten.

»Romantisch!«, behauptete ich. »Übrigens hat mich vor ein paar Wochen ein äußerst süßer Junge zu einem Mondscheinritt eingeladen …« Ich dachte an Nico Chico und überlegte, ob ich ihn mir wirklich herwünschte. Aber eigentlich war ich ganz zufrieden mit Thorsten an meiner Seite.

»Lass dich nicht aufhalten, ein Sattel ist ja drauf«, bemerkte Thorsten. »Und es sind sicher mehr als drei Kilometer bis zum Reitstall.«

Ich überlegte. Ein bisschen Herzklopfen hatte ich schon. Joker war so riesig … und ich hatte ihn noch nie geritten …

Aber dann stupste mich die Tapirnase an. Was hieß das auf Pferdisch? »Ich bin doch ganz lieb?« Oder »Vertrau mir!« oder »Nach Hause telefonieren …?«

Ich musste lachen.

»Nur wenn du dich auch traust«, sagte ich.

»Auf Allegra?«, fragte Thorsten und wehrte die Stute ab, die ihn schon wieder beißen wollte. »Ich bin doch nicht lebensmüde!«

»Nimm ihr einfach das Halfter ab und tu's auf Toby!«, regte ich an. »Mensch, Thorsten, du willst doch keine drei Kilometer laufen, oder?«

Das Argument zog. Thorsten bewegte sich einfach ungern. Außerdem war Toby kleiner als Allegra, da kam er eher drauf. Schließlich gingen wir es gemeinsam an. Thorsten kletterte auf einen großen Stein und von da aus ungelenk auf Tobys Rücken. Und ich angelte nach dem Steigbügel und erklomm die Joker-Westwand. Es war ein prickelndes Gefühl, so hoch oben zu sitzen. Ich ließ die Zügel locker wie auf Emma – und bekam gleich darauf Angst. Was, wenn Joker jetzt losgaloppierte?

Aber Joker schnaubte nur zufrieden und setzte sich gelassen in Gang. Ebenso wie Toby. Und dann ritten wir nebeneinander durch die Nacht. Der Mond schien, die Bäume warfen unheimliche Schatten auf den Weg, und die ganze Pferdeherde folgte uns. Also, eigentlich war es kitschig, aber auch wieder cool.

»Wer war das mit dem Mondscheinritt?«, fragte Thorsten irgendwann. »Der Junge, meine ich?«

»Nicht wichtig«, murmelte ich. Was gingen mich – was gingen uns! – Nico Chicos dumme Sprüche an?

Wir ritten eine weitere Viertelstunde durch die unwirkliche Mondnacht, bis Thorsten erneut das Schweigen brach. »Hörst du jetzt eigentlich auf mit dem Reiten?«, erkundigte er sich. »Ich meine … wo doch offensichtlich Schluss ist … mit Heiko-Superboy?«

»Wieso soll ich denn deshalb mit dem Reiten aufhören?«, fragte ich überrascht. Joker machte weiterhin lange Schritte, aber er spitzte jetzt auch die Ohren. Wir näherten uns dem Stall.

»Na ja, ich dachte … weil du doch eigentlich keine Pferde magst.«

Bevor ich antworten konnte, hörten wir Stimmen und Autogeräusche. Auch seltsame Lichter schienen die Dunkelheit zu durchdringen. Joker tänzelte nervös. Dann machte der Weg eine Wendung, und als wir um die Kurve kamen, sahen wir die Lichtquelle: zwei Polizeiautos mit eingeschalteten Blaulichtern, aber zum Glück ohne Sirene. Dazu einige Leute mit Taschenlampen.

Anscheinend hatte doch jemand die Pferde vermisst. Auch das Auto meiner Mutter kam in Sicht. Sie selbst redete auf einen der Beamten ein.

Genau konnte ich die Szenerie aber nicht erkennen, dazu war Joker zu aufgeregt. Und Toby rammte vor Schreck über die plötzliche Action die Beine in den Boden und machte anschließend ein paar rasche Schritte rückwärts. Zu viel für Thorsten. Er fiel wieder runter. Toby hatte immerhin die Freundlichkeit, nicht auf ihn zu treten.

»Also, ich mag Pferde«, meinte Thorsten trotzig, nachdem er sich wieder aufgerappelt hatte. »Auch wenn sie verdammt hoch sind.«

Ich lächelte. Anscheinend musste ich mich daran gewöhnen, dass echte Prinzen manchmal vom Schimmel fielen.

»Ich mag sie auch«, sagte ich und streichelte Joker. Der stand trotz des Durcheinanders vor uns ganz ruhig da, während ich mich vorsichtig unter Zuhilfenahme seiner Mähne abseilte. Ich registrierte erst, wie riesig er war, als ich nach längerem Rutschen unten ankam. Dieses gewaltige Pferd hatte ich geritten! Mitten in der Nacht. Ein übermütiges Gefühl von Stolz und Wagemut stieg in mir auf.

»Mehr als manche Jungs!«, ergänzte ich.

»Mehr als alle Jungs?«, fragte Thorsten ängstlich. »Wirst du jetzt so wie ... Nele und all die, die sich nur in Pferde verlieben?«

Ich warf einen Blick auf die Lichtung vor uns: Noch waren wir nicht bemerkt worden. Aber gleich mussten die anderen Pferde um die Ecke kommen, und dann war keine Zeit mehr für Geständnisse im Mondschein. Entschlossen ließ ich Joker einfach los, stiefelte auf Thorsten zu und gab ihm einen Kuss.

»Vor allem mag ich dich!«

Mom sattelt um

Es war fast drei Uhr nachts, als wir endlich nach Hause kamen. Thorsten und ich hatten noch tausend Fragen von den Polizisten und allen möglichen anderen Leuten beantworten müssen, wobei Frau Witt sich anstellte, als hätten wir ihre Schulpferde gestohlen. Zum Glück konnte meine Mutter unsere Heldentat bestätigen, worauf Nele und die anderen Mädchen aus den Schulpferdeabteilungen uns ganz ehrfürchtig ansahen. Die Pferde durften auch gleich zurück in ihre Boxen. Es roch zwar noch etwas nach Rauch, aber im Schulpferdestall konnte man wieder ganz normal durchatmen. Das Feuer hatte kaum Schaden angerichtet, sicher vor allem deshalb, weil das Heulager fast leer gewesen war. Der Verein erwartete in den nächsten Tagen eine neue Heulieferung. Wäre die schon da gewesen, hätte es vermutlich einen Großbrand gegeben. So aber waren nur vier oder fünf Heuballen in dem zum Glück aus Stein und nicht aus Fachwerk bestehenden Lager in Flammen aufgegangen. Die zwei Schmusebären waren immerhin geistesgegenwärtig genug gewesen, die Stahltür zwischen Stall und Heulager hinter sich zu schließen. Die Feuerwehr war vom Außentor aus eingedrungen und hatte den Brand in kürzester Zeit gelöscht. Verletzte gab es nicht, außer

Heiko, dessen gebrochene Schulter aber nicht unmittelbar mit dem Feuer zu tun hatte.

»Es ist ganz schön schlimm«, berichtete Nele am Montag in der Schule.

Sie war am Sonntag gleich wieder in den Stall gefahren, um ihrem geliebten Nougat nahe zu sein und ihn über sein Abenteuer im Wald hinwegzutrösten. Dabei hatte es Nougat im Kornfeld und beim Spaziergang durchs Mondlicht bestimmt besser gefallen als in seiner Box. Er hatte sich nicht einmal mehr mit Buffalo geprügelt.

Jedenfalls kannte Nele die Neuigkeiten: »Heiko musste operiert werden, und mit dem Reiten soll er jetzt mindestens drei Monate aussetzen. Die Pferde sollen auch verkauft werden. Mariano wollten sie sowieso abgeben, und Joker … der ist ja gefährlich, meint Ronja. Der soll ganz schnell weg.«

Gefährlich? Ich traute meinen Ohren nicht. Ronja hatte doch gesehen, was Heiko mit ihrem Pferd angestellt hatte! Dabei hätte der sanfteste Alien die Strahlenpistole gezückt! Aber jetzt hatte sie offensichtlich Angst, den Braunen wieder reiten zu müssen, und sah ihre schönen Pläne mit Rose Garden schwinden. Da lag es natürlich nahe, die Schuld bei Joker zu suchen.

»Sie lassen ihn aber nicht schlachten, oder?«, fragte ich entsetzt und ertappte mich dabei, meinen Kontostand zu checken. Viel war das allerdings nicht …

»Schlachten? Bist du verrückt?« Nele schüttelte den Kopf. »Für den interessiert sich schon jemand. Frau Müller-Westhoff – die hatte bis jetzt eine Fuchsstute, aber mit der ist sie nicht mehr so ganz glücklich. Und Joker war wohl mal auf der Eliteauktion – und kommt aus einem ziemlich edlen Dressurstall. Da soll er jetzt wahrscheinlich wieder hin, zum Korrekturreiten. Und dann will die Müller-Westhoff damit in den Sport …«

Frau Müller-Westhoff gehört zu den Damen, die meine Mutter »Berufsgattinnen« nennt. Ihr Bankkonto war sicher besser gefüllt als meines. Ich dachte erstmals über die finanziellen Verhältnisse der verschiedenen Typen nach, die ich bislang cool fand. Nico Chico konnte sich garantiert ein Pferd leisten. Heiko sowieso. Und Thorsten?

Jetzt ging's aber los! Ich führte mich wirklich auf wie Nele, die ständig Überlegungen anstellte, Prinz William zu ehelichen, um damit irgendwie an den Pferdebestand der Queen heranzukommen.

Dennoch erlebte ich eine ziemliche Überraschung, als wir am Dienstag zur letzten Stunde im »Mutter-Tochter-Kurs« in den Reitstall kamen. Wir planten ein kleines Abschieds-Kaffeetrinken, zu dem wir auch Frau Witt eingeladen hatten. Offensichtlich in Bestechungsabsicht. Und tatsächlich schaffte sie es, diesmal jedem ein Schulpferd zuzuteilen, das keine Mordpläne hegte. In dieser letzten Stunde fiel niemand hinunter. Außer Thorsten, aber das war eine andere Geschichte. Thorsten und sein Daddy erschienen nämlich nicht zum Aufsatteln im Schulpferdestall, obwohl sie auf dem Gelände waren. Ich hatte ihr Auto auf den Hof fahren sehen und Thorsten auch von Weitem zugewinkt. Er hatte ziemlich geknickt gewirkt, aber das tat er vor den Dienstagsstunden eigentlich immer. Trotzdem war ich enttäuscht gewesen. Schließlich sollte die Freude, mich wiederzusehen, doch alles andere überstrahlen! Gestern Nachmittag hatten wir jedenfalls noch Küsschen durchs Telefon getauscht. Und nun kam er nicht mal zu mir herüber.

Ich sah ihn erst in der Reitstunde, und zu meiner Verwunderung führte er ein Privatpferd am Zügel. Heikos Mariano. Thorstens Daddy setzte sich beifallheischend auf die Tribüne. Er sah wohl keine Notwendigkeit mehr, sich selbst aufs Pferd zu schwingen. Dabei wirkte er wie ein zufriedener Kater, der die Maus genau da hatte, wo er sie haben wollte.

»Was machst du denn mit Mariano?«, wisperte ich Thorsten zu, als wir die Pferde zum Aufsteigen in der Mitte platzierten. Ich musste mich dazu fast in Lebensgefahr bringen, denn eigentlich hält man mit einem streitlustigen Pferd wie Nougat mehr als »Wisperabstand«. »Sag nicht, ihr habt ihn gekauft!«

Thorsten warf mir einen leidenden Blick zu. »Mein Dad. Ich hatte fahrlässig erwähnt, dass ich Pferde doch sehr nett fände und weiter Reiten lernen wollte. Tja, und das interpretierte mein Vater dann gleich als ›Ich will demnächst Heiko und Co. Konkurrenz machen.‹«

Marie und Anna hatten das mitbekommen und kriegten umgehend Strahleaugen. Thorsten war auf der Liste ihrer Traumboys soeben auf Platz 2 gerutscht. Gleich hinter Prinz William, aber eindeutig leichter erreichbar.

Ich hielt die Sache dagegen für Wahnsinn. Wenn ich Thorsten ein Pferd aus diesem Reitstall gekauft hätte, dann höchstens Toby.

»Nun guck nicht so!«, fuhr er mich an. »Wolltest du nicht immer einen Prinzen mit Schimmel?«

Ich wollte vor allem einen glücklichen Prinzen. Aber wenn schon, dann hätte ich ihn lieber auf einem Braunen gesehen …

»Konntet ihr nicht stattdessen Joker …« Es rutschte mir einfach raus – damit hatte ich es mir mit Thorsten bestimmt ebenso verscherzt wie am Samstag mit Heiko! Er musste annehmen, dass mir ein Pferd wichtiger war als ein Freund!

Thorsten verzog unglücklich das Gesicht und stellte an seinen Steigbügeln herum. Mariano war nicht so groß wie Joker, aber doch höher als all unsere Schulpferde. Thorsten schien sich nicht ganz entschließen zu können, ihn wirklich zu erklimmen.

»Ich hab's versucht, Lea, ehrlich«, sagte er dann zu meiner Überraschung. »Ich weiß doch, dass du ganz verrückt nach ihm bist, und dann hättest du wenigstens dein Traumpferd gehabt …«

Mein Herz schlug heftig.

»Du hättest dein Traumpferd gehabt …«

Das klang nach »Was mein ist, ist auch dein«.

Das klang nach »Wir gehören wirklich zusammen«. Und das klang nach einem Jungen, der nicht eifersüchtig auf Pferde war!

»Aber Joker war schlicht zu teuer. Außerdem redet alles davon, wie daneben er ist. Und mein Vater möchte doch, dass ich möglichst nächste Woche schon das erste Springen gewinne. Tut mir leid, Lea.«

Thorsten stieg endlich auf, genau wie wir anderen.

Frau Witt setzte ihn gleich an die Tête. Überhaupt

überschlug sie sich heute geradezu mit Anweisungen für Thorsten. Der neue Lieblingsschüler. Aufstieg in der Rangordnung auf Platz eins.

Trotzdem fiel Thorsten in dieser Stunde zweimal hinunter. Einmal beim Angaloppieren, als er die Hilfe nicht gleich richtig gab und Mariano in Stechtrab verfiel. Seine riesigen Bewegungen waren zu viel für meinen ungeschickten Prinzen. Das zweite Mal landete er beim »Springen« im Sand.

Frau Witt erklärte zuckersüß, dass jeder von uns am Ende des Kurses einmal ein Cavaletto überwinden sollte, und obwohl Annas und Maries Mütter sich dabei panisch in die Mähnen von Toby und Ronnie krallten, kamen alle gut darüber. Es war schließlich nur ein winziger Hupfer. Joker sprang bei jedem normalen Galoppsprung deutlich höher. Aber Mariano hatte längst den Sinn für große und kleine Sprünge verloren. Er strengte sich immer an, sonst bekam er schließlich Ärger mit Heiko. Und so setzte er denn auch mit Thorsten nicht einfach über dreißig Zentimeter, sondern nahm einen imaginären Sprung von mindestens einem Meter zehn. Thorsten segelte durch die Luft.

»Da werden wir aber noch viel üben müssen«, flötete Frau Witt. Die Dollarzeichen in ihren Augen waren nicht zu übersehen. Wenn Thorsten wirklich fürs Springen fit gemacht werden sollte, würde sein Daddy für Privatstunden löhnen müssen.

Als der Unterricht endlich zu Ende war, bauten wir unser Kuchenbüfett im Reiterstübchen auf. Jedes Mutter-Tochter-Paar hatte etwas mitgebracht, und Thorsten biss begeistert in meine Blaubeermuffins. Wir hatten uns vorher noch kurz im Privatstall getroffen. Schließlich musste ich Joker auf Wiedersehen sagen. Er sollte tatsächlich am nächsten Tag in seinen alten Stall zurückgebracht werden, wo ihn professionelle Trainer möglichst schnell wieder »auf Linie« brachten.

»Er kommt doch zurück!«, tröstete Thorsten, als ein paar meiner Tränchen auf Jokers Tapirnase tropften. »Und solange kannst du Mariano reiten, falls du Lust dazu hast.«

Er selbst hatte ganz offensichtlich keine, kümmerte sich aber nett um den Schimmel. Mariano war sicher ganz verwundert, dass er diesmal nach dem Reiten gestriegelt und mit Möhren verwöhnt wurde. Außerdem brachten wir ihn anschließend auf die Weide und ließen ihn dort frei. Zuerst schien er das kaum glauben zu können, aber dann trabte er in langen Schritten glücklich rund um die Wiese und freute sich.

»Weidegang kostet extra«, erklärte Thorsten. »Aber das war meine Bedingung, sonst hätte ich nicht mitgespielt. Ich möchte, dass er glücklich wird. Wie Wiebkes Pferde!«

Ich nickte. Inzwischen wusste ich ein bisschen mehr über die Pferdehaltung bei Wiebke und ihren Freunden. Meine Mutter schleppte seit ein paar Tagen stapelweise Pferdezeitschriften heran. Die Dinger hießen »Sattelfest – Das Magazin für Freizeitreiter« oder »Zentaurus – Journal für Freizeitreiten«. Es ging darin nicht um Dressur und Springen, sondern um artgerechte Pferdehaltung – und alle möglichen alternativen Arten, Reiten zu lernen. Die Artikel lasen sich deutlich besser als die Turnierzeitschriften, die Mom früher gekauft hatte. Und sie ließen einiges ahnen, welchen Weg meine Mutter demnächst reittechnisch einschlagen wollte. Schließlich hatte sie schon Kursangebote wie »Meditatives Reiten – leicht gelernt« und »Natürlich reiten – Die Geheimnisse der Indianer« im Anzeigenteil eingekreist.

Darüber sprach sie nun auch gerade am Kaffeetisch, als Thorsten und ich dazustießen. Anna und Marie machten ihm ehrfürchtig Platz.

»Wir wollen in Zukunft jedenfalls anders reiten«, erklärte Mom gerade. Frau Witts bärbeißiger Miene zufolge hatte sie vorher kein gutes Haar am Reiterverein Wienberg gelassen. »Wir werden Freizeitreiter!«

»Was heißt das genau?«, fragte Annas Mutter. Ihr gefiel der Reitstall ebenso wenig, auch wenn sie Anna den Vereinsbeitritt erlaubt hatte.

»Das heißt, dass sie nun nur noch auf auseinandergefallenen Pferden durchs Gelände juckeln«, bemerkte Frau Witt.

»Aber nein!« Meine Mutter war ganz von Sendungsbewusstsein erfüllt. »Das heißt, dass wir zu einem verantwortungsvollen, natürlichen und freundschaftlichen Umgang mit Pferden finden wollen! Und uns dem Reiten auch auf außergewöhnlichen Wegen nähern!«

Ich dachte an Kurse wie »Reiten und Tai-Chi« oder »Zum besseren Reiten übers Bogenschießen« und musste schlucken.

Thorsten zwinkerte mir aufmunternd zu. »Geländejuckeln klingt gar nicht so schlecht …«, flüsterte er mir über den Muffins zu.

Ich lächelte. »Am besten im Mondschein …«

PFERDEFRÜHLING

Sattelt die Pudel!

»Los, Lea, aufstehen!«

Es war Sonntag und sechs Uhr früh. Gewöhnlich eine Zeit, zu der meine Mutter entweder noch schläft oder genauso verwirrt durch die Dämmerung schwankt wie ich. Allerdings nicht, wenn ein Termin ansteht, der in irgendeiner Weise mit Pferden zu tun hat. Dann steht sie senkrecht im Bett, sobald der Wecker klingelt, und verlangt von mir ähnliche Jubelarien. Dabei ging es bislang nie wirklich ums Reiten, wenn wir vor Tau und Tag in »pferdiger Mission« herausmussten. Meist standen so uncoole Aufgaben an wie Waffeln backen auf einem Turnier.

Nun sollte damit aber Schluss sein. Nachdem Mom mich zunächst zu einem »Mutter-Tochter-Reitkurs« mit in die örtliche Reitschule geschleppt hatte, der uns dann aber eher als Training für Bomberpiloten erschien – sämtliche Pferde waren hochexplosiv und verfügten über eingebauten Schleudersitz! –, versuchten wir es jetzt mit »Freizeitreiten«. Sowohl Mom als auch ich hatten nämlich herausgefunden, dass uns Reiten als Turniersport wenig lag. Weder Dressur- noch Springwettbewerbe konnten uns ernstlich begeistern – auch wenn ich für kurze Zeit regelmäßig am Rand eines Springparcours herumgehangen war, um meinem Exfreund

Heiko die Daumen zu drücken. Stattdessen träumten wir von Ausritten im Gelände – was mich anging, am liebsten im Mondschein und mit einem süßen Jungen an meiner Seite.

Nun mussten wir nur noch eine Reitschule finden, die uns dafür die nötige Sattelfestigkeit vermittelte. Und das erhoffte sich Mom von dem heute geplanten Abenteuer: »Kennenlerntag auf Curly Horses – Entdecken Sie Leichtes Reiten auf besonderen Pferden«.

Ich quälte mich stöhnend aus dem Bett.

Immerhin würde es meinem Freund Thorsten heute ähnlich ergehen. Und ihm stand keineswegs nur ein harmloser Ausritt auf »Curly Horses« bevor, sondern sein allererstes Springturnier. Eigentlich hätte ich mitfahren und Händchen halten müssen. Wohlgemerkt nicht Daumen drücken, das wäre Energieverschwendung. Thorsten hatte nicht den Hauch einer Siegchance, obwohl er auf einem sehr teuren Pferd ritt. Er wollte diesen Tag nicht feiern, sondern nur überleben. Tatsächlich teilte er nämlich meine Einstellung zur Turnierreiterei. Thorsten hätte lieber bis zehn geschlafen, um den Tag dann mit einem netten Brunch zu beginnen – gern auch einem Picknick auf der Weide mit mir und seinem Pferd Mariano.

Thorstens Vater allerdings ist der Ansicht, ein »richtiger Junge« müsse ganz wild darauf sein, dem Tod über einem Oxer ins Auge zu sehen und Bestzeiten im Springparcours zu unterbieten. Er unterstellt Thorsten ständig bedenkliche Mängel an Mut und Männlichkeit – was der natürlich nicht auf sich sitzen lassen will. Also kämpft er sich mit Todesverachtung über die Sprünge – obwohl es für ihn eigentlich schon eine Heldentat ist, im Schritt vom Hof zu reiten.

»Nun mach schon, Lea!« Meine Mutter griff nach den Autoschlüsseln. Offensichtlich sollte das Frühstück also ausfallen. Wenn Mom Stallluft witterte, vergaß sie auch die elementarsten mütterlichen Pflichten.

Seufzend griff ich nach einer Packung Kekse. Die konnten wir unterwegs essen. Figursorgen hatten wir zum Glück beide nicht, groß und dünn, wie wir waren. Ich persönlich fand mich in Teilen fast zu spargelartig. Ein paar weibliche Rundungen hätten mir durchaus gefallen. Und bei der Gelegenheit dürfte die Fee mein Haar auch gern lang und lockig statt unkämmbar und wuschelig gestalten, und vielleicht goldblond statt rotbraun.

»Vergiss die Reitkappe nicht!«

Der eng sitzende Reithelm pflegte meiner Frisur den Rest zu geben. Immerhin hatte ich mir inzwischen abgewöhnt, Gel zu benutzen und die Neigung meiner Zotteln, in Büscheln hochzustehen, mit bunten Spangen zu unterstreichen. Reitkappen verlangen entweder Knoten oder Haarnetze, in denen sich die Strähnen züchtig im Nacken bändigen lassen. Oder als Alternative militärischen Kurzhaarschnitt. Zu Letzterem hatte ich mich bislang nicht aufraffen können.

Meine Mutter trug bereits Reithosen, Pulli und Jacke. Es war März und noch empfindlich kalt, obwohl in den Gärten die ersten Frühlingsblumen sprossen. Ich suchte mir also ein ähnliches Outfit zusammen und los ging's. Draußen war es fast noch dunkel. Warum brauchte meine Mutter für ihr Hobby unbedingt mich als Alibi?

Ich nutzte die lange Autofahrt, um noch ein bisschen zu schlafen, und kam erst richtig zu mir, als Mom auf die

Zufahrt des Gestüts »Curly Morning« abbog. Auf dem Parkplatz standen bereits drei Autos. Pferde waren nicht zu sehen. Erst als wir über den Hof gingen, steckte eines den Kopf aus einer Außenbox.

Ich wollte meinen Augen kaum trauen. »Ist das jetzt ein Pferd oder ein Pudel?«

Das Tier, das uns ganz freundlich anguckte, war über und über mit Löckchen bedeckt. Selbst in den Ohren lockten sich die Puscheln, Mähne und Schweif sahen aus wie das Haar eines Rauschgoldengels.

Dann öffnete sich die Haustür, und eine junge Frau mit kurzem blondem Haar und grünen Augen winkte uns herein. Sie trug Reitzeug und freute sich offensichtlich, uns zu sehen.

»Sie müssen Lotte und Lea Groß sein, nicht?«, fragte sie fröhlich. »Ich bin Katja Heimann, wir hatten telefoniert. Kommen Sie rein, nehmen Sie sich einen Kaffee, und dann fangen wir an! Die anderen sind nämlich alle schon da.«

Rund um einen großen Tisch saßen eine ältere Dame, ein junges Ehepaar und eine Mutter mit Tochter in meinem Alter. Ich nahm neben dem sommersprossigen rothaarigen Mädchen Platz.

»Ich bin Anschi!«, stellte sie sich gleich vor. Anschi suchte im Curly Horses offensichtlich das Pferd zur Frisur. Ihr üppiges rotes Haar fiel in Kräusellöckchen bis zur Mitte ihres Rückens.

»Du hast die gleichen Locken wie die Pferde!«, sagte ich.

Sie lachte. »Hab ich auch schon gemerkt! Und nehm's als gutes Omen … Vielleicht sehen mich die Viecher als Artgenossen an und werfen mich nicht ab.«

»Curlys werfen niemanden ab!«, erwiderte Frau Heimann fast beleidigt und hielt anschließend einen Vortrag, nach dem man sich unweigerlich fragte, warum noch niemand auf die Idee gekommen war, ein Lockenpferdchen an die Spitze der Vereinten Nationen zu stellen. Die Tiere waren ganz offensichtlich die besseren Menschen: friedlich, verlässlich, lernwillig, charakterfest …

»Sie sind aber ziemlich klein, nicht?«, erkundigte sich der einzige Mann in unserer Mitte.

»Je kleiner, desto besser«, bemerkte Anschi, allerdings so leise, dass ihre Mutter es nicht hören konnte.

Ich hatte das bis vor Kurzem auch gefunden. Aber dann hatte ich ein besonders nettes, aber auch ausgesprochen riesiges Tier namens Joker kennengelernt. Irgendwie musste es zwischen uns gefunkt haben. Sogar mein früherer Freund war eifersüchtig gewesen. Und bei meinem ersten Ritt auf Joker hatte ich meine Höhenangst verloren.

Zuletzt kam Frau Heimann auf die antiallergischen Eigenschaften des Curly Horse zu sprechen.

»Haben wir unter uns einen Tierhaarallergiker?«, erkundigte sie sich.

Anschi machte sich klein.

»Hier, meine Tochter Angela!« Anschis Mutter meldete sich wie in der Schule. »Allerdings ist es eine ganz seltsame Sache. Wir haben schon seit Jahren Pferde, aber die Allergie ist nie aufgetreten. Nur jetzt bei ihrem eigenen Pony. Sie kann mit allen Pferden umgehen, aber wenn sie sich mit Wizzie beschäftigt, kriegt sie einen Hautausschlag.«

Frau Heimann bestätigte, dass dies selten sei. Aber mit einem Curly Horse befinde man sich da ganz bestimmt auf der sicheren Seite.

»Gehen wir doch einfach mal raus und schauen uns die Pferde an!«, forderte Frau Heimann uns schließlich auf. »Wir reiten ein bisschen in der Halle, und heute Nachmittag machen wir dann einen Ausritt.«

Für meine Mom und mich war das etwas Besonderes. Meine bisherigen Ausritterfahrungen beschränkten sich auf einen Besuch bei Thorstens Tante Wiebke. Sie hatte mich auf eine Haflingerstute gesetzt, die mich brav spazieren getragen hatte. Tja, und dann hatte ich Joker nach einem spektakulären Ausbruch der Pferde bei Nacht nach Hause geritten. Aber auch nur im Schritt.

Die Pferde waren auf der Koppel und mussten erst eingetrieben werden. Das übernahm Frau Heimanns lustiger schwarz-weißer Collie. Wir warteten derweil vor den Offenställen – »Curly Horses sind ideal für naturnahe Haltung!« – und hatten Zeit, ein wenig zu plaudern.

»Ihr wollt also ein Curly Horse kaufen?«, fragte ich Anschi.

Sie zuckte die Schultern. »Klar. Ihr nicht? Deshalb findet das Ganze hier doch statt. Frau Heimann möchte ihre Pferde verkaufen, und wir interessieren uns dafür.«

»Ich dachte, das wäre ein Reitkurs«, meinte ich. Anschi schüttelte den Kopf. »Nö, Reiten solltest du schon können. Obwohl hier sicher nicht viel vorausgesetzt wird.

Oder glaubst du, die da hätten schon oft auf einem Pferd gesessen?«

Sie wies auf das junge Ehepaar. Beide steckten in fabrikneuen Reithosen.

»Und bei der da ist es wohl eher länger her …«

Auch bei der älteren Dame zog Anschi ihre Schlüsse aus dem Reitzeug. In ihrem Fall wirkte es verwaschen und altmodisch.

»Ich bin so eine Art Wiedereinsteiger«, erklärte die Dame meiner Mutter. »Früher hatte ich jahrelang Pferde. Isländer. Aber dann bin ich heruntergefallen und hab mir einen Wirbel angebrochen. Danach wollte ich erst mal nicht wieder reiten. Aber jetzt habe ich hier die Anzeige gelesen … und Curly Horses sollen so lieb sein!«

Anschi verdrehte die Augen.

»Du glaubst nicht, dass sie lieb sind?«, fragte ich besorgt.

Sie zuckte wieder die Schultern. »Es sind Pferde, Lea. Equiden. Fluchttiere. Zum Wegrennen neigen die alle, ohne Rücksicht auf die Rasse. Beeinflussen kann man das höchstens durch Ausbildung. In diese oder jene Richtung. Manche Trainer machen die Pferde ruhig, andere erst recht verrückt. Mein Pony war zum Beispiel bei so einem Pferdeflüsterer. Die Vorbesitzer hatten es extra für viel Geld von ihm ausbilden lassen, aber er hat nur Mist gebaut. Wizzie ist total durch den Wind. Sie buckelt, wenn sie von anderen Pferden weg soll, sie beißt, und sie scheut vor jeder Kleinigkeit …«

So langsam begriff ich, warum sie von diesem Pferd Pickel kriegte.

Mittlerweile hatte sich der Auslauf vor uns mit Lockenpferdchen in allen Farben gefüllt. Sie sahen witzig aus, und eigentlich gefielen sie mir nicht schlecht. Ihre Größe fand ich handlich, und an die seltsame Haarstruktur konnte man sich bestimmt gewöhnen. Allerdings kostete die garantiert extra.

»Hier, du kannst Princess nehmen, Lea, und du Curly Sue, Anschi. Sie gehört zu unseren allernettesten Pferden.«

Das Tier war nicht nur lockig, sondern obendrein gefleckt wie Pippi Langstrumpfs Kleiner Onkel. Meine Princess war einfach nur rotbraun.

»Sie beißen bestimmt nicht?«, fragte die junge Frau in der neuen Reithose. Auch ihr Mann näherte sich seinem Lockenpferd wie ein Torero, dem sein rotes Tuch abhandengekommen ist.

»Nein, sie sind freundlich!«, erläuterte Frau Heimann zum fünfundzwanzigsten Mal.

»Weil unser Pferd zu Hause nämlich ...«

»Das ist aber auch ein Hengst ...«

Das Pärchen, Herr und Frau Lindau, begann zu erzählen. Tatsächlich hatten auch sie bislang erst einen Anfänger-Reitkurs absolviert und sich dann Hals über Kopf in einen Araberhengst verliebt.

»Shakan war so schön!«, begeisterte sich Frau Lindau. »Und so brav, der Verkäufer meinte, die wären alle so. Er war so leicht zu reiten, ein Traum ...«

»Aber zu Hause änderte sich das!«, erklärte Herr Lindau, dessen Begeisterung sich schon deutlich gelegt hatte. »Dauernd nur am Wiehern, wenn er eine Stute sah. Und gehorcht hat er gar nicht mehr. Aber der Vorbesitzer wollte sich davon nichts annehmen. Er meinte, wir sollten ihn jeden Tag reiten. Möglichst ein paar Stunden. Und uns durchsetzen … Aber wer hat denn dafür die Zeit?«

Frau Heimann sah aus, als könne sie sich nur mühsam zurückhalten. Anschi verdrehte schon wieder die Augen. Blutige Anfänger mit einem Araberhengst, den sie anscheinend höchstens einmal in der Woche aus der Box holten. Man brauchte keine jahrelange Pferdeerfahrung, um sich vorstellen zu können, dass das nicht gut endete.

»Curly Horses müssen Sie aber artgerecht halten!«, machte jetzt selbst Frau Heimann Einschränkungen. »Sie bleiben nur so umgänglich, wenn sie genug Bewegung und Sozialkontakte haben.«

Frau Lindau schüttelte den Kopf. »Aber Shakan ist ein Hengst!«, bemerkte sie in einem Tonfall, als sei das ein Charakterfehler, und verurteile ihn von vorneherein zu Dunkelhaft bei Wasser und Brot.

»Können wir ihn hier nicht vielleicht eintauschen?«, fragte Herr Lindau.

Frau Heimann wirkte genervt, und irgendwie konnte ich es ihr nachfühlen.

Inzwischen waren wir zum Satteln übergegangen und standen zunächst ziemlich ratlos vor den Westernsätteln, mit denen Frau Heimann ihre Pferde ausstattete. Schließlich führten wir die Pferde aber alle zur Reithalle, wobei Anschi sich sehr geschickt anstellte, während die Lindaus den Eindruck erweckten, als führten sie Gefahrentransporte durch. Frau Wiener, die ältere Dame, stieg sofort auf. Dann musste Frau Heimann sie jedoch mit vielen Worten überreden, die Schenkel anzulegen, um ihr Pferd in Bewegung zu setzen.

»Wenn man Isländer mit den Schenkeln berührt, rennen sie los!«, behauptete Frau Wiener.

Anschi kam aus dem Augenverdrehen gar nicht mehr heraus. Sie musste aufpassen, dass sie keinen Muskelkrampf kriegte und dauerhaft schielte.

Anschi selbst stieg geschickt in den Sattel, aber als ihr Pferd vor dem Spiegel nur etwas schräg guckte, verkrampfte sie sich sofort und nahm hektisch die Zügel an. Nervös krallte sie die Finger in die Mähne, als Curly Sue daraufhin irritiert rückwärtsging. Frau Heimann beruhigte und ermutigte Anschi, während Frau Lindau in Panik geriet, als ihr Pferd einen Ansatz zum Steigen machte. Sie riss aber auch so anhaltend am Zügel, dass es keinen anderen Ausweg wusste.

Frau Heimann wirkte verzweifelt. »Das sind sensible Pferde!«, versuchte sie zu erklären. »Wir betreiben Leichte Reitweise. Andeutungen genügen ... Lassen Sie die Zügel einfach locker!«

Meiner Mom gelang das erstaunlicherweise mühelos. In der letzten Zeit hatte sie sich oft vor den Reitstallpferden gefürchtet, aber Frau Heimanns Vortrag hatte sie von der Ungefährlichkeit des Curly Horse überzeugt. Sie saß ruhig und gab vorsichtige, leichte Hilfen. Und sie grinste beglückt wie ein Honigkuchenpferd, als Gentle Curls sich daraufhin brav und gelassen im Schritt und Trab um die Runde bewegte. Ich selbst hatte ebenfalls keine Probleme. Princess ritt sich so ähnlich wie Emma, die Haflingerstute bei Tante Wiebke. Die war allerdings sensibler gewesen. Princess musste ich die Hilfen deutlicher geben und einmal sogar die Gerte zu Hilfe nehmen. Dennoch machte sie keine Anstalten, mich abzuwerfen oder sich sonst wie schlecht zu benehmen. Frau Heimann war voll des Lobes.

Die Reitstunde war für uns beide daher äußerst aufbauend, besonders meine Mom wuchs vor Stolz um zwanzig Zentimeter. Unterricht erhielten wir allerdings nicht. Frau Heimann hatte einfach zu viel damit zu tun, Anschi mit lobenden Worten aufzubauen, Frau Wiener zu ermutigen, wenigstens gelegentlich eine Hilfe zu geben und Herrn und Frau Lindau ihre Panik zu nehmen. Letzteres allerdings vergeblich, das Paar reiste gleich nach der Hallenstunde ab.

»Was die brauchen, sind Schaukelpferde«, meinte Anschi verächtlich, als wir nachmittags zum Ausritt starteten.

Meine Mom genoss den Geländeritt und blieb dabei völlig gelassen, obwohl sie zum ersten Mal hoch zu Ross die Reithalle verließ. Frau Heimanns lockerer Reitstil gefiel ihr genauso gut wir mir, wir fühlten uns beide sicher auf den Lockenpferdchen. Mom fragte dann auch noch einmal nach Reitstunden, erhielt aber eine ablehnende Antwort.

»Ich unterrichte nur Reiter auf eigenen Pferden«, erklärte Frau Heimann. »Wenn Sie sich ein Curly Horse kaufen, können sie damit zum Unterricht kommen. Aber sonst leider nicht.«

»Ich fand es schön, auch wenn wir hier keine Reitstunden bekommen können. Aber wirklich einfach ist es nicht«, bemerkte Mom später auf der Rückfahrt. Wir waren beide müde und etwas ernüchtert. Mir tat ein bisschen der Hintern weh vom langen Sitzen in dem ungewohnten Sattel, und Mom klagte über Rückenschmerzen.

»Das ›Leichte Reiten‹ meine ich«, führte sie weiter aus. »Das stellen sie als so easy dar, und die Pferde waren ja auch nett. Aber richtig kontrolliert haben wir sie nicht. Wer weiß, was sie gemacht hätten, wenn wir woanders hingewollt hätten als Frau Heimann.«

Das ist vielleicht der Trick, dachte ich. Wahrscheinlich war auch der Hengst der Lindaus beim Probereiten brav gewesen, weil sein Vorbesitzer mit seiner Lieblingsstute vorausritt.

»Reiten ist schwer«, wiederholte ich die Erkenntnis, die ich schon bei meinem ersten Ausritt mit Thorstens Tante Wiebke gewonnen hatte. Dabei dachte ich an Thorsten. Wie mochte es ihm auf dem Turnier ergangen sein?

Ganz und gar ein Siegertyp

Thorsten war zumindest noch am Leben, als ich am Montagnachmittag in den Reitstall kam. Am Sonntagabend hatte ich ihn nicht mehr erreicht, was mich etwas nervös gemacht hatte. Aber nun stand er in der Stallgasse und striegelte seinen Schimmel Mariano. Das Pferd wirkte riesig neben ihm – Thorsten war körperlich nicht der Größte und erst recht kein Sportass. Er ist nicht direkt dick, aber kompakt – bei einem Pferd würde man sagen: »eher kalibrig«. Sein Gesicht wirkte an schlechten Tagen etwas vollmondartig, aber an guten Tagen gaben ihm seine sanften graublauen Augen und seine üppigen blonden Locken den Charme eines Barockengels. Er trug sein Haar etwas länger als die meisten Jungs, was ihm sehr gut stand. Im Mittelalter müssen Knappen so ausgesehen haben – und vielleicht klatschten die damals üblichen Topfhelme die Haarpracht auch nicht so gnadenlos an den Kopf wie die moderne Reitkappe.

Heute hing Thorstens Helm noch in der Sattelkammer. Am Tag nach dem Turnier musste er wohl keine Reitstunde bei Frau Witt durchstehen und lachte mich entsprechend vergnügt an.

»Wie war das Springen?«, fragte ich. »Hast du's unbeschadet überstanden?«

Thorstens Gesicht zeigte einen Ausdruck zwischen Stolz und Beschämung.

»Ich habe gewonnen«, antwortete er.

»Du hast was?« Ich lachte. »Komm, mach keine Witze! Oder gab es ein Lotteriespiel und du hast den Riesenteddy abgeräumt?«

Thorsten schüttelte den Kopf. Dabei zeigte er auf seine Putzkiste. Und tatsächlich: Achtlos zwischen die Bürsten geworfen, prangte eine goldene Turnierschleife.

»Kein Witz. Erster Platz im E-Springen. Aber es war eher Zufall. Ich bin erst nach der Ziellinie runtergefallen. Ganz knapp, die Parcourshelfer mussten sogar nachmessen. Aber es war ein Viertelmeter, da gab's nichts zu deuteln. Mir persönlich wäre es allerdings lieber gewesen, wenn Mariano vorher angehalten hätte.«

Ich konnte die Sache immer noch kaum glauben. »Komm, Thorsten, du bist da nicht wirklich mit einem Was-kostet-die-Welt-Grinsen reingeritten wie früher Heiko und hast dann abgeräumt? Ich meine, mit Mariano ohne Fehler über einen E-Parcours zu kommen, ist ja nicht so schwierig. Aber dieses Tempo!«

Die sogenannten »Kleinen Springen« der Klassen E – für Einsteiger – und A – für Anfänger – wurden in der Regel über die Zeit entschieden. Die Teilnehmer schossen wie die Irren über die Sprünge, und wer als Schnellster ohne Fehler durchkam, hatte gewonnen.

»Sagen wir, mein Anteil an der Sache beschränkte sich auf ungefähre Richtungsangaben«, erklärte Thorsten jetzt und ließ sich auf einem Strohballen nieder. Ich kuschelte mich neben ihn. »Ich bin auch nicht mit diesem Ziel reingeritten. Mariano hatte nämlich überhaupt keine Lust. Im Grunde geht es uns gleich, wenn wir Sprünge sehen, wird uns schlecht. Aber mein Daddy hat uns angebrüllt und Mariano hineingeführt. Und dann war der Eingang zu, und Mariano wusste natürlich genau, dass wir ohne Springen nicht wieder rauskommen. Also hat er sich beeilt …«

Ich kicherte. »Du willst sagen, er ist durchgegangen?«

Thorsten zuckte die Schultern. »Nicht direkt, wie gesagt, ich konnte so was wie lenken. Es war in gewisser Weise wie Go-Kart fahren. Bloß ohne Bremse.«

Ich musste lachen. Vor unserer ersten Reitstunde hatte mir Thorsten gestanden, dass er Reiten für einfach hielt. Er hatte sich nur deshalb für diesen Sport entschieden, weil er glaubte, dass Reiten nicht mehr Anstrengung erforderte als Go-Kart-Fahren. Inzwischen wussten wir es beide besser, und vor allem Thorsten verlor in jeder Reitstunde literweise Schweiß – und das nicht nur vor Angst.

»Aber wie konntest du dann runterfallen? Ich meine … wir hatten uns doch darauf geeinigt, dass du das mit dem Abspringen möglichst lässt. Dafür ist Mariano einfach zu hoch.«

Während ich mich im Zweifelsfall auf dem Pferd festklammerte, um bloß nicht zu fallen, gab Thorsten leicht auf und räumte den Pferderücken freiwillig.

»Es soll jetzt so eine Sicherheitsweste geben, die sich beim Sturz aufbläst«, antwortete er. »Aber mein Daddy hat ganz komisch geguckt, als ich die Anzeige ausgeschnitten habe.«

Ich konnte mir das lebhaft vorstellen. Rambo geht schließlich auch nicht mit kugelsicherer Weste in den

Kampf. Ich machte eine entsprechende Bemerkung und Thorsten lachte.

»Also, an und für sich war es so«, setzte er dann endlich zu einen vollständigen Bericht an. »Als Mano sah, dass sonst nichts zu machen war, setzte er sich in eine Art Renngalopp und schoss wie wild um die Kurven. Ein Gefühl wie auf der Achterbahn, nur ein Irrer wäre dabei abgesprungen. Die Hindernisse nahm er so nebenbei – ich hatte immer Angst, er übersieht mal eins. Die Dinger nimmt er ja nicht ernst, bei den Wolkenkratzern, die er gewöhnt ist. Jedenfalls lenkte ich ihn so halbwegs vom einen zum anderen und ganz am Schluss drehte er noch mal voll auf und raste auf den Ausgang zu. Ich dachte, er springt über die Barriere, und davor ... na ja, ich hab mich schon ein bisschen fallen lassen ...«

»Du bist hoffnungslos«, seufzte ich. »Aber sie haben dich trotzdem platziert?«

»Wie gesagt, nach Überschreiten der Ziellinie kannst du machen, was du willst. Wir haben himmelhoch gewonnen, alle anderen waren viel langsamer.«

Mariano senkte den Kopf zu Thorsten herunter, und wir kraulten ihn gemeinsam. Solange er Heikos Pferd gewesen war, hatte er von Menschen nie viel wissen wollen, aber Thorsten schien er zu mögen.

»Und, freust du dich?«, fragte ich.

Thorsten verdrehte die Augen fast so gekonnt wie Anschi. »Lea, gewonnen hat Mariano. Ob ich da draufgesessen hätte oder ein ferngesteuerter Teddybär, ist eigentlich egal. Und Spaß gemacht hat es nur meinem Vater. Der will jetzt jedes Wochenende Schleifen sehen. Meine Freude hält sich in Grenzen.«

Thorsten wirkte niedergeschlagen. Ich erzählte ihm rasch von meinem Sonntagsausritt auf den Pudelpferden. Anscheinend hatte ich mich besser amüsiert.

Am Ende war Thorsten wieder besserer Stimmung. »Ich will dich auch zu einem Ausritt einladen!«, erklärte er gewichtig. »Am Freitagnachmittag, wenn du Lust hast.«

Ich runzelte die Stirn. »Zu zweit auf Mariano?« Thorsten schüttelte den Kopf. »Natürlich nicht, Frau Witt würde uns umbringen! Sie guckt schon schräg, weil ich überhaupt raus will, aber es ist mir egal. Dauerndes Hallenreiten und am Wochenende Parcoursspringen – dabei wird man ja meschugge! Mariano nervt es auch. Aber Frau Witt will nicht mit uns ins Gelände, sie findet das zu gefährlich. Tja, und da hab ich Wiebke angerufen.«

»Aber Wiebke wohnt am anderen Ende der Stadt«, gab ich zu bedenken.

Thorsten zuckte die Schultern. »Sie hat ein Auto und einen Pferdehänger. Und da zwei Pferde hineinpassen, bringt sie Hotte für dich mit. Wenn du Lust hast!«

Ich machte vor Freude einen Luftsprung. Es war wirklich unheimlich nett von Thorsten, an mich zu denken. Natürlich hatte ich Lust. Mit Wiebke zu reiten, hatte mir damals Spaß gemacht, und Thorsten und ich träumten schon lange von einem gemeinsamen Ausritt.

»Du hast heute sowieso deinen Glückstag«, bemerkte Thorsten, als ich mich wieder eingekriegt hatte. »Rate mal, wer zurückkommt!«

Ich überlegte. Ob er Heiko meinte? Meine Klassenkameradin Nele, die über sämtliche Geschehnisse im Reiterverein Wienberg Bescheid wusste, hatte mir schon erzählt, dass mein früherer Freund wieder mit dem Reiten beginnen würde. Er hatte sich im Sommer die Schulter gebrochen und ein paar Monate pausieren müssen. Aber nun hatte sein Vater ihm ein neues Pferd gekauft, und er würde wieder für Springen trainieren. Aber das hätte Thorsten doch nicht mit einem so verheißungsvollen Tonfall gesagt! Oder wollte er mich prüfen? Fragte er sich, ob ich nicht doch noch irgendwie in Heiko verliebt war? Die Idee fand ich eigentlich ganz schmeichelhaft. Aber Thorsten schaute viel zu erwartungsvoll und bereit, sich mit mir zu freuen, als dass es um einen Rivalen gehen konnte.

Draußen fuhr eben ein großer Pferdetransporter vor. Thorsten stand rasch auf. »Ich glaube, da ist er schon!«, erklärte er aufgeregt. »Ich hab gestern gehört, dass sie ihn heute herbringen. Frau Müller-Westhoff war ganz aufgeregt …«

Ich sprang geradezu vom Strohballen, womit ich Mariano erschreckte. Thorsten gab ihm rasch ein Leckerli zum Trost.

»Joker? Sie bringen tatsächlich Joker zurück?« Mein riesengroßes braunes Lieblingspferd war im Sommer an eine erwachsene Turnierreiterin verkauft worden. Frau Müller-Westhoff gehört zu den Damen, die meine Mom gern als »Berufsgattinnen« bezeichnet. Sie verbringt die meiste Zeit mit Schönheitspflege und Repräsentieren an der Seite ihres betuchten Gatten. Als passendes Hobby betreibt sie Reiten – vermutlich auch Golf. Und natürlich sind es immer teure, auf Sieg programmierte Dressurpferde, die sie mehr schlecht als recht durchs Viereck steuert. Joker hatte das nicht mehr so ganz gepackt, nachdem Heiko ein paar

Springen mit ihm geritten war. Deshalb hatte Frau Müller-Westhoff ihn erst noch mal »zur Schule geschickt«. Beritt nennt man so was. Joker war ein halbes Jahr lang von einer bekannten Dressurreiterin trainiert worden.

Die Dressurreiterin lieferte ihn jetzt auch persönlich an – was Frau Witt zu Ehrfurchtsbekundungen hinriss, als hätte sie mindestens die Queen zu Besuch. Carina Beisendorf würde in ihrer Reithalle ein Pferd vorführen! Ein bisschen internationaler Glanz mochte dabei an den Wänden kleben bleiben! Zumindest würde sie das Ereignis für die Nachwelt dokumentieren. Sowohl Frau Witt als auch Frau Müller-Westhoff hatten Videokameras dabei.

Carina Beisendorf sah genau so aus, wie man sich einen Star im Viereck vorstellt: groß, sehr schlank, dezent geschminkt, die hellen – wenn auch im Alltag nicht weißen – Reithosen unglaublich sauber und natürlich perfekt sitzend. Ihr Gesicht war schmal und wirkte streng, ihre Haare waren zu einem Knoten zusammengefasst, aus dem sich kein Löckchen zu lösen wagte.

Nachdem sie ihr Auto verlassen hatte, beehrte sie Frau Müller-Westhoff mit einem Händedruck. Frau Witt ignorierte sie.

Frau Müller-Westhoff hatte sich für diesen Anlass ebenfalls gestylt. Bei ihrem Make-up konnte von dezent allerdings nicht die Rede sein, sie wirkte eher wie ein Gesamtkunstwerk. Allein für die Augen musste sie Stunden gebraucht haben. Ihr helles Haar war zu kurz für einen Knoten, aber sie hatte sich alle Mühe gegeben, es trotzdem so wirken zu lassen, als wäre es im Nacken irgendwie zusammengebunden.

»Dann wollen wir ihn mal ausladen!«, bemerkte Frau Beisendorf und sah sich dabei um, als müsse sich jetzt eigentlich ein Page vor ihr materialisieren, der bereit war, sich an der Hängerklappe die Finger schmutzig zu machen. Thorsten sprang ein und betätigte diensteifrig das Schloss.

»Aber reingehen musst du!«, wisperte er mir zu.

Ich stand schon bereit. Joker hatte mir niemals Angst gemacht.

Und heute wieherte er mir sogar zu, als ich zu ihm in den geräumigen Hänger trat. Ich gab ihm ein Leckerli, und seine Tapirnase streckte sich mir entgegen wie eh und je. Aber leider waren auch seine Maulwinkel rau und aufgescheuert wie früher. Frau Beisendorf schien ebenso kräftig zuzufassen wie Heiko.

Hoffentlich hatte Frau Müller-Westhoff Vaseline. Sie sah eigentlich nicht aus, als wüsste sie überhaupt, was das ist. Aber vielleicht spendierte sie Joker ja eine Feuchtigkeitscreme aus der Parfümerie.

Nach den Monaten ohne ihn war ich wieder völlig verblüfft davon, wie riesig Joker war. Er hatte ein Stockmaß von fast einem Meter achtzig, absolut imponierend. Im Kopf war er allerdings noch ziemlich klein. Ich weiß nicht, ob das korrektes »Pferdisch« ist, aber ich hätte ihn als verspielt bezeichnet. Jetzt zum Beispiel erkundete seine Tapirnase meine Frisur und zupfte an einer Haarspange, während ich ihn losband. Dann tappte er bereitwillig hinter mir die Rampe herunter.

»Er sieht gut aus!«, lobte Frau Müller-Westhoff.

»Hervorragend bemuskelt!«, bemerkte Frau Witt.

»Vielleicht kann das Mädchen ihn eben satteln«, meinte

Frau Beisendorf. »Ich reite ihn dann schnell vor und erkläre Ihnen, worauf Sie zu achten haben.«

Ich schnappte ein bisschen nach Luft. Eigentlich war ich hier nicht als Stallmädchen angestellt, und die Dame hätte mich wenigstens direkt fragen können. Andererseits pflegten Schulpferdereiterinnen sonst ganz wild darauf zu sein, solche kleinen Hilfsdienste kostenlos zu leisten. Nele hätte es wahrscheinlich mit goldener Schrift in ihr Tagebuch eingetragen, wenn Frau Beisendorf auch nur auf ihre Anwesenheit reagiert hätte. Ich bin allerdings nicht allzu gut im Satteln … Genau genommen hatte ich es noch nie allein gemacht. Etwas nervös führte ich Joker in die Stallgasse, und Thorsten schleppte mir das nagelneue, garantiert sündhaft teure Sattel- und Zaumzeug hinterher.

Ich bin eigentlich nicht klein, aber um den Sattel auf Joker zu wuchten, musste ich auf Thorstens Putzkiste klettern. Immerhin blieb das Riesenross dabei brav stehen und senkte sogar geduldig den Kopf, als ich schließlich auftrensen wollte. Aber huch, was war das? An dieser Zäumung hingen zwei Mundstücke! Irritiert drehte ich sie hin und her.

Frau Witt nahm sie mir schließlich aus der Hand. »Das ist eine Kandare«, erläuterte sie und schob Joker mit geübtem Griff beide Teile ins Maul. Der kaute ziemlich unglücklich, und ich konnte es ihm nachfühlen. Ein ganzes Maul voll Eisen. Und das zweite Mundstück, die Kandare, arbeitete auch noch mit Hebelwirkung. Ich kannte das aus dem Physikunterricht. Wenn der Reiter hier am Zügel zog, würde sich eine Kette um Jokers Kinngrube legen, was sicher nicht angenehm war. Er hatte auch schon Druckstellen … Ich beschloss, Frau Beisendorf trotz all ihres Ruhms nicht zu mögen.

Joker mochte sie auch nicht. Er schaute genervt, aber resigniert, als sie nach seinen Zügeln griff, und schlug dabei nervös mit dem Schweif.

Die Reiterei der großen Dame unterschied sich dann nicht sehr von Heikos Gezerre. Ich zumindest stellte keinen Unterschied fest, abgesehen davon, dass sie weniger Kraft dazu brauchte, Jokers Kopf an seine Brust zu ziehen. Schließlich hatte sie den Kandarenzügel.

»Geht er nicht … äh … ein bisschen hinter dem Zügel?«, wandte Frau Müller-Westhoff schüchtern ein.

Frau Beisendorf schüttelte den Kopf. »Wir nennen das Hyperflexion des Halses«, erklärte sie. »Es macht die Pferde geschmeidiger und williger.«

Heiko hatte es »Rollkur« genannt. Und in seinen Worten machte es »die Pferde kirre«. Wieder kein großer Unterschied.

Aber bei Frau Beisendorf bewirkte die Rollkur immerhin, dass Joker mit schwebenden Bewegungen durchs Viereck tanzte. Vor allem, nachdem sie die Zügel dann wieder ein bisschen gelockert hatte. Er hatte immer große Bewegungen gehabt, aber jetzt schien er regelrecht abzuheben.

Frau Müller-Westhoff war wie verzaubert, Frau Witt schien der Ohnmacht nahe.

»Die gucken wie kranke Kälber«, grinste Thorsten. »Erinnert mich an dich, wenn ›Tierpension‹ im Fernsehen spielt.«

Thorsten hält nichts von meiner Lieblings-Boygroup.

Aber falls er recht hatte, musste ich lernen, meine Gesichtszüge zu kontrollieren. Ich wollte nicht wie ein Hund aussehen, der den Mond anjault.

»Nun reiten Sie mal, damit Sie ein Gefühl dafür kriegen!« Frau Beisendorf schien es eilig zu haben. Nachdem Joker seine Show abgezogen hatte, gab sie ihn rasch an seine Besitzerin weiter. Frau Müller-Westhoff schien zu schwanken.

»Soll ich wirklich …?«

»Klar doch, den kann jedes Kind reiten! Aber reiten Sie ihn ja ordentlich in Hyperflexion ab, sonst verliert sich das schnell!«, ermahnte Frau Beisendorf.

Frau Müller-Westhoff stieg auf und zerrte gleich am Zügel. Ich glaubte, Joker seufzen zu hören.

Frau Beisendorf seufzte ebenfalls, bequemte sich dann aber in die Mitte und gab ein paar Anweisungen. Schließlich schwebte Joker auch unter Frau Müller-Westhoff – wobei er allerdings noch gefrusteter wirkte.

Frau Müller-Westhoff war jedenfalls hochzufrieden. »Das Pferd ist ganz und gar ein Siegertyp!«, freute sie sich.

Frau Beisendorf nickte. »Potenzial für den großen Sport«, erklärte sie. »Vielleicht ein bisschen zu weich letztendlich. Aber Sie reiten ja höchstens M …«

Frau Müller-Westhoff lächelte verzückt. Tatsächlich ritt sie A-Dressuren. Nur selten versuchte sie sich an L – wie »leicht«. Von M – mittelschwer – war sie Meilen entfernt.

Ich stand bereit, um Joker abzusatteln, und kam mir vor wie ein Klon von Nele. Wieso war ich derart heiß darauf, diesen arroganten Tussis Arbeit abzunehmen?

Aber dann gründelte die Tapirnase in meiner Hosentasche, und ich wusste, warum. Außerdem fiel mir wieder ein, dass Joker Duschen liebte. Ich brachte das kostbare Sattelzeug in den dafür bestimmten Schrank und veranstaltete mit Joker ein Badefest.

»Jetzt musst du ihn aber auch abreiben!«, sagte Frau Müller-Westhoff wenig begeistert. Anscheinend fürchtete sie, Joker könne sich wälzen und dabei schmutzig machen. Dabei war er klatschnass geschwitzt gewesen. So hätte man ihn genauso wenig in die Box stellen können.

»Und eindecken! Ach ja, und wenn du ihm bitte Bandagen anlegst?«

Das Ganze dauerte noch einmal eine halbe Stunde, aber dann war Joker im wahrsten Sinne des Wortes gebadet und gewickelt, also reif fürs Bett. Frau Müller-Westhoff machte allerdings keine Anstalten, ihm noch eine Geschichte vorzulesen. Stattdessen gab sie mir fünf Euro.

»Sehr nett machst du das, Mädchen!«, erklärte sie anerkennend und entschwebte. Ihre Bewegungen waren mindestens so gekünstelt wie Jokers neue Tänzelei.

»Wenn du so weitermachst, kann deine Mom dich bald teuer verkaufen«, bemerkte Thorsten. »Vielleicht schenkt Herr Müller-Westhoff seiner Gattin ja mal ein Pferdemädchen zum Geburtstag.«

Frau Müller-Westhoffs erstes Pferd war ein Geburtstagsgeschenk gewesen. Ich fragte mich, ob ihr Mann es nicht seltsam fand, dass sie es jetzt regelmäßig umtauschte.

Romantischer Ausritt?

Meine Mom beneidete mich glühend um den Ausritt mit Thorsten und seiner Tante Wiebke. Genau so eine Reitmöglichkeit wünschte sie sich für uns: Ausritte und Unterricht auf netten, unproblematischen Pferden. Aber niemand in Wiebkes Haltergemeinschaft stellte seine Vierbeiner dafür zur Verfügung. Leichtes Reiten ging anscheinend nur mit eigenem Pferd.

Umso mehr freute ich mich, dass Wiebke mir Hotte mitbrachte, und Thorsten blickte ebenfalls erfreut auf den runden Fjordwallach, der gemütlich aus dem Hänger stieg. Wiebkes Stute Lady schaute dagegen erwartungsvoll. Sie war ein Welsh Cob und recht temperamentvoll. Am liebsten hätte sie die vielen fremden Pferde im Reiterverein gleich kennengelernt. Aber auch Lady verhielt sich untadelig brav, als wir jetzt sattelten und zäumten. Thorsten hatte seinen Mariano schon vorbereitet. Ich sauste bei Joker vorbei und steckte ihm rasch eine Möhre zu. Er trug immer noch eine Decke. Frau Müller-Westhoff schien nicht gern zu putzen.

»Aber auf Ihre Verantwortung!«, erklärte Frau Witt, als Thorsten Mariano aus dem Stall führte und Anstalten machte, ihn im Hof zu erklettern. Anscheinend betrachtete sie Wiebke als die zuständige Erziehungsberechtigte. »Ich habe Thorsten ausdrücklich abgeraten. Das Pferd ist hochsensibel. Das ist nichts für Geländejuckelei!«

»Na ja, so gefährlich wird das Gelände hier schon nicht sein«, meinte Wiebke gelassen. »Und wir planen auch keinen Parforceritt. Wie Sie schon sagten: Wir juckeln ein bisschen. Das ist garantiert weniger schädlich für die Pferdebeine als diese Heizerei im Parcours, die Marianos Vorbesitzer betrieben hat.«

Wiebke hatte noch nie ein gutes Haar an Heiko gelassen.

»So, kommst du klar, Lea?«

Ich nickte und saß schon mal auf, während Frau Witt auch mich mit Argusaugen musterte. Hotte stand dabei zum Glück ganz still, und auch Lady zuckte nicht, als Wiebke aufstieg. Thorstens Tante tat sich dabei ein bisschen schwer, denn genau wie ihr Neffe gehört sie nicht zu den schlanksten Typen. Wiebke ist ein bisschen untersetzt, rundgesichtig, aber eigentlich immer fröhlich – wenn es nicht gerade um Pferdeschinderei bei Turnieren ging. Ich beschloss, sie heute gründlich zum Thema ›Hyperflexion‹ zu löchern.

Aber zunächst machten wir uns beide etwas Sorgen um Thorsten. Bei unserem letzten Ausritt war er auf Hotte hinterhergehoppelt. Aber Mariano hatte es eilig. Er übernahm gleich die Führung, und Thorsten hatte Mühe, ihn im Schritt zu halten.

»Nicht nur an den Zügeln ziehen, Thorsten!«, ermahnte Wiebke. »Auch tief einsitzen, ruhig atmen … Und wir lassen uns nicht mitziehen, Lea. Wir reiten ganz ruhig, dann wird Mariano auch aufhören zu pullen. Auf die Dauer jedenfalls …«

Während wir darauf warteten und Thorsten verzweifelt kämpfte, um sein Pferd am Durchstarten zu hindern, fragte ich Wiebke nach der »Rollkur«.

Sie geriet sofort in Rage. »Die neueste Art der Pferdequälerei. Und durchaus erfolgreich. Die Pferde werden extrem hinter die Senkrechte geritten, was nach klassischer Lehre falsch ist. Dabei wird der Rücken überdehnt, und die Bewegungen werden beeinflusst. Im Grunde negativ, die Pferde können nicht mehr richtig untertreten. Aber es sieht sehr spektakulär aus, und die Richter punkten es hoch auf Turnieren. Auf die Dauer schadet es den Pferden körperlich. Und seelisch sowieso. Es ist schrecklich für sie, wenn man ihnen so den Kopf herunterzerrt. Es tut weh und es ist erniedrigend. Carina Beisendorf sollte sich was schämen! Egal, wie berühmt sie ist. Eure Frau Müller-Sowieso hat wahrscheinlich einfach keine Ahnung. Sie wird ihr Fett abkriegen, wenn das Pferd rebelliert.«

Ich hätte gern weitergefragt, aber aktuell hatten wir andere Sorgen. Mariano hatte inzwischen einen Abstand von bestimmt hundert Metern zwischen uns und ihn gelegt. Wir konnten uns nur noch schreiend mit Thorsten verständigen. Wiebke ließ ihre Lady daraufhin ganz langsam antraben, um aufzuholen, Mariano aber nicht zu noch schnellerer Gangart zu motivieren. Das war natürlich ein Drahtseilakt. Der Schimmel schien kurz vor dem Platzen zu stehen.

»Was soll ich denn bloß machen?«, fragte Thorsten verzweifelt. Er hing inzwischen mit seinem ganzen Gewicht in den Zügeln.

»Erst mal richtig hinsetzen, Zügel eher lockerer lassen …«

Während Wiebke zu einer Erklärung ansetzte, flog neben Mariano ein Vogel auf. Vielleicht hatte Thorsten daraufhin leicht mit dem Zügelzug nachgelassen. Mariano jedenfalls schlug einmal heftig mit dem Kopf, riss Thorsten damit die Zügel aus der Hand und schoss los. Thorsten hatte ihm nichts entgegenzusetzen. Immerhin sprang er nicht gleich ab, sondern versuchte, sich oben zu halten.

»Hinterher?«, fragte ich Wiebke.

Wiebke kaute unentschlossen auf ihrer Unterlippe.

»Eigentlich eher nicht. Das regt Durchgänger nur zu noch schnellerer Gangart an. Aber andererseits hat sich Mariano bis jetzt keinen Deut um die anderen Pferde gekümmert. Also ist es vielleicht egal ...«

Ich wäre Thorsten gern rasch gefolgt, aber natürlich würde es mir nie gelingen, den ohnehin ziemlich trägen Hotte von Lady wegzulenken. Also musste ich mich Wiebke anschließen, die Marianos Spuren jetzt im Trab verfolgte.

Nach enervierenden zehn Minuten fanden wir das Pferd – und Thorsten. Letzterer sah etwas lädiert aus. Er musste voll in einer Pfütze gelandet sein, als er den Sattel räumte.

Jetzt hielt er Mariano am Zügel und war immer noch ziemlich blass um die Nase.

»Es war absolut gefährlich«, berichtete er. »Er ging ab wie ein Düsenflieger, total unhaltbar. Und hier kommt gleich eine Hindernisstrecke – haben mich die Mädchen im Stall extra drauf hingewiesen. Heiko hat ihnen da wohl ein paarmal gewaltig imponiert – sprich, die Höhe der Sprünge entspricht etwa dem Empire State Building. Ich wollte vorher unbedingt anhalten, aber da half gar nichts. Und dann kam zum Glück diese Pfütze – vor der hat er gescheut. Na ja, und als er so plötzlich stoppte …«

Thorstens triefendes Outfit sprach für sich.

»Jedenfalls reicht's mir erst mal mit dem Ausreiten«, sagte er niedergeschlagen. »Falls eine von euch Lust hat … sonst gehe ich zu Fuß!«

Thorsten hielt uns Marianos Zügel hin, schien aber wenig Hoffnung zu hegen.

»Gib ihn mir mal!«, sagte Wiebke entschlossen. »Und du nimmst … du tauschst mit Lea und nimmst Hotte. Wenn du aus Versehen so am Zügel von Lady ziehst wie an denen von diesem Schimmel, setzt sie dich sonst auch ab.«

Ich wechselte mit Herzklopfen. Wiebke hatte mehrmals gesagt, Lady sei kein Anfängerpferd. Andererseits hatte ich sie nie steigen, bocken oder durchgehen sehen. Und als ich schließlich auf ihrem Rücken saß, erlebte ich eine angenehme Überraschung. Die braune Stute war unglaublich artig und hypersensibel. Ich brauchte nur an die Hilfen zu denken, und sie führte schon aus, was ich wollte.

»Sie ist traumhaft!«, flötete ich – so langsam mutierte ich wirklich zu Nele, ich sollte mich zusammennehmen! »Warum meinst du, sie sei gefährlich?«

»Hab ich was von gefährlich gesagt?«, fragte Wiebke. Sie hatte inzwischen auf Mariano Platz genommen und wirkte total verloren auf dem großen Pferd. Aber sie vollbrachte wahre Wunder. Mariano blieb im Schritt, machte den Hals rund und sah imponierend aus. Allerdings hielt auch Wiebke die Zügel fester als bei ihren eigenen Pferden.

»Sie ist nur sensibel. Und das bleibt sie nicht lange,

wenn ich Anfänger drauflasse. Zumal sie Fehler leicht übel nimmt. Dann kann sie auch mal kiebig werden und bocken oder mit dem Kopf schlagen.«

Wieder bestand zwischen uns und Thorsten ein Abstand von mindesten fünfzig Metern. Aber diesmal trödelte Hotte hinter uns her.

»Ein Anfänger muss erst mal treiben lernen. Und auf dem hier lernt Thorsten das nie«, seufzte Wiebke und wies auf Mariano.

»Braucht er doch auch nicht, oder?«, fragte ich. »Wenn das Pferd von alleine läuft ...«

Wiebke lächelte. »Ein grundlegender Irrtum. Gerade auf solchen Pferden musst du zum Treiben kommen. Du kannst sie nur kontrollieren, wenn das Zusammenspiel zwischen treibenden und verhaltenden Hilfen funktioniert. Schau mal genau hin, dann siehst du, dass ich mit Kreuz und Schenkeln treibe. Thorsten dagegen hatte die Unterschenkel abgespreizt und geriet durch das Zügelzerren in den Stuhlsitz. Das kann nicht gut gehen.«

»Aber auf Lady treibe ich jetzt doch auch nicht ...«, wandte ich trotzdem ein.

Wiebke lächelte erneut. »Du treibst schon ein bisschen. Du merkst es bloß nicht. Aber inzwischen hast du es raus mit dem richtigen Sitz, das kommt durch die Notwendigkeit der treibenden Hilfen bei Hotte. Er ist ein ideales Lehrpferd. Da er dauernd getrieben werden muss, automatisieren sich die Bewegungen. Jetzt machst du es auch bei Lady, ohne darüber nachzudenken. Treiben besteht ja nicht daraus, dem Pferd die Hacken in die Rippen zu knallen. Es genügt, die Vorwärtsbewegung durch einen aktiven Sitz zu unterstützen. Das machst du noch längst nicht perfekt. Lady würde ins Latschen kommen, wenn sie immer so geritten würde, oder ins Rennen. Aber heute hat sie ihren großzügigen Tag und nimmt dich einfach mit.«

Ich würde mich mit ausreichend Möhren erkenntlich zeigen.

Aber kurz bevor wir den Stall erreichten, bekam ich dann doch noch einen Rüffel. Wiebke wollte, dass wir anhalten, damit Thorsten seinen Mariano wieder übernehmen konnte und vor Frau Witt nicht das Gesicht verlor. Ich zog am Zügel, und Wiebke und Lady kriegten gleichermaßen die Krise. Lady zeigte das, indem sie den Kopf unartig hochwarf und rückwärtslief, Wiebke brüllte mich an: »Nicht ziehen! Stattdessen Schenkel anlegen und Kreuz anspannen. Oder sag einfach: ›Hoo!‹«

Das sollte helfen? Verwirrt ließ ich die Zügel wieder locker, woraufhin Lady genervt antrabte.

»Hoo!«, murmelte ich – ziemlich verzweifelt. Ladys plötzliches Gerenne machte mich ganz schön nervös.

Und dann wäre ich beinahe heruntergefallen, weil die Stute so plötzlich stoppte!

»Das ist ja …«

»Das Zauberwort!«, grinste Wiebke. »Hast du ein Leckerli dabei? Dann gib es ihr. Richtige Reaktionen auf das Zauberwort werden auch bei erwachsenen Pferden noch häufig belohnt. Es soll fast ein Reflex werden: Wenn das magische Wort fällt, rammen sie die Beine in den Boden.«

Thorsten lauschte interessiert. »Wie funktioniert das?«, fragte er verwirrt. »Es ist doch nicht wirklich Magie, oder?«

»Doch!«, entgegnete Wiebke ernst. »Mithilfe eines in

dreißig Jahren speziell dafür geschulten Druiden findet man in einer Mondscheinnacht heraus, auf welches Zauberwort das Pferd reagiert. Seit Pferde- und Menschengedenken. Wie wir durchlaufen ja auch Tiere verschiedene Inkarnationen, werden wieder- und wiedergeboren, und bei Lady führte eben ein alter Indianer vor dreihundert Jahren das Wort ›Hoo‹ ein, nachdem er sie als Mustang in der Prärie gefangen und mit Liebe gezähmt hatte …«

Ich kicherte. So dümmlich wie Thorsten gerade guckte, konnte ich auch beim Fernsehauftritt von »Tierpension« nicht aussehen!

Schließlich erbarmte sich Wiebke. »Das ist natürlich alles Quatsch!«, sagte sie und lachte. »Es ist pure Konditionierung: Gib die Hilfen zum Anhalten und sag das Wort. ›Hoo‹ oder ›Halt‹ oder ›Timpetu‹, wie du willst. Wenn das Pferd steht, bekommt es ein Leckerli. Am Anfang immer, dann nur noch ab und zu. Üb das erst an der Hand, dann vom Sattel aus. Ich bringe es den Pferden möglichst vor dem Anreiten bei. Wenn sie dann mal unterm Reiter ins Rennen kommen, sind sie mit einem Wort zu stoppen, und man fängt gar nicht erst an, in ihrem Maul herumzuzerren.«

Wiebke und ich lachten uns immer noch kaputt über den alten Indianer und die dreißigjährige Druidenschulung, aber Thorsten war ziemlich geknickt, als wir wieder im Stall ankamen.

»Ausritte kann ich wohl vergessen«, seufzte er, als er Mariano Richtung Stall führte. Ein paar Mädchen beobachteten ihn dabei, und ich übte mal wieder Gedankenlesen. Thorstens Kleidung triefte immer noch, und der Ausdruck im Gesicht der Mädels sprach Bände. Wenn sie eins und eins zusammenzählten, konnten sie sich denken, dass er wieder mal heruntergefallen war.

»Verdammt, Wiebke, können wir nicht tauschen?«, murmelte Thorsten. »Ich nehme Hotte und du Mariano? Du kommst doch gut mit ihm zurecht!«

Wiebke lachte und kraulte ihren dicken Fjordwallach. Dabei schüttelte sie den Kopf. »Du weißt doch: bis dass der Tod uns scheidet!«

Wir hatten neulich darüber gewitzelt, dass ein Pferdekauf für Wiebke immer eine Entscheidung fürs Leben war. »In manchen Ehen muss man sich eben zuerst zusammenraufen«, tröstete sie Thorsten.

»Außerdem würde dein Vater dich umbringen«, fügte ich hinzu. »Für den Kaufpreis von Mariano kriegst du zehn Hottes!«

Wiebke sah mich strafend an. »Das will ich jetzt nicht gehört haben! Jedes Pferd ist gleich wertvoll, egal, was Menschen dafür bezahlen. Es ist letztlich nur Geld, damit kauft man keine Seelen! Also entschuldige dich sofort bei Hotte. Für drei Möhren vergibt er dir. Ansonsten geht er in den Sitzstreik, wenn du ihn das nächste Mal reiten willst.«

Um mir Letzteres zu demonstrieren, tippte sie Hotte kurz mit der Gerte an, woraufhin der eine Leidensmiene aufsetzte, eine Art Grunzen als Ausdruck seines Unwillens von sich gab und sich dann schwerfällig in sitzende Position zu Boden sinken ließ. Es sah unglaublich witzig aus, aber noch besser war Frau Witts Gesicht, die eben aus dem Stall kam. Anscheinend hatte sie so etwas außerhalb der Zirkusmanege nie gesehen. Ich kannte es dagegen aus den Freizeitreiterzeitschriften. Viele Leute brachten ihren Pferden solche Tricks bei.

Frau Witt jedenfalls guckte wie ein Mondkalb. »Ha… hat er etwas?«, fragte sie nervös, als Hotte nun auch noch die Oberlippe aufwarf und herzhaft flehmte.

»Er zeigt Lea und Thorsten nur rasch den richtigen Sitz«, erklärte Wiebke.

Darüber musste sogar Thorsten wieder lachen.

Und ich gab mir später auch noch größte Mühe, ihn zu trösten. »Auf die Dauer werdet ihr euch besser verstehen«, erklärte ich und half ihm, Mariano abzureiben. »Guck mal, bei uns hat's doch auch erst später gefunkt …«

Am Anfang des Reitkurses hatte ich Thorsten ziemlich uncool gefunden.

Thorsten seufzte. »Aber wir waren füreinander bestimmt!«, behauptete er. »Während Mariano … allein dieser Name …«

Dann aber hellte sich seine Miene auf. »Ich werde ihn erst mal umtaufen!«, erklärte er.

Islandpferde

Zufällig stießen meine Mom und ich am selben Tag auf die Sache mit den Islandpferden. Wobei man bei Mom nicht direkt von »Zufall« sprechen kann. Sie war nämlich gerade dabei, einen Zettel mit der Aufschrift »Mutter und Tochter suchen Reitgelegenheit und Unterricht auf gut gerittenen, umgänglichen Freizeitpferden« ans Pinnbord des nächsten Supermarktes zu heften. Dabei sprach eine Frau sie an. »Dürfen es Islandpferde sein?«

Mom drehte sich um und versicherte ihr, dass wir keinerlei rassistische Vorurteile hegten. Zum Beweis berichtete sie von den reitbaren Pudeln.

Ihre Gesprächspartnerin strahlte. »Ach, Curly Horses tölten ja auch manchmal! Dann sind Sie bei uns richtig! Wir haben gerade einen Verein gegründet und suchen noch Mitglieder. Kommen Sie doch einfach am Sonntag zum Treffen! Unser Vorsitzender hat einen Stall in der Gegend der Sechs-Seen-Platte: Islandpferdehof Helgatter. Da treffen wir uns zum Klönen, und ein Reitlehrer kommt auch. Halt so ein richtiger Islandpferde-Familientag! Ach ja, und ziehen sie Reitzeug an. Ein Pferd findet sich schon …«

Meine Mom war völlig geplättet von so viel spontaner Herzlichkeit. Vor allem die Vorstellung, irgendeiner dieser wildfremden Menschen würde ihr gleich ein Pferd leihen, überstieg ihre Vorstellungskraft.

Natürlich versicherte sie ihrer neuen Bekannten, wir würden garantiert vorbeikommen.

Die Frau freute sich offensichtlich ehrlich und fand auch gleich einen Prospekt des neuen Islandpferdehofes in ihrer Handtasche. »Mein Name ist Birgit Wallmann«, stellte sie sich noch vor, bevor die beiden sich trennten. »Wenn Sie vor mir kommen, sagen Sie einfach, ich hätte Sie eingeladen!«

»Vielleicht ist das ja eine neue Reitschule und sie wirbt Leute an?«, überlegte ich, als Mom mir begeistert von dem Treffen erzählte. »So wie bei Zeitschriftenabos. Wenn wir da demnächst Reitstunden nehmen, kriegt sie ein Kaffeeservice!«

Mom zuckte mit den Schultern. »Mir soll's recht sein. Jedenfalls ist es nicht weit weg, und Isländer sind klassische Freizeitpferde ...« Mom setzte zu einem Vortrag an, aber heute wusste ich, mit welchem Knalleffekt ich sie stoppen konnte.

»Na, dann gehe ich mir doch gleich mal eins ansehen«, bemerkte ich betont beiläufig und füllte meine Taschen mit Pferdeleckerli. Erst als meine Mutter Stielaugen kriegte, berichtete ich von meinem eigenen »Islandpferdetreffen« an diesem Morgen.

Das Ganze hatte damit begonnen, dass unsere Englischlehrerin uns eine neue Mitschülerin vorstellte. Svenja Baumann war blond, klein und zierlich und lief rot an, als Frau Hiller sie bat, sich der Klasse kurz vorzustellen. Ich mochte sie sofort, weil ein Klebetattoo meiner Lieblingsband »Tierpension«, ein rosafarbenes Einhorn, über ihrer linken Augenbraue klebte.

Svenja druckste zuerst ziemlich hilflos herum. Sie erzählte, dass ihre Familie von Köln nach Duisburg gezogen sei, weil ihre Mutter hier einen neuen Job bekommen hatte. Frau Hiller fragte nach ihrem liebsten Schulfach, und Svenja dachte lange nach, bevor sie sich für Kunst entschied. Aber dann änderte sich alles, als Frau Hiller vorsichtig nach Hobbys fragte.

»Ich habe ein eigenes Pony!«, erläuterte Svenja und war auf einmal nicht mehr zu bremsen. »Es ist eine Islandstute, ganz gute Abstammung, Kirkjubaer, das ist diese Farbzucht im Süden von Island. Aber Hrifla ist natürlich hier geboren, sie hat auch kein Sommerekzem. Ihr Vater war mal Deutscher Meister im Fünfgang! Sie ist fünf Jahre alt, und ich habe sie schon zwei Jahre. Ich habe sie selbst zugeritten, das war ganz schön aufregend, aber jetzt geht sie einfach toll. Sie ist …«

»Schon gut, Svenja, den Rest kannst du den Mädchen in der Pause erzählen«, bremste Frau Hiller ihren Redefluss. »Hier, setz dich doch neben Lea und Nele. Nele reitet auch.«

Letzteres war untertrieben, Nele ist so eine Art verkapptes Pferd. Sie wacht morgens auf und denkt an Pferde und schläft abends mit dem Gedanken an sie ein. Zwischendurch mistet sie stundenlang Boxen, schwärmt die Privatreiter an – neuerdings muss ich da auch auf Thorsten ein wachsames Auge halten! – und knutscht ihr Lieblingspferd Nougat. Ein eigenes Pferd ist ihr Lebenstraum, und ich begann sofort, mir Sorgen um Svenja zu machen. Nele würde womöglich versuchen, sie zur Abfassung eines Testaments zu ihren Gunsten zu überreden und sie anschließend irgendwie um die Ecke bringen.

Insofern lächelte ich der Neuen besonders nett zu, als sie sich zwischen Nele und mir ausbreitete. Unsere Tische waren hufeisenförmig angeordnet, jeder hatte zwei Banknachbarn. Auf meiner linken Seite saß wie immer meine Freundin Glory, die jetzt theatralisch seufzte. Glory findet Pferde ätzend und schaut selbst mich manchmal seltsam an, wenn ich Joker in einem Nebensatz erwähne.

Svenja hatte ihre sämtlichen Schulsachen mit Fotos ihres geliebten Ponys versehen. Hrifla – ich sah erst jetzt, da Svenja ihn verträumt auf den Rand ihres Vokabelheftes schrieb, dass der Name mit einem H vor dem R begann – schien etwa so groß zu sein wie Wiebkes Hotte. Als wir zwecks Gruppenarbeit miteinander reden durften, erzählte ich ihr von dem Fjordpferd, das ich manchmal ritt. Svenja revanchierte sich mit einem Vortrag darüber, was Isländer und Fjordpferde gemeinsam hatten und was sie unterschied. Letzteres sind wohl zwei spezielle, zusätzliche Gangarten. Svenja zeichnete die Fußfolge von Tölt und Pass für Nele und mich auf, während Glory die Schularbeit erledigte. Nele wäre da ohnehin keine Hilfe gewesen. Ihr Kopf war angefüllt mit der Chronik des Reitervereins Wienberg, von seiner Gründung bis heute. Dazu kannte sie unendliche Fachausdrücke rund ums Pferd. Für weitere Vokabeln war einfach keine Gehirnmasse mehr verfügbar.

»Kommt doch einfach mal bei mir vorbei und lernt Hrifla kennen!«, lud Svenja uns schließlich ein. »Wenn ihr wollt, gleich heute Nachmittag.«

Wie sich herausstellte, wohnte Svenja ganz in unserer Nähe, am äußersten Ende der Reihenhaussiedlungen, aus denen unser Stadtviertel hauptsächlich bestand. Ihr Vater hatte einen Stall im Garten gebaut, und bis jetzt hatten sich die Nachbarn noch nicht beschwert. Wie ich unsere Siedlung kannte, war das allerdings nur eine Frage der Zeit. Unsere eigenen Nachbarn fanden selbst unsere Katze eine Zumutung und regten sich auf, wenn die Modellflugzeuge meines kleinen Bruders den Luftraum über ihren Gärten verletzten.

Nele hatte am Nachmittag Reitstunde, aber ich verabredete mich mit Svenja zum Teetrinken und »Ponygucken«. Nele guckte dabei ganz argwöhnisch. Vermutlich befürchtete sie Auswirkungen auf Svenjas Letzten Willen.

Ich konnte meine Mom nur mit Mühe davon abhalten, gleich mit zu Svenja zu radeln. Ein Pferd in kaum einem Kilometer Entfernung von ihrem Wohnzimmer übte eine unwiderstehliche Anziehungskraft aus. Schließlich vertröstete ich sie auf das Islandpferdetreffen am Sonntag. Bestimmt würde Svenja hinkommen. Auch sie hatte etwas von einem Islandpferdehof bei den Sechs Seen erzählt.

Svenjas Stall entpuppte sich als eine Art »Pferde-Puppenstube«. Alles war winzig im Verhältnis zu den Bauten im Reiterverein, und auch Wiebkes Haltergemeinschaft hatte geräumigere Anlagen. Ansonsten entsprach der Aufbau aber Wiebkes Vorstellungen von einem pferdegerechten Stall. Die Box war nicht geschlossen, sondern bot dem Pferd eine Art »Terrasse« in Form eines großen Sandkastens. Hier konnte es sich immerhin die Beine vertreten. Auch eine kleine Weide gehörte dazu. Svenjas Eltern hatten kurzerhand den Garten dazu umfunktioniert.

»Ich hoffe, wir können auf die Dauer noch mehr pachten«, meinte Svenja mit Blick auf die Winz-Wiese. »So reicht das Gras nicht, ich muss auch im Sommer Heu zufüttern. Und Hrifla ist immer allein. Das Beste wäre ein zweites Pferd zur Gesellschaft, aber es ginge auch eine Ziege oder ein Schaf.«

Hrifla, das Wunderpferd, war eine sanfte kleine Stute mit langer, seidiger Mähne und Schlafzimmeraugen. Lang bewimpert, dunkel und schön. Sie hatte rotbraunes Fell und flachsblondes Mähnen- und Schweifhaar wie ein Haflinger. Aber sie war zierlicher als die Haflingerstute Emma, die ich bei Wiebke mal hatte reiten dürfen. Svenja führte mir stolz vor, dass ihr Pferd auf Kommando mit dem Huf scharrte und auch auf ein Zeichen wieder damit aufhörte. Sie machte daraus eine kleine Show und ließ ihr Pferd »zählen« und »Rechenaufgaben lösen«. Die kleine Stute liebte sie offensichtlich und lief ihr überallhin nach.

»Sie langweilt sich, es fehlt ihr an Gesellschaft«, meinte Svenja bedauernd. »Ich tue, was möglich ist, aber natürlich kann ich nicht im Stall schlafen. Immerhin sieht sie am

Sonntag ein paar Artgenossen. Auf dem Isländerhof ist Vereinswochenende, und mein Papi fährt uns hin.«

Den Pferdeanhänger, ein abenteuerliches Gerät, das aussah, als stammte es aus dem vorigen Jahrhundert, hatte ich schon im Vorgarten gesichtet.

Svenja war begeistert, als ich ihr von der Einladung für mich und meine Mom erzählte. Sie beneidete mich um meine pferdeverrückte Mutter.

»Meine Eltern sind tierlieb, aber sie reiten nicht«, bedauerte sie. »Dabei wäre es so passend. In den meisten Isländerfamilien reiten alle, und es gibt mindestens zwei oder drei Pferde. Da muss keins allein sein. Hrifla hat bis jetzt auch bei Nachbarn von uns gestanden. Die hatten aber keine Isländer, sondern Welsh.«

Die Nähe zu einem kleinen Welshponygestüt erklärte dann auch, warum Svenja mit dreizehn Jahren schon so gut ritt, dass sie ihr Pony ganz allein hatte ausbilden können. Sie war mit der Tochter der Gestütsbesitzer befreundet gewesen und hatte geholfen, die Ponys zum Verkauf auszubilden. Sogar Turniere war sie bereits geritten und wies stolz auf ein paar bunte Schleifen, die sie um Hriflas Namensschild herum platziert hatte, als hätte ihre kleine Stute dabei mitgemischt.

»Wenn sie ein bisschen älter ist, würde ich gern auf Islandpferdeturnieren mit ihr starten«, erklärte sie und kraulte ihr Pony. »In ein paar Wochen ist sogar eins auf dem Isländerhof hier. Vielleicht wird es ja was.«

»Kann sie denn Tölt und Pass?«, fragte ich.

Meine Mutter hatte die Mittagszeit im Internet verbracht und sich über Isländer kundig gemacht. Ihrem Kurzvortrag hatte ich entnommen, dass es bei den Spezialwettbewerben für Islandpferde hauptsächlich darum ging, diese Gangarten am besten zu beherrschen.

Über Svenjas Gesicht huschte ein Schatten.

»Schon …«, antwortete sie zögerlich. »Aber so ganz toll kriege ich es nicht hin. Nicht so wie auf den Fotos, Hrifla mag die Beine nicht so hoch heben. Und sie geht auch mehr Pass als Tölt, aber bestimmt liegt das an mir. Ich habe bis jetzt ja hauptsächlich Dressur geritten, und das habe ich ihr natürlich auch beigebracht. Aber die Islandpferdeleute sagen, das sei wohl falsch … Ich freue mich jedenfalls auf Sonntag. Die sollen ja einen Spezialtrainer dahaben, einen richtigen Isländer …«

»Zweibeinig?«, fragte ich.

Svenja nickte eifrig. »Aber er spricht gut Deutsch. Und er sollte mir sagen können, was ich falsch mache. Sollen wir reingehen? Hier wird's langsam kalt. Ich habe auch ein neues Poster von ›Tierpension‹, und sogar doppelt! Wenn du willst, kannst du es haben!«

Den Rest des Tages verbrachten wir in seliger Schwärmerei von Nico Chico und Co., und ich verriet ihr, dass Wiebkes Norweger Hotte hieß, weil er dem Bassisten der Band ähnelte.

Svenja kicherte. »Islandpferde bekommen alle isländische Namen«, verriet sie mir. »Sie sollen eine Bedeutung haben und zu ihrem Träger passen. ›Hrifla‹ heißt ›Die Bezaubernde‹.«

Svenja strahlte schon wieder. Gegen ihr Pony hatten selbst die Boys von »Tierpension« bei ihr keine Chance.

Auf dem Rückweg dachte ich über Joker und seinen

Namen nach. In Anbetracht seiner Nase hätte er besser »Tapir« oder »Ameisenbär« geheißen. Ich nannte ihn auch oft »E. T.« – nachdem Thorsten mal gesagt hatte, Reiten sei etwa so schwierig wie Eiskunstlauf mit einem Außerirdischen. Aber tatsächlich bedeutete Joker wohl »Glücksbringer«. Bislang passte das allerdings nicht. Joker hatte seinen bisherigen Besitzern eher Ärger gemacht.

Thorsten wäre am Samstag gern mit zu den Isländern gefahren, aber er hatte eine außerplanmäßige Reitstunde, die er auf keinen Fall schwänzen konnte. Am Sonntag sollte er zum zweiten Mal mit Mariano im Turnier starten.

»Ich glaube ja nicht, dass am Samstag noch die Erkenntnis über mich kommt, aber mein Dad skalpiert mich, wenn ich die Reitstunde sausenlasse. Diesmal kommst du aber mit zum Turnier, nicht?«

Ich nickte eifrig. Natürlich würde ich mir das Springen um keinen Preis entgehen lassen, auch wenn das schon wieder bedeutete, zu nachtschlafender Zeit aufzustehen.

Immerhin begann das Islandpferdetreffen am Samstag erst um zehn. Svenja und ihr Vater fuhren um halb zehn los, und meine Mutter und ich folgten dem Anhänger. So hatten wir keine Schwierigkeiten, den sehr hübsch in hügeligem Gelände gelegenen Stall zu finden.

»Islandpferdehof Helgatter«, wunderte sich Svenja, nachdem wir ein Tor mit der entsprechenden Aufschrift durchfahren und Hrifla auf einem Hängerparkplatz ausgeladen hatten. Hier parkten auch schon andere Gespanne. Einige Leute führten Pferde hin und her und schwatzten. Um uns Neulinge kümmerte sich niemand.

»Wer ist bloß auf den bescheuerten Namen gekommen?«

»Ich dachte, die Besitzer heißen vielleicht so«, antwortete meine Mom.

Svenja kicherte. »Nö, glaub ich nicht. Soweit ich weiß, heißen die Schmitt. Sie wollten ihrem Hof nur einen isländischen Namen geben und haben sich gar nicht drum gekümmert, was das heißt.«

»Was heißt es denn?«, fragte ich neugierig.

Svenja verzog unheilvoll das Gesicht, musste dabei aber schon wieder lachen.

»Tor zur Hölle!«, erklärte sie dann. »Also, Hel war die germanische Totengöttin, und ihr Reich war von einem Zaun umgeben. Dem Helgatter. In einer Sage springt ein gefallener Krieger mit seinem Pferd darüber, um zurück zu seiner noch lebenden Freundin zu kommen. Ganz romantisch. Deshalb hab ich's mir wohl gemerkt.«

Ich lachte jetzt auch. »Reiterhof Höllentor«, kicherte ich. »Das hat was. Würde zu meiner früheren Reitschule auch passen. Wirst du's den Leuten verraten?«

Svenja tippte sich an die Stirn. »Ich will mich ja nicht gleich unbeliebt machen. Außerdem passiert so was öfter. Die Leute suchen sich einfach irgendein isländisches Wort aus, das gut klingt, und so nennen sie dann ihre Pferde. Manchmal haben Stuten Männernamen und umgekehrt. Und kaum einer kann den Namen seines Pferdes richtig aussprechen. Als ich Hrifla kriegte, hab ich schon drüber nachgedacht, sie einfach ›Susi‹ zu nennen. Das wäre mal originell. Aber eigentlich gefällt mir die Tradition.«

Meine Mutter hatte inzwischen Birgit Wallmann gefunden, die ihr ihren Wallach Sörli vorstellte. Er war dunkelbraun, unscheinbar und ziemlich klein, aber angeblich ein sehr guter Tölter. Ihr Mann hatte einen größeren, sehr viel eindrucksvolleren Rappen namens Glaumur.

»Da hast du's schon«, wisperte Svenja mir zu. »Der eine spricht sich richtig Sördli und der andere Gloimür aus. Mal gucken, ob der zweibeinige Isländer sie nachher aufklärt.«

Svenja lernte anscheinend begeistert Isländisch.

Sie nickte, als ich sie das fragte. »Klar, und vorher, für die Welshponys, hab ich Gälisch gelernt. Das ist von der Aussprache her viel schwerer. Im Isländischen musst du dir nur drei oder vier Regeln merken.«

Die Islandpferdeleute mochten sprachlich keine Leuchten sein, aber sie waren nett. Der Vereinsvorsitzende, Herr Schmitt, kam sofort auf Svenja zu und hatte auch für uns ein nettes Wort, als Frau Wallmann uns vorstellte. Herr Schmitt – oder Hermann, er bot uns gleich an, ihn zu duzen – war sofort bereit, meiner Mom und mir ein Pferd zu leihen.

»Aber klar können Sie mitreiten! Das alte Pferd von meiner Frau und das Kinderpferd. Geht zwar nur Pass, aber so als erster Versuch ...«

Hermann wandte sich neuen Ankömmlingen zu. Er war weißblond, schlank, aber ziemlich groß. Bei einem Pferd wie Sörli, dachte ich, mussten seine Beine fast auf dem Boden schleifen. Aber das schien man in Islandpferdekreisen nicht so eng zu sehen. Ich beobachtete, wie ein paar sehr große Leute auf sehr kleinen Pferden eine Art Aschenbahn umkreisten, die hier wohl den normalen Reitplatz ersetzte.

»Eine Ovalbahn!«, bemerkte Svenja mit strahlenden Augen. »Ich bin noch nie auf einer geritten. Vielleicht töltet Hrifla da ja gleich besser!«

Die Ovalbahn lag etwas abseits von den weitläufigen Offenstallanlagen. Svenja und ich schlenderten erst ein bisschen auf dem Hof herum und sahen uns um, bevor sie ihre Stute sattelte. Gleich am Parkplatz hatten wir einen Aushang gefunden, der den Ablauf des Treffens ankündigte.

Um elf Uhr sollte erst mal eine Reitstunde für alle stattfinden, die sich für Unterricht bei Thorbjörn Erikson interessierten. Dann würden Hermann und sein Sohn eine kleine Vorführung ihrer Turnierpferde anschließen.

Zu meiner Verwunderung hatte dieser Verein etliche männliche Mitglieder, auch jüngere. Die Jungen und Mädchen, die am Rand der Ovalbahn zusammenstanden und Svenja und mich von Weitem neugierig beäugten, trugen durchweg Reithosen und waren bunt gemischt. Ich hätte die Jungs gern genauer in Augenschein genommen, aber Svenja strebte zu den Ställen. Ich würde sie ja auch spätestens um zwei Uhr auf dem Pferd sehen. Dann fand nämlich eine weitere Reitstunde für fortgeschrittene Jugendliche statt, anschließend eine für erwachsene Turnierreiter. Den Schluss des sportlichen Teils des Treffens sollte ein Ausritt bilden, gefolgt von »Gemütlichem Beisammensein«.

Auf dem Islandpferdehof Helgatter standen um die vierzig Pferde, auch Stuten mit Fohlen und Jungpferde, für die Svenja sich besonders begeisterte. Ich fragte mich allerdings, warum Schmitts die Pferde nicht wenigstens mal übergeputzt hatten, bevor sie so viele Leute auf ihren Hof einluden. Vor allem die Jungtiere sahen ungepflegt und struppig aus. Pferdemädchen gab es doch sicher auch hier! In jeder Reitschule rissen sich Typen wie Nele nur so darum, die Pferde zu striegeln.

Aber eine Reitschule war dies nicht, wie meine Mom inzwischen herausgefunden hatte. Schmitts Gestüt befand sich erst im Aufbau, und eigentlich wollten sie nur Pferde zum Verkauf züchten. Für Privatpferdebesitzer würde man dann natürlich auch Unterricht anbieten, vielleicht mit Gastlehrern wie heute.

»Aber sonst ist es wie überall bei den Freizeitreitern«, seufzte Mom. »Man braucht erst ein eigenes Pferd, um richtig mitmachen zu dürfen.«

Dabei konnten wir heute eigentlich nicht klagen. Hermann hatte Mom zwei Halfter in die Hand gedrückt und eine ungefähre Beschreibung unserer Pferde angeschlossen. Sie stünden im Auslauf beim Haus, ein Schecke und ein Rappe. Gar nicht zu verfehlen. Wir sollten sie holen und für die Elfuhrstunde satteln. Sein Sohn sei am Sattelplatz, der könne uns helfen.

Tatsächlich fanden wir die Pferde sofort, und sie ließen sich auch problemlos aufzäumen. Meine Mutter verliebte sich sofort in den Schecken, der wirklich ein niedliches Gesicht hatte. Er konnte das Ponyblut nicht verleugnen, ebenso wenig wie Svenjas Hrifla. Viele andere Isländer dagegen guckten nicht so pfiffig, sondern eher abgeklärt oder gar etwas tranig wie das alte Schulpferd Toby im Reitstall. Auch der Rappe, den ich schließlich für mich aufhalfterte, schaute wenig begeistert. Er machte zuerst ein paar Schritte von mir weg, als ich zu ihm ging, überlegte es sich dann aber und ergab sich in sein Schicksal. Ich steckte ihm dafür ein Leckerli zu, das er mit geradezu ungläubigem Blick annahm. Moms Schecke lehnte den Leckerbissen sogar rundweg ab.

Wir führten die Pferde zum Sattelplatz in der Mitte des Hofes und sahen uns nach Hermanns Sohn um. Dazu erforschte ich die Sattelkammer – und fühlte mich plötzlich wie mitten in einer isländischen Sage. Vor mir stand eine Art junger Wikinger. Groß, stark, mit halblangem hellblondem Haar und stahlblauen Augen. Vielleicht fünfzehn oder sechzehn Jahre alt und deutlich größer als ich, was selten ist. Mein erster Freund Heiko hatte mich gerade um einen oder zwei Zentimeter überragt, und Thorsten musste sogar ein bisschen zu mir hochgucken. Der war allerdings erst vierzehn und wuchs sicher noch.

Der große Blonde hatte mich jetzt auch gesehen und nickte mir zu. Kein Lächeln, natürlich. Wikinger lächeln nicht.

»Du bist das Mädchen, dem mein Vater den alten Blakkur aufgedrückt hat?«, fragte er. »Na, immer noch besser als den Skjoni, aber den hat wohl deine Mutter. Hier, die Sättel könnt ihr nehmen.«

Ich murmelte so etwas wie von »nett von deinem Daddy« und dass wir uns wirklich anstrengen würden, die Pferde nicht zu verderben.

Der Junge zuckte die Achseln. »Ach, bei den Luschen könnt ihr nichts kaputt machen. Die muss man ja fast um die Ovalbahn tragen … mir ein Rätsel, warum mein Vater sie überhaupt behält. Aber man braucht ja mal Anfängerpferde …«

Das klang nicht gerade nach »Ponys mit Familienanschluss«, aber ich sagte nichts, sondern verzog mich nur mit meinem Sattel. Blakkur stand wie ein Denkmal, als ich ihn auflegte. Skjoni tat bei meiner Mom dasselbe. Sie brach darüber in wahre Begeisterungsstürme aus. Ich kannte ja schon von Wiebke handliche, brave Pferde, aber Mom hatte noch mit den Nachwirkungen unseres ersten Reitkurses zu kämpfen, bei dem Satteln einem Eiertanz zwischen ausschlagenden Hufen und kneifenden Zähnen gleichgekommen war.

»Was machst du denn da?«

Ich hatte gerade angurten wollen, als der blonde Junge zu mir kam und den Sattel mit einer raschen Bewegung mindestens zehn Zentimeter weiter nach hinten beförderte.

»So liegt er richtig. Wir satteln nicht zwischen den Ohren«, erklärte er kurz.

Ich runzelte die Stirn, und Mom, die Streberin, wagte sogar einen Einwand. »Aber da drückt doch der Sattel im Nierenbereich«, bemerkte sie zweifelnd.

»Für Isländer gilt das nicht«, erklärte ihr der Junge knapp.

Meine Mom schaute irritiert. »Haben die ihre Nieren woanders?«, fragte sie mich.

Wir führten die Pferde nun auf die Ovalbahn und trafen dort auch Svenja und Hrifla wieder. Svenja hatte ihr Pferd am Hänger gesattelt, und zu meiner Genugtuung trug Hrifla ihren Sattel genau dort, wo er meiner Ansicht nach hingehörte. Aber die kleine Fuchsstute stach auch in anderer Hinsicht unter den insgesamt fünfzehn Pferden hervor, die sich hier zur »Allgemeinen Reitstunde« versammelt hatten. Hrifla war sauber geputzt und glänzte, ihre Hufe waren gefettet und ihre Mähne gebürstet, sodass sie fiel wie ein Wölkchen. Die anderen Reiter hatten ihre Pferde dagegen eher flüchtig gereinigt. Die meisten sahen aus, als hätte man sie direkt von der Weide gezogen und ihnen das Sattelzeug übergeworfen. Dazu ging Hrifla sehr brav am langen Zügel rund um die Ovalbahn, während die anderen Pferde eher nervös wirkten. Immerhin blieben Blakkur und Skjoni ruhig, als Mom und ich aufstiegen. An Blakkurs Bewegungen gewöhnte ich mich schnell. Sein Schritt war ein bisschen länger und vor allem eifriger als Hottes, aber sonst merkte ich bislang keinen Unterschied. Mom wirkte dagegen irritiert.

»Fühlt sich komisch an. Als ob er von unten schiebt«, versuchte sie den Gang ihres Pferdes zu beschreiben.

»Er geht Pass«, bemerkte Svenja nach einem kurzen Blick auf Skjonis Beine. »Das fühlt sich immer so schiebend an. Weil abwechselnd die gleichseitigen Beine vorgreifen.«

Inzwischen war auch der Reitlehrer erschienen. Diesmal allerdings kein Wikingertyp. Im Gegenteil, Thorbjörn Erikson war zwar nicht klein, aber dick. Er hatte eine Figur wie eine Birne, eher spärliches blondes Haar und ein froschähnliches Gesicht mit seltsam aufgeworfenen Lippen. Er sah aus, als ob er in einer Spinatwerbung »Blubb« sagen durfte, aber nach dem »Bl« von einer plötzlichen Gesichtslähmung erfasst worden war.

Die Reiter um mich herum blickten ihn allerdings an, als habe er die Verwandlung zum Prinzen schon hinter sich gebracht. Selbst Svenja murmelte ganz ehrfürchtig so etwas wie »Dreimal Deutscher Meister im Passrennen ...«

Tatsächlich sprach Thorbjörn – auch ihn durften wir beim Vornamen nennen – recht gut Deutsch, gab allerdings wenig reiterliche Weisheiten von sich. Er korrigierte zunächst ein bisschen am Sitz der Reiter herum und fand bei den meisten, dass sie zu sehr nach vorn hingen. Für mich lag das hauptsächlich daran, dass die Pferde nicht richtig Schritt gingen, sondern zackelten – meistens mit Tendenz zum Pass. Um dem entgegenzuwirken, zogen die Reiter am Zügel, wodurch natürlich ihr Sitz verrutschte. Aber hier korrigierte Thorbjörn nicht. Svenja schaute etwas missbilligend.

Dann sollten wir einzeln eine Runde Schritt reiten. Eigentlich eine einfache Übung, aber richtig schön gelang sie nur Svenja und Hrifla, die dabei hübsch am Zügel ging. Auch mein Blakkur und ich bekamen ein Lob. Meiner Mom gab Thorbjörn zunächst ein paar Tipps, wie man Skjoni vielleicht aus dem Pass reißen konnte. Sie beschränkten sich auf »tief einsitzen« und »Zügel kürzer«. Dann rief Hermann ihm vom Reitplatzrand zu, dass Skjoni überhaupt nur Pass gehe. Thorbjörn stellte daraufhin jegliche Unterweisung ein. Von jetzt an schien er Mom und Skjoni einfach zu übersehen.

»Und jetzt Trab!«, befahl Thorbjörn, als alle einmal um die Bahn gezackelt waren. »Ihr das könnt die Pferde erleichtern, indem hebt bisschen Hintern. In Takt von Trab.«

Die Reiter versuchten diese ungemein genaue Anweisung zu befolgen, was jeden zu anderen Verrenkungen im Sattel führte. Die Pferde reagierten darauf mit den seltsamsten Bewegungsvarianten. Trab war es nur in Einzelfällen.

Erst Svenja brachte Licht ins Dunkel. »Ich hab das nicht ganz verstanden«, gab sie zu. »Also soll ich nun leichttraben ...«

Sie setzte Hrifla in Trab, wozu sie deutliche, treibende Hilfen geben musste. Die kleine Stute war nicht die Fleißigste. Dann trabte sie lehrbuchgerecht leicht.

»Oder soll ich aussitzen?« Sie tat es, und Hrifla wirkte zufrieden. »Oder soll ich permanent etwas entlasten?«

Svenja stand im Sattel auf und schwebte locker über dem Sitz, während Hrifla prustete und sich nach unten streckte. Der Mann, der mich gerade überholte – was hier im Gegensatz zum Reitstall erlaubt war! –, schaute zu Svenja herüber, als sähe er eben das achte Weltwunder.

»So!«, präzisierte Thorbjörn und ahmte die Bewegung des Leichttrabens nach.

Ich wusste nun wenigstens, was ich tun sollte. Blakkur trabte auch brav, und ich bekam ein Lob.

Meine Mom versuchte, im Pass leichtzutraben, aber so richtig klappte das nicht.

Auch die meisten anderen Reiter scheiterten an der eigentlich einfachen Übung. Sie versuchten wohl, im Sattel aufzustehen und sich wieder zu setzen, aber sie erwischten den richtigen Rhythmus nicht und brachten die Pferde aus dem Takt. Frau Witt hätte sie alle erst mal mindestens drei Stunden an die Longe genommen.

Thorbjörn brachte allerdings nur vage Kritik an. Svenja, die wieder zu mir aufgeschlossen war, seufzte. »Hoffentlich versteht er wenigstens was vom Tölt«, murmelte sie.

Tölt war gleich die nächste Gangart. Und jetzt konnten plötzlich ein paar der Reiter glänzen, die gerade eher negativ aufgefallen waren. Über einige der Pferde geriet Thorbjörn geradezu in Verzückung. Sie hoben die Beine aber auch wirklich schön, selbst die kleineren schienen unter ihren Reitern zu wachsen. Die Hilfen zum Tölt erschlossen sich mir allerdings nicht. Die Reiter schienen einfach im Sattel sitzen zu bleiben, die Zügel anzunehmen und die Pferde ansonsten machen zu lassen.

Bei Svenja erkannte man genauere Hilfengebung. Sie trieb, saß tief ein und nahm die Zügel etwas mehr an. Aber Hrifla lief nicht allzu schön. Sie ging eher passartig, fast wie Skjoni, und Thorbjörn rüffelte Svenja denn auch sofort.

»Richtig reinsitzen und an die Zügel ziehen! Und nächste Mal weiter hinten satteln. So ist Schweinepass«, rief der Reitlehrer.

Svenja nahm die Zügel stärker an, obwohl ihr das nicht gefiel. Hriflas Tölt kam es auch nicht zugute.

»Sie ist vielleicht mehr rennpassbegabt«, meinte Svenja leicht zerknirscht.

Thorbjörn ließ das unkommentiert.

Auch ich hatte wenig Glück mit meinem Blakkur. Ich versuchte ja, tief einzusitzen, aber erst als ich mit abgespreizten Beinen im Stuhlsitz saß, nickte Thorbjörn. »Und Zügel ziehen! Sonst trabt!«

Tatsächlich wechselte Blakkur nun endlich in eine andere Gangart, die man wirklich ganz gut sitzen konnte. Aber so hyperbequem, wie alle behaupteten, fand ich sie auch wieder nicht. Wenn Hotte am langen Zügel gemütlich trabte, fühlte ich mich wohler.

Skjoni passte mit meiner Mutter um die Runde, und ich fragte mich, was er wohl machte, wenn wir gleich galoppieren sollten. So weit kam es aber nicht. Es war längst zwölf Uhr, und die Stunde war vorbei.

Die Wette

Wir führten die Pferde heraus, blieben aber noch am Ovalbahnrand stehen, um die Vorführung von Hermann und seinem Sohn zu sehen. Der Junge, so erfuhr ich von einer der Mitreiterinnen, hieß Arne und war mit seinem neuen Pferd, einem Rennpasser, Favorit für die Deutsche Jugendmeisterschaft.

Zu unserer Überraschung brachten Hermann und Arne auch ein Pferd für Thorbjörn mit. Es war ein recht kalibriger Rappe, aber er schien trotzdem in die Knie zu gehen, als der Isländer aufstieg. Hermann ritt einen großen Schecken, und Arne bot auf einem eleganten Isabellen ein fantastisches Bild. Der Junge und das Pferd hatten praktisch die gleiche Haarfarbe, und ihre Mähnen flogen im Wind, als Arne um die Bahn zu tölten begann. Keiner der drei Reiter trug eine Kappe. Darauf wurde hier wohl nicht sehr geachtet. Selbst Svenja hatte sich um die Helmpflicht herumgedrückt.

Auch Hermann und Thorbjörn hielten sich mit Schritt und Trab nicht auf. Sie tölteten durchweg in rasender Geschwindigkeit um die Bahn, und dann sah ich auch erstmals Rennpass. Es war zweifellos faszinierend, wie die Pferde die jeweils gleichseitigen Beinpaare in rasend schnellem Tempo vorwarfen und zwischendurch kurz in der Luft schwebten.

»Flugphase« nannte Svenja das. Und auf Isländisch hieße der Rennpass auch »Flugskeit«.

»Muss irre zu reiten sein!«, bemerkte ich.

Svenja lächelte und streichelte ihr Pony. »Oh ja! Und Hrifla macht es sehr schön. Sie ist allerdings nicht soooo schnell …« Sie wies auf die Renner von Arne und Thorbjörn.

»Dann gehen wir mal absatteln«, meinte Svenja, als die Reiter schließlich die Bahn verließen. »Gerade richtig, es fängt an zu regnen. Hoffentlich hört es zur Jugendreitstunde nachher wieder auf.«

Sie schien immer noch Hoffnung zu haben, dass Thorbjörn ihrer Stute zu einem besseren Tölt verhelfen würde. Aber vielleicht wollte sie ihm auch nur mit ihrem Rennpass imponieren. Bei den jugendlichen Turnierhoffnungen würde sicher beides trainiert.

Arne gesellte sich mit seinem Isabellen zu uns und nickte uns zu.

»In der Scheune gibt's Essen«, bemerkte er. »Die Pferde können solange auf die Gemeinschaftsweide. Aber Blakkur und Skjoni könnt ihr auch wieder in ihren Paddock bringen.«

Svenja blickte unschlüssig. »Ich weiß nicht, eine Gemeinschaftsweide? Mit zig fremden Pferden? Im Regen? Kann ich nicht eine Box haben?«

Arne grinste. »Damit sich das Pferdchen nicht schmutzig macht …«, zog er Svenja auf. »Mensch, Mädchen, das ist ein Isländer!«

Svenja biss sich auf die Lippen, aber als ich sie kurze Zeit später wiederfand, hatte sie ihr Pony tatsächlich mit allen anderen Gastpferden auf eine große Koppel gestellt.

»Hoffentlich haben sie Hunger und hauen sich nicht ...«, seufzte sie. »Es heißt ja immer, Isländer täten das nicht, aber Hrifla kann ganz schön giftig werden.«

Svenja folgte mir nur unwillig in die Scheune, wo tatsächlich heiße Erbensuppe und Würstchen auf uns warteten. Meine Mom unterhielt sich mit ein paar Frauen, unter ihnen Birgit Wallmann. Mom duzte sie bereits und wirkte ganz glücklich. Im Gegensatz zum Reiterverein Wienberg waren hier fast alle Erwachsenen Späteinsteiger. Nur einige wenige ritten Turniere, die meisten wollten einfach durch den Wald reiten, wie Mom eben auch. Alle schworen dabei auf Isländer. Andere Pferderassen schien man durchweg für lebensgefährliche Verbrecher zu halten.

Inzwischen gesellte sich Arne zu mir und Svenja.

»Das hat gut bei dir ausgesehen, meint mein Vater!«, bemerkte er in meine Richtung. »Du kannst nachher bei den Fortgeschrittenen mitreiten, auf seinem alten Pferd. Dann erlebst du mal 'nen richtigen Tölter, nicht diesen alten Schluffen. Gilt natürlich auch für dich, Svenja. Du reitest ganz nett, musst dir nur das richtige Pferd anschaffen.«

Svenja runzelte die Stirn. »Hrifla ist jung, sie lernt das noch!«, erklärte sie. »Und für mich ist sie überhaupt das beste Pony der Welt!«

Anscheinend hatte Svenja etwas Falsches gesagt, wenn ich auch keine Ahnung hatte, was. Jedenfalls sprühten Arnes Augen Funken, und das Mädchen hinter Svenja machte den Eindruck, als würden ihr gleich Vampirzähne wachsen.

»Sagtest du ›Pony‹?«, fragte sie empört.

Svenja nickte. »Ja, ich weiß, die richtige Bezeichnung ist ›Islandpferd‹«, erwiderte sie mit Gemütsruhe. »Aber die Welshies und Cobs, die ich bisher geritten habe, nannten sich alle ›Pony‹. Dabei waren sie deutlich größer und hatten mehr Pep.«

Auch Letzteres war falsch.

»Mehr Pep?«, fragte Arne spöttisch. »Also, wenn du einmal einen richtigen Tölter unterm Hintern hättest, würdest du keinen solchen Blödsinn reden! Mehr Temperament als ein Isländer kann ein Pferd doch wohl nicht haben!«

Svenja sah ihn ungerührt an. »Ich sagte ›Pep‹. Nicht ›Angsttemperament‹.«

Mir fiel Frau Wiener vom Pudelkurs wieder ein. Sie hatte behauptet, ihre Isländer seien reihenweise mit ihr durchgegangen. Hatte ich da bislang was verpasst?

Arne schien sprachlos, aber jetzt griff das Vampirmädchen wieder an. Es hatte wirklich ausgeprägte Eckzähne. »In Island heißt es ›Hest‹. Da gibt es gar kein Wort für Pony!«

»›Hestur‹«, verbesserte Svenja. Sie schien eine Grammatikfanatikerin zu sein. Wahrscheinlich würde es sich auf Dauer auszahlen, bei Englischarbeiten neben ihr zu sitzen. »Und im Deutschen, Französischen, Norwegischen und so weiter gibt es ursprünglich auch kein Wort für Pony. Davon wird der Norweger aber auch nicht größer, oder das Merens-Pony. Außerdem ist Pony ein schönes Wort für kleine Pferde.«

Svenja warf trotzig den Kopf zurück.

Zum Glück wurde jetzt zur Fortgeschrittenenstunde gerufen. Arne und Co. ließen widerwillig von Svenja ab und machten sich auf den Weg zu den Ställen. Mich schleppte Arne mit. Schließlich sollte ich einen der Wundertölter reiten.

»Sei bloß vorsichtig damit!«, raunte Mom mir zu. »Eben wurde hier über Preise gesprochen. Diese Ponys kosten bis zu fünfzigtausend Euro!«

Ich hoffte, sie würde das verbotene Wort nicht laut sagen, bevor ich sie am Abend aufklären konnte.

Das »alte Pferd« von Arnes Vater war ein schmuddeliger Brauner und schien eigentlich noch ganz jung. Aber dass man Turnierpferde häufig wechselt, kannte ich ja schon von meinem Exfreund Heiko. Außerdem schien Hrafn ein Gemütstier zu sein. Er trottelte am langen Zügel hinter mir her, als ich Arne und seinem traumhaften Isabellen zur Ovalbahn folgte.

Dort traf ich auch Svenja wieder, die etwas besorgt wirkte.

»Die Pferde haben sich natürlich geschlagen!«, erklärte sie und wies auf ein paar Schrammen an Hriflas Hinterbeinen. »Aber ich denke, sie lahmt nicht.«

»Zumindest nicht mehr als sonst«, bemerkte Arne mit spöttischem Grinsen. »Was willst du hier eigentlich mit der Lusche? Du willst sie nicht ernstlich in einer Töltprüfung reiten!«

Svenja blitzte ihn an. »Rennpass«, sagte sie ruhig. Die Kids um uns herum lachten wiehernd.

Aber dann erschien »Mr Blubb« in der Bahn, und wir mussten aufsitzen. Dabei ging eine beunruhigende Veränderung mit meinem geduldigen Braunen vor sich. Kaum war ich im Sattel, da trat Hrafn auch schon an – und mit was für Schritten! Ich musste den Zügel energisch annehmen – eigentlich musste ich am Zügel ziehen –, um ihn überhaupt im Schritt zu halten. Die Pferde der anderen Jugendlichen begannen ebenfalls sofort zu pullen, aber die Kids ritten deutlich besser als ihre Eltern. Die meisten verhielten ihre Pferde ganz gekonnt, und zum Teil machten die Pferde auch den Hals rund. Allerdings versuchten alle Pferde, sich dem Zügelzug zu entziehen, indem sie das Maul aufrissen. Ein niedrig sitzender Riemen über der Nase hinderte sie daran. Auch wieder so eine Besonderheit der isländischen Trense. Bei den Pferden im Reitstall hatte das Reithalfter viel höher gesessen.

»Jetzt gleich tölten!«, wies uns Thorbjörn an, ohne die dazu nötige Hilfengebung auch nur zu erwähnen. Das war auch nicht nötig. Bei Hrafn reichte es, die Zügel nur ein winziges bisschen nachzulassen. Dann war er in dieser merkwürdigen, aber durchaus bequemen Gangart, in die ich Blakkur erst mühsam hatte zwingen müssen. Er pullte allerdings immer noch – auch deshalb, weil ich hier offensichtlich in ein Rennen hineingeraten war. Man ritt nicht hintereinander her, sondern jeder versuchte, der Schnellste zu sein.

»Arbeitstempo!«, befahl »Mr Blubb«.

Ich tat mein Bestes, um Hrafn zu besänftigen, aber er kämpfte weiter gegen den Zügel.

»Ein Isländer bietet immer mehr Tempo an, als der Reiter will!«, rief mir Arne zu, der mich auf seinem Isabellen überholte. »Ist das nicht ein geiles Gefühl?«

Meine Begeisterung hielt sich in Grenzen. Während ich

verzweifelt am Zügel zog, beneidete ich Svenja, deren braves Pony die Beine zwar nicht in die Luft warf, sich aber ebenso wenig von all den anderen rennenden Pferden irritieren ließ.

Inzwischen sollten wir eigentlich traben, aber ich sah keine Chance, Hrafns Gangart irgendwie zu beeinflussen. Er schien so etwas wie »stufenlos verstellbar«: schnell, sehr schnell, rasend schnell.

Einigen der anderen Reiter ging es ähnlich. Arne hatte seinen Isabellen allerdings gut im Griff. Der trabte mit ebenso spektakulären Bewegungen, wie er töltete. Auch Hrifla trabte. Svenja war hier mit Abstand die beste Reiterin.

Trotzdem wurde sie nur mit Hohn und Spott überschüttet. Thorbjörn schrie sie an, sie solle im Tölt tiefer einsitzen und die Zügel stärker annehmen. Und warum sie wieder nicht richtig gesattelt habe. Ob er hier gegen die Wand rede, oder was!

Svenja wurde rot und sah verzweifelt aus. Sie hatte heute Nachmittag schon etwas weiter hinten gesattelt, es aber nicht übers Herz gebracht, ihrem Liebling den Sattel auf die Nieren zu legen.

Auch die anderen Reiter pöbelten Svenja an. Sie solle die Bahn frei machen, wenn sie das Tempo nicht halten konnte. Und was das überhaupt für ein Pferd sei, das nicht mal so schnell galoppieren könne, wie die anderen tölteten.

Für meine Verhältnisse galoppierte Hrifla allerdings sehr schön. Ganz langsam, ruhig – genau so, wie es Turnierrichter bei einem Dressurpferd sehen wollten. Hier aber schien alles anders zu sein.

»Und nun die Rennpasser!«, befahl Thorbjörn. »Die anderen räumen die Bahn.«

In der Ovalbahn blieben Arne und zwei Mädchen, dazu Svenja. Die anderen schien das zu belustigen. Arne rief dann auch mich hinein.

»Hrafn passt ganz nett«, erklärte er. »Kannst ja mit der Lusche starten, dann bleibt sie wenigstens nicht zu weit zurück.« Er wies auf Svenjas Hrifla.

Ich weiß nicht, ob im isländischen Götterhimmel irgendein weibliches Wesen Blitze schleudert oder Funken sprüht, aber falls ja, dann sah Svenja ihm in diesem Moment verteufelt ähnlich. Sie war auch der Wikingertyp mit ihrem blonden Haar und ihrer hellen Haut, und sie platzte fast vor Wut.

»Dann lass uns mal!«, rief sie zu mir herüber und lenkte ihr Pony auf eine der langen Seiten der Ovalbahn. Mir fiel jetzt erst auf, dass diese Seite sich wie eine Rennbahn in Richtung Ställe verlängerte. Bislang hatte hier eine Art Hindernisständer als Begrenzung gedient, aber den baute Thorbjörn jetzt ab. Vor uns – oder besser, vor den beiden Mädchen, die als Erste starteten – lag eine 250 Meter lange Passbahn.

»Du kannst gleich im Pass starten oder erst galoppieren«, erklärte mir Svenja. »Aber bis zu der Marke da muss das Pferd im Pass sein und die Gangart auch 150 Meter durchhalten. Das ist wie im Trabrennen. Wer in den Galopp springt, ist raus.«

Das schien im wahrsten Sinne des Wortes der springende Punkt zu sein. Unter den ersten Reitern schaffte es nämlich nur Arne, die 150 Meter im Pass zu durchrennen.

Die Pferde der ersten beiden Starterinnen wechselten die Gangart gar nicht, sondern galoppierten den ganzen Weg. In der zweiten Gruppe sprang das Pferd eines Mädchens um, als Arne es überholte. Danach konnten beide ihre Pferde kaum bremsen. Sie lösten das Problem, indem sie todesmutig eine Stallwand anritten. Das Pferd des Mädchens bog knapp davor noch ab, konnte dann aber von einem Zuschauer gestoppt werden. Arnes hielt an, bevor es zum Crash kam. Verwunderlich oder gar peinlich schien das niemand zu finden.

»Jetzt ihr!«, rief Arne grinsend in meine und Svenjas Richtung.

Mir war mehr als mulmig zumute. Hrafn pullte wie verrückt, ich hatte ihn eben schon kaum halten können. Wenn ich ihn jetzt rennen ließ, glaubte ich nicht, ihn jemals wieder anhalten zu können. Auch die Hilfen zum Umspringen vom Galopp in den Pass erklärte mir Thorbjörn nur ungefähr. Aber ich konnte mich jetzt nicht drücken. Die ohnehin schon schmerzenden Finger um die Zügel gekrallt, reihte ich mich neben Svenja ein.

Die warf mir einen mitleidigen Blick zu.

»Ich halte sie am Ende an. Dann wird deiner auch stoppen«, ermutigte sie mich.

Wenn ich das nur hätte glauben können!

»Und ab!«, rief Arne.

Hrafn ließ sich das nicht zweimal sagen. Er schoss im Galopp los und war schon an der Marke vorbei, bevor ich mich halbwegs zurechtgesetzt hatte. Ich zog verzweifelt einseitig am Zügel. Jedes andere Pferd wäre längst in einen Kreis abgebogen. Aber Hrafn schien das als Aufforderung zum Pass zu verstehen. Ich schnappte nach Luft, als das Gefühl des springenden Pferdes unter mir dem eines Läufers wich. Es war absolut irre, ich hatte das Gefühl, als renne ich auf eigenen Beinen und würde den Weltrekord locker toppen.

Leider machte Hrafn keine Anstalten, am Ende der Bahn anzuhalten. Hrifla hatte er längst hinter sich gelassen und interessierte sich wohl auch nicht für sie. Ich wusste mir keinen anderen Rat mehr, als Arnes bewährten Trick mit der Stallmauer zu versuchen. Die würde uns sicher stoppen – oder wir würden als Mus an ihr kleben.

Erst als ich mich mit Letzterem bereits abgefunden hatte, besann sich Hrafn und warf die Bremse ein. Ich stieg mit zitternden Knien ab.

»War doch gar nicht so schlecht fürs erste Mal!«, sagte Arne anerkennend, als wir zurück zu den anderen kamen.

Hrafn hatte sich wieder in das etwas trottelige Pony von vorhin verwandelt und schlich hinter mir her. »Jedenfalls besser, ihn nicht gleich in den Pass zu kriegen, als im Schweinepass durchzuschleichen.« Er warf Svenja einen Seitenblick zu.

Meine Freundin saß noch auf ihrem Pferd und kaute auf ihrer Oberlippe herum. Ich fand es äußerst heroisch, dass sie nicht heulte, obwohl sie kurz davorstand. Die anderen hatten wohl ziemlich gemeine Bemerkungen zu ihr gemacht, während ich noch versucht hatte, Hrafn zu stoppen.

Ich fand es an der Zeit, auch mal mutig zu sein.

»Wieso?«, fragte ich scheinheilig. »Ich denke, es kommt in erster Linie auf die Gangart an und dann erst auf die Geschwindigkeit. Und so gesehen war Svenja heute Zweite. Außer dir und ihr sind alle galoppiert.«

Arne guckte ungläubig, und Svenja lächelte mir zu. Dann kam die funkensprühende Göttin wieder durch. »Und auf eurem Turnier«, erklärte Svenja, »schlage ich dich auch noch, Arne!« Sie streichelte ihr Pony. »Vielleicht werden wir nicht die Schnellsten sein, aber vor dir werden wir platziert!«

Das ging nun wohl als Witz des Jahres in die Annalen des Gutes Helgatter ein.

»Wettest du?«, fragte Arne.

Svenja warf den Kopf zurück und blitzte ihn an. »Das wette ich!«

»Das war ganz schön gewagt«, sagte ich am nächsten Morgen – oder besser gegen Ende der nächsten Nacht.

Svenja und ich radelten nebeneinanderher zum Reiterverein Wienberg. Es war Viertel vor sechs. Um sechs wollte ich mich mit Thorsten im Stall treffen, ich hatte ihm in einem Anfall von Selbstlosigkeit versprochen, ihm beim Einflechten von Marianos Mähne zu helfen. Allerdings hatte ich das vorher noch nie gemacht. Im Gegensatz zu Svenja. Die kannte es von ihren Welshponys, und sie hatte sich gleich erboten, uns dabei zur Hand zu gehen.

»Ich wollte mir den Reitstall sowieso angucken«, meinte sie. »Wegen Hallenbenutzung. Ich reite gern Dressur.«

»In Zukunft musst du wohl eher Pass üben«, bemerkte ich.

Das Vereinstreffen auf Helgatter war am letzten Nachmittag schnell zu Ende gegangen. Es hatte endgültig wie aus Kübeln zu regnen begonnen, und der gemeinsame Ausritt war buchstäblich ins Wasser gefallen. Zum »geselligen Beisammensein« mochten weder Mom noch Svenja bleiben. Svenja war sowieso sauer, und Mom wirkte ein bisschen blass um die Nase, nachdem sie meinen knappen Halt vor der Stallmauer gesehen hatte. Frau Wallmann hatte uns dann aber gleich zu einem ruhigen »Nur-Frauen-Ausritt« am nächsten Samstag eingeladen, was Mom wieder etwas versöhnt hatte.

Svenja zuckte jetzt nur die Achseln. »Ich glaub nicht, dass Hrifla je so schnell wird, dass sie Arnes Faxi schlägt«, meinte sie ruhig. »Da liegen Welten dazwischen – und mindestens 20000 Euro. Aber ich hab ihn schon mal im Turnier gesehen. Er reitet auf volles Risiko. Und riskiert dabei, dass sein Pferd in den Galopp umspringt. Darauf spekuliere ich. Letztlich war es deine Idee!«

Sie lachte mich an.

Ich wäre fast vom Fahrrad gefallen.

»Mach mich bloß nicht verantwortlich!«, bemerkte ich.

Das Zauberwort

Im Reiterverein Wienberg herrschte trotz früher Stunde bereits reges Treiben. Viele jugendliche Reiter starteten in E- und A-Wettbewerben oder Jugendreiterprüfungen und mussten bald losfahren. Die Dressuren begannen noch früher als die Springen, Svenja und ich begegneten schon auf dem Zufahrtsweg zwei Pferdehängern.

In dieser Woche mussten die Turnierreiter bis nach Essen fahren, aber nach Svenjas Ansicht war das nicht weit.

»Dressur- und Springturniere sind immer in der Nähe«, erklärte sie. »Es gibt so viele Vereine, länger als eine halbe Stunde fährt man eigentlich nie. Islandpferdeturniere gibt es nicht so viele. Meistens muss man da übernachten, aber es soll ganz toll sein. Alle feiern Feten und so.«

»Möchtest du wirklich mit Arne feiern?«, fragte ich skeptisch. »Ich meine, er sieht ja toll aus. Aber er ist so was von eingebildet!«

Svenja zuckte die Achseln. »Ich möchte gern dazugehören«, gab sie zu. »Zur Clique im Verein. Die Kids sind bestimmt ganz nett. Wenn Hrifla ein paarmal gewinnen könnte …«

Ich wagte zwar zu bezweifeln, dass dies zu Svenjas Beliebtheit beitragen würde, aber ich wollte sie nicht entmutigen. »Vorerst solltest du vielleicht mal das Wort ›Pony‹ aus deinem Wortschatz streichen, und dann vergisst du möglichst die richtige Aussprache des Isländischen …«, neckte ich sie stattdessen. Svenja war gestern noch einmal angeeckt, indem sie ein paar Namen erklärt hatte. »Und gewöhn dich endlich an normale Hilfengebung. Zum Stoppen eines Islandpferdes lenkt man es gegen eine Wand. Dieses Gefummel mit Zügel, Kreuz und Schenkel ist unwürdig!«

Svenja kicherte.

Als wir Thorsten von unseren gestrigen Abenteuern erzählten, wurde er fast neidisch. »Ihr könnt sie wenigstens noch gegen die Wand lenken«, bemerkte er mit Blick auf seinen riesigen Mariano. »Meiner würde drüberspringen!«

»Aber er ist ein schönes Pferd!«, lobte Svenja. »Bloß zu hoch. Hast du mal dran gedacht, ihn heiß zu waschen? Vielleicht würde er einlaufen. Verdammt, wie komme ich bloß an die Mähne?«

Thorsten schleppte schließlich einen Strohballen heran, und wir kletterten hinauf und versuchten unser Glück als Friseure. Besonders begabt waren wir alle drei nicht. Thorstens Zöpfchen waren noch die schönsten.

»Verratet das bloß nicht meinem Daddy!«, seufzte er. »Ich bin sicher, dass ›echte Jungs‹ sich dafür einen Harem halten.«

Svenja zuckte mit den Schultern. »Bei Kelten- und Wikingerkriegern war es ganz normal, dass sich die Männer Zöpfe flochten. Würde dir übrigens auch stehen!«

Ich lachte, als ich mir Thorsten mit Zöpfchen unter dem Reithelm vorstellte. Sein Vater würde vor Schreck ohnmächtig werden.

Thorstens Daddy erschien jetzt auch im Stalleingang und machte Druck. Immerhin war er hochzufrieden, dass Thorsten gleich zwei Mädchen als Fanclub dabeihatte.

Mariano stiefelte brav in Reisers neuen Pferdeanhänger. Am Hänger neben ihm erkannte ich Joker und Frau Müller-Westhoff, Letztere schon im Turnierdress. Garantiert würde sie Joker vor der Prüfung nicht mehr anfassen, um ja nicht schmutzig zu werden. Thorsten und die anderen Jugendlichen ohne eigenen Pferdepfleger lösten das Problem, indem sie unförmige Trainingsanzüge über ihren weißen Reithosen trugen. Frau Müller-Westhoff hatte Lena dabei, die Pferdewirt-Azubi. Und die wiederum hatte die schmutzigen Arbeiten sicher an eine Schulpferdereiterin weiterdelegiert.

»Dein Joker startet in der A- und L-Dressur«, verriet mir Thorsten im Auto. »Frau Witt ist deshalb total aufgeregt, Frau Müller-Westhoff hat in der letzten Woche jeden Tag Privatstunden bei ihr genommen. Das muss sich jetzt auszahlen. Deshalb hat sie ihr auch Lena mitgegeben. Die wird das Pferd satteln, abreiten und so programmieren, dass Frau Müller-Westhoff nur noch den Startknopf zu drücken hat. Aber sie haben alle Angst, dass Joker querschießt. Das kommt wohl manchmal vor bei diesen »gerollkurten« Pferden, sagt Wiebke. Wenn sie merken, dass der Reiter sich nicht durchsetzt, explodieren sie. Also geh besser noch mal zu ihm und lass deine Aura wirken!«

Er grinste mich an.

Heiko hatte immer gesagt, ich bringe ihm Glück, aber das war natürlich Unsinn. Und Thorsten behauptet seit jeher, ich könne Jokers Gedanken lesen. Letzteres ist allerdings nicht sehr schwer. Joker scheint Frust geradezu abzustrahlen, man sieht ihm sofort an, wenn er schlechter Laune ist, und er hat leider nur selten Grund, sich zu freuen.

»In welche Richtung?«, fragte Svenja. »Soll er die reiche Tussi absetzen oder nicht?«

Ich lachte. »Vielleicht ist es ja wie im Roman: Er setzt sie ab, flüchtet sich zu mir, und dann verschenkt sie ihn …«

»Wegen erwiesener Untreue an den nächsten Pferdemetzger!«, ergänzte Svenja. »Träum weiter, Lea. Ich glaube, Sie haben gerade ein Schild übersehen, Herr Reiser. Da vorne ging's rein!«

Thorstens Vater wendete und fand sich auch schon in einer ganzen Schlange Pferdetransporter wieder. Der Parkplatz war jetzt bereits eine Schlammwüste. Ich dachte besorgt an den Springparcours.

Svenja machte sich eher Sorgen um das Auto. »Parken Sie bloß am Rand, Herr Reiser, wo man hinterher gut rauskommt! In zwei Stunden ist das hier nur noch mit Treckern befahrbar, und die setzen sie dann auch zum Rausziehen ein. Aber bis man drankommt, dauert es eine Ewigkeit. Ich würde mich gleich hier an den Asphaltweg stellen. Auch wenn einer nölt.«

Vor uns stoppte dort das Gespann von Frau Müller-Westhoff. Die turniererfahrene Lena hatte wahrscheinlich denselben Ratschlag parat gehabt. Zu meiner Überraschung lächelte Frau Müller-Westhoff mir zu, als wir ausstiegen.

»Möchtest du Joker wieder satteln?«, fragte sie freundlich. »Das Mädchen hat uns neulich geholfen, Lena, ich glaube, sie mag mein Pferd.«

War das so offensichtlich? Ich mutierte anscheinend tatsächlich zu Nele. Gab es für so was psychologische Beratung? Selbsthilfegruppen? Das Dr.-Sommer-Team?

Joker streckte mir die Tapir-Nase entgegen.

Svenja quietschte: »Ist der süß!«

Ich ergab mich in meine Verwandlung. »Ich nehme ihm erst mal die Decke ab.«

Frau Müller-Westhoff strahlte. »Dann gehe ich schon mal zur Meldestelle!«, erklärte sie.

Lena schloss sich bereitwillig an.

Thorsten bewunderte Jokers Zöpfchen. »So akkurat kriege ich das nie hin. Ob das Lena gemacht hat, oder hat die Müller-Westhoff ihren Star-Friseur damit betraut?«

Joker untersuchte inzwischen meine Jeans auf Leckerli und wurde natürlich fündig.

Thorsten sattelte Mariano. Er wollte nach dem Melden gleich abreiten – wohl in der Hoffnung, das Pferd vor dem Springen etwas müde zu machen. Svenja und ich zogen mit ihm los, als Frau Müller-Westhoff und Lena zurückkamen. Wir hatten Joker inzwischen noch einmal übergebürstet, obwohl er sowieso schon glänzte, und ihm den Sattel aufgelegt. Lena brauchte nur noch aufzuzäumen. Allerdings beschwerte sie sich, dass Joker nach den vielen Leckerli eine bräunliche Sauce hervorsabberte. Das war mir schon früher aufgefallen.

Joker neigte zu vermehrtem Speichelfluss. Vielleicht brauchte er eher einen Schnuller als eine Kandare.

»Dein Thorsten ist ja süß, aber Reiten ist nicht so sein Ding, oder?«

Das war wohl das Äußerste, was Svenja an Diplomatie aufbrachte, nachdem wir Thorsten ein paar Minuten beim Abreiten zugesehen hatten.

Ich grinste und schüttelte den Kopf. Hinter uns erklang ein Kichern.

»Sehr treffend ausgedrückt!«, bemerkte Wiebke. »Hi, Lea! Na, hast du's diesmal geschafft, zu kommen? Kein Abenteuer mit deiner Mom an diesem Wochenende? Thorsten hat dich letztes Mal schmerzlich vermisst.«

»Tat mir ja auch leid«, sagte ich. »Aber Mom sucht immer noch nach einer alternativen Reitgelegenheit. Gestern waren wir auf einem Islandpferdetreffen.«

Ich hielt kurz den Atem an, als Thorsten auf dem Abreiteplatz angaloppierte und halbherzig den Probesprung anritt. Kurz vorher parierte er dann aber doch durch, was erstaunlich gut klappte. Mariano rammte plötzlich die Beine in den Boden. Thorsten beugte sich vor und steckte ihm einen Leckerbissen zwischen die Zähne.

»Ich wollte nur gucken, ob er sich anhalten lässt!«, rief er zu uns hinüber. »Ich hab das die ganze Woche geübt: das Zauberwortprinzip. Ich sage ›Haaalt‹, und wenn er steht, gibt's ein Leckerli!«

»Na, dann hoffen wir mal, dass der Sprecher gleich nicht

lauthals verkündet, dass irgendjemand im Halteverbot parkt!«, bemerkte Wiebke. »Echt, Lea, Islandpferde? Wo habt ihr denn die aufgetrieben? Wieder so ein Verein auf Kundenfang? Die sind schlimmer als die Zeugen Jehovas!«

Ich schaute nicht zu Svenja hinüber.

»Klingt, als ob du Islandpferde nicht besonders magst«, meinte ich vorsichtig.

Wiebke schüttelte den Kopf. »Aber nicht doch. Die Ponys sind klasse. Knuddelig, sympathisch, leidensfähig ... aber die zugehörigen Reiter ...« Sie schüttelte sich.

»Ich finde mich gar nicht so schlimm!«, bemerkte Svenja spitz. »Eigentlich finde ich mich sogar ganz nett. Trotzdem habe ich eine Islandstute.«

Irgendwie hatte Svenja ein schlechtes Karma. Wo immer sie hinkam, musste sie sich verteidigen.

Wiebke wurde fast ein bisschen rot. »Du kannst aber nicht ganz so fanatisch sein«, beschwichtigte sie Svenja dann. »Sonst wärst du nicht hier. Allein unter Warmblütern! Und du sprichst auch noch mit mir. Dabei habe ich das P-Wort benutzt.«

Svenja musste lachen. »Ich benutze das P-Wort auch oft«, gab sie zu.

Wiebke grinste. »Solltest du der Opposition angehören? Sattelst du vielleicht nicht auf den Nieren und schnürst deinem Pferd nicht mittels Hannoverschem Reithalfter die Luft ab? Wenn ja, dann halt bitte etwas Abstand von uns. Ich möchte bei eventuellen Vergeltungsaktionen nicht mitgetroffen werden.«

Ein paar Minuten später zeigten sich die beiden Fotos ihrer Ponys. Es erwies sich, dass Svenja aus ihrer Zeit auf dem Welshponygestüt den Vater der Stute Lady kannte, und Wiebke hatte sich früher für Isländer interessiert.

»Ich mag die Ponys wirklich. Und Tölt ist eine schöne Gangart. Aber dieses Angsttemperament, das man ihnen antrainiert, das ...«

»Was ist ›Angsttemperament‹?«, fragte ich neugierig.

Svenja hatte dieses Wort auf dem Treffen auch schon erwähnt, und überhaupt interessierte mich das Gespräch der beiden brennend. Aber jetzt ritt Thorsten in den Parcours. Besser gesagt, Mariano wurde in den Parcours gezogen und geschoben. Nur weil Thorsten die Hilfen gab, bewegte er sich nicht sofort zu den Hindernissen. Aber mit Daddy im Rücken und der helfenden Lena am Führzügel gab der Schimmel schließlich nach. Er tänzelte zum Start. Thorsten hatte gerade noch Zeit, die Richter zu grüßen, bevor Mariano losschoss.

»Das hier!«, antwortete Wiebke auf meine Frage und wies auf den Schimmel. Der galoppierte genau so kopflos auf den ersten Sprung los wie Hrafn gestern mit mir über die Passbahn.

Thorsten krallte sich in Mähne und Zügel fest und kam irgendwie hinüber. E-Hindernisse sind schließlich nicht hoch. Dann zog er vage am linken Zügel und versuchte, seinen Sitz zu ordnen, während Mariano auf eine Triplebarre zuhastete.

»Hoffentlich fällt er nicht drüber!«, seufzte ich. Aber Mariano sah das Hindernis rechtzeitig und nahm es mit einem viel zu großen Sprung. Thorstens Sitz verrutschte massiv, aber er blieb auch noch beim nächsten Steilsprung oben.

»Wie 'ne Fahne auf Halbmast«, bemerkte Svenja.

Mariano war etwas desorientiert, als er wieder aufkam. Thorsten tat sich gerade etwas schwer mit dem Lenken. Also Richtung Ausgang.

Ich weiß nicht, ob Mariano den richtigen Weg eingeschlagen hatte oder nicht, aber vor den beiden lag jetzt eine zweifache Kombination, und Thorsten versuchte eben noch, sich an der Mähne wieder in halbwegs sitzende Position zu ziehen. So würde er keinen weiteren Sprung überstehen. Mariano schoss an uns vorbei, ging das nächste Hindernis an …

»Haaalt!«, rief Thorsten.

Ich konnte es kaum glauben, aber der Schimmel ging in die Eisen! Er rutschte noch ein Stück durch den Matsch, in den sich der Boden des Parcours längst verwandelt hatte, und gleichzeitig glitt Thorsten langsam zu Boden. Ein sportlicherer Reiter hätte es sicher geschafft, auf den Füßen zu landen, aber Thorsten rollte weich in den Schlick. Und dachte auch sofort an Marianos Belohnung. Zur Erheiterung sämtlicher Zuschauer nestelte er ein Leckerli aus der Hosentasche und steckte es dem Schimmel ins Maul.

»Versuchen wir's noch mal?«, fragte er dann und erklomm den Sattel. Mariano setzte sich sofort wieder in Galopp. Aber Thorsten schien etwas Vertrauen gewonnen zu haben. Er kam in ganz annehmbarem Stil über die letzten zwei Sprünge. An eine Platzierung war allerdings nicht zu denken.

Dennoch strahlte Thorsten über das ganze Gesicht, als er mit Mariano zu uns kam.

»Seht ihr, es klappt! Er hört auf mich! Ich habe ihn wirklich und wahrhaftig angehalten! Ich werde ihn jetzt nur noch auf Stimme trainieren!«

»Und irgendwann kannst du ihn dann allein in den Parcours schicken und von der Ferne lenken«, lachte Wiebke. »Die Lektion mit diesem Ausschlittern nach dem Stopp auf der Hinterhand nennen die Westernreiter übrigens ›Sliding Stop‹. Das wird bei denen hoch bewertet. Auch wenn es deinen Daddy vielleicht nicht tröstet.«

Wiebke und Svenja flüchteten, als Thorstens Vater jetzt auf uns zukam. Ich blieb, um Thorsten beizustehen.

»Meine Güte, selbst ich könnte das besser!«, behauptete Herr Reiser, womit er vielleicht sogar recht hatte. Thorstens Vater hatte den »Mutter-Tochter-Reitkurs« mit uns absolviert und war nicht der schlechteste Teilnehmer gewesen.

»Warum machen Sie es dann nicht?«, fragte ich zuckersüß. »Mariano könnte doch gut zwei Reiter verkraften!«

Ich verstand gar nicht, weshalb Thorsten mir wütende Blicke zuwarf.

»Bring ihn bloß nicht auf Ideen!«, raunte er mir schließlich zu. »Manomops hat's mit mir schon schwer genug, und ich stecke mich wenigstens nicht mit den Sporen an ihm fest.«

»Manomops?«, fragte ich.

Thorsten wurde etwas rot. »So … äh … nenne ich ihn manchmal …«

Kosenamen – die ersten Anzeichen schwerer Verliebtheit. Ich hatte nicht gedacht, dass es auch Jungen treffen konnte. Wir sollten das Dr.-Sommer-Team vielleicht gemeinsam um Rat fragen.

»Jedenfalls hat mein Daddy schon entsprechende Anstalten gemacht«, berichtete Thorsten jetzt, wohl um von »Manomops« abzulenken. »Sie haben ihn in der ›Altherrengruppe‹ angesprochen, dazu gehört wohl jeder über dreißig …«

Die entsprechende Frauengruppe hieß »Kochlöffelabteilung«. Im Reiterverein ging man nicht gerade feinfühlig mit erwachsenen Mitgliedern um. Kein Wunder, dass Mom da wegwollte.

»Aber zum Glück hat Herr Tünnermann ihm erklärt, er müsste mir mein Turnierpferd schon allein überlassen. Höchstens professioneller Beritt wäre sinnvoll. Das hat er eingesehen.«

Herr Tünnermann, der Vater meines Exfreundes Heiko, hatte Erfahrung mit Turnierpferden für Jugendliche. Sowohl Heiko als auch seine Schwester Ronja waren äußerst erfolgreich im Reitsport.

»Na, dann bring deinen Mops mal weg, damit wir in Ruhe die Dressuren ansehen können«, sagte ich. »Gleich startet die Müller-Westhoff mit E. T.«

Lena ritt Joker bereits ab, als wir Mano abgesattelt und mit seinem Heunetz auf den Hänger gestellt hatten. Er sah großartig aus. Unter all den Durchschnittspferden der A-Dressurteilnehmer wirkten seine Bewegungen etwa so, als hätte sich ein Balletttänzer in die Ententanzvorführung einer Grundschule verirrt.

Wiebke und Svenja lästerten allerdings in schönster Eintracht über die viel zu tiefe Abstellung. Kurz gesagt: Joker wurde wieder aufgerollt. Entsprechend unglücklich sah er auch aus. Immerhin ging es ihm etwas besser, als Frau Müller-Westhoff und Lena schließlich tauschten. Frau Müller-Westhoff schien ihr Make-up vorher extra noch einmal erneuert zu haben, und als sie oben saß, polierte Lena ihr rasch noch die Unterseite ihrer glänzenden Lederstiefel.

»Das habt ihr eben versäumt!«, bemerkte Thorsten. »Kein Wunder, dass ich nicht gewonnen habe.«

Thorsten selbst war noch etwas schlammverschmiert, aber daran war er gewöhnt – und ich auch. Schließlich erforschte er im Rahmen einer Reitstunde fast immer die Bodenbeschaffenheit und lief dann den Rest des Tages herum wie das Monster aus dem Sumpf.

Frau Müller-Westhoff und Joker sahen eher aus wie Olympiateilnehmer als wie die Absolventen einer A-Dressur, die im Allgemeinen eine kurze Nacht und etliche Stunden Putz-, Flecht- und Verladestress hinter sich hatten, bevor sie aufs Pferd kamen. Allerdings fehlte Frau Müller-Westhoff der Biss. Frau Witts Rundumbetreuung hatte sie wohl ein wenig verweichlichen lassen. So versäumte sie das lautstarke Gebrüll »Anfang hier!«, mit dem der frechste Reiter traditionell den Kampf um die Abteilungsbildung in den Dressuren begann, in denen mehrere Reiter auf einmal starteten. Frau Müller-Westhoff schien der Meinung zu sein, die Richter würden Joker schon automatisch am Anfang einer Abteilung platzieren. Diese jedoch sahen dem Hauen und Stechen in der Bahn tatenlos zu. Schließlich landete ein Mädchen auf einem weißen Kleinpferd ganz vorn, dahinter ein anderes mit einem großen Rappen. Ganz hinten, auch ein beliebter Platz, weil man dann wenigstens nach der Vorhandwendung die Tête bildete, reihte sich ein dicker Brauner ein. Frau Müller-Westhoff ritt an dritter Stelle.

»Das ist aussichtslos, da verhungert das Pferd«, bemerkte Wiebke – wieder ein Ausdruck für mein Vokabelheft »Pferdisch«. Irgendwann werde ich ein Buch veröffentlichen: »Pferdefachsprache: Lästern leichtgemacht«.

Immerhin war dieses Mal sofort zu erkennen, was Wiebke meinte. Das Mädchen auf dem Pony trabte in Zeitlupe, schon der Rappe an zweiter Stelle hatte Schwierigkeiten, sich anzupassen. So langsam konnten die großen Pferde einfach nicht traben, sie hätten beinahe piaffieren müssen. Joker hätte das vielleicht sogar geschafft, aber Frau Müller-Westhoff versuchte, das Tempo nur über die Zügel zu kontrollieren, und das klappte natürlich nicht. Im Galopp wurde es vollends chaotisch, und als Joker schließlich unplanmäßig in den Stechtrab fiel, verrutschte auch Frau Müller-Westhoffs Sitz. Mit hörbarem »Plopp« wurde sie im Sattel hin und her geschleudert – das gute alte »Presslufthammerfeeling«.

»Sieht nicht nach Schleife aus«, fasste Thorsten das Debakel zusammen.

Ich seufzte. »Hoffentlich verkauft sie ihn nicht gleich wieder!«

Frau Müller-Westhoff wirkte allerdings nicht geknickt, als wir sie vor der folgenden L-Dressur auf dem Abreiteplatz wiedertrafen. Lena rollte Joker vor dem Start noch mal tüchtig durch – diesmal mit der Kandare im Maul.

»In der A war er einfach unterfordert!«, erklärte uns Frau

Müller-Westhoff. »Ich wollte da gleich nicht melden, sondern lieber die L und die M. Aber Frau Witt meinte, das sei noch ein bisschen schwierig für mich – ich krieg das mit den Seitengängen nicht so hin … Jedenfalls braucht Joker Einzelprüfungen, und er geht auch viel besser mit Kandare!«

Zumindest fiel es Frau Müller-Westhoff mit der Kandare leichter, Joker aufzurollen.

Wiebke regte sich fast so auf wie vorhin beim Springen. »Die Frau kann doch die Hände nicht richtig ruhig halten! Wie kann man der eine Kandare geben?«

Svenja klärte mich darüber auf, dass die Hebelwirkung der Kandare einem Pferd ziemliche Schmerzen zufügen konnte, wenn man nicht sensibel damit umging.

»Und bei der Islandkandare ist das noch schlimmer«, fügte Wiebke hinzu – Isländer waren heute wirklich ihr Lieblingsthema. »Die ist nämlich im Grunde nichts anderes als eine Trense mit Anzügen. Das gebrochene Mundstück quetscht die Zunge aus wie 'ne Zitrone. Gymnastizierende Wirkung null, aber man hält damit auch die verzweifeltsten Pferde. Wenn das Ding im Passrennen erlaubt ist, Svenja, sehe ich schwarz für deine Wette!«

Svenja musste Thorstens Tante von ihrem verrückten Deal mit Arne erzählt haben – und sehr optimistisch wirkte Wiebke nicht.

»Es wird letztlich vom Glück abhängen und davon, wie lange diese Schmitts schon im Geschäft sind. Die Typen mit Erfahrung kannst du nicht übertölpeln, die kennen alle Tricks. Aber dies ist ja nur ein Hausturnier. Wir werden einfach die Daumen drücken.«

Die Daumen drückte ich jetzt auch für Joker und Frau

Müller-Westhoff. In der L-Dressur durften sie allein ins Viereck, und diesmal klappte es sehr viel besser. Joker spulte seine Lektionen ab und schwebte im Mitteltrab durch die Bahn, bis alle Zuschauer »Oh!« und »Ah!« riefen. Auch die Richter waren beeindruckt. Am Ende lag Frau Müller-Westhoff auf dem zweiten Platz.

Begeistert knuddelte sie Joker und übergab ihn mir dann bereitwillig zum Absatteln. Sie selbst ging mit Lena Sekt trinken.

Ich hoffte, dass sie Vaseline dabeihatte. Jokers Maulwinkel waren schon wieder offen. Wiebke fand schließlich Lebertranzinksalbe in ihrem schmuddeligen Geländewagen.

»Die Karre ist ungemein ergiebig, ich räume sie nie auf!«, erklärte sie stolz. Das schien bei Reitern normal zu sein. Auch meine Mom hat inzwischen stets Reithelme und Notrationen an Pferdeleckerli im Auto.

Wiebke grummelte vor sich hin, als sie Joker verarztete. »Und das nennt sich nun ›Reitkunst‹«, murmelte sie. »Also das Beste, was ich heute gesehen habe, Thorsten, war der Sliding Stop von deinem Springpferd!«

Heisse Dates

Nach dem »Nur-Frauen-Ausritt« am Freitag war meine Mutter für das Islandpferd gewonnen. Sie hatte sich auf Frau Wallmanns Pony absolut wohl- und sicher gefühlt und kam völlig beschwingt nach Hause – wozu wahrscheinlich auch der Schnaps beigetragen hatte, der vor und nach dem Ritt gekippt wurde.

Jedenfalls vermied Mom seitdem peinlich das P-Wort und überschüttete mich mit Informationen rund ums Islandpferd. »Die älteste Pferderasse der Welt! Seit tausend Jahren rein gezogen! Unheimlich robust ...«

Ich musste an Anschis Bemerkung »sind auch bloß Pferde« über die Curly Horses denken. Und auch Svenja tippte sich an die Stirn, als ich ihr von Moms neuer Euphorie berichtete.

»Das ist eine tolle Geschichte mit der tausendjährigen Reinzucht«, meinte sie. »Aber tatsächlich gibt es erst seit 1939 ein Zuchtbuch, nicht seit dem Jahr 930, wie es überall steht. Wahrscheinlich ist es ein Übersetzungsfehler. Da hat ganz am Anfang jemand ›thirtynine‹ und ›nine-thirty‹ durcheinandergebracht.«

Meine Grammatikfanatikerin hielt einen längeren Vortrag über die amerikanische Unsitte des Abkürzens von englischen Zahlwörtern. Dann erfuhr ich noch, wann Isländer erstmalig in Deutschland eingeführt wurden, und schließlich musste ich mir zuerst mit Svenja und dann mit Mom drei Folgen von »Die Mädels vom Immenhof« ansehen. Ich hatte schon interessantere Wochenenden erlebt.

Immerhin waren wir am Sonntag wieder im Islandpferdeverein zum Reiten eingeladen, und diesmal fand der Ausritt auch wirklich statt. Ich bekam einen hübschen Schimmel namens Hrimnir und Mom eine »sicher töltende« Scheckstute. Beide gehörten zu den Verkaufspferden. Ob das reiner Zufall war?

Hrimnir war sympathisch und pullte nur ein bisschen. Moms Schecke erwies sich als »gehfreudiger«. Im Galopp rollte sie das Feld ganz schön auf, was wieder nicht verboten war. Hier ritt alles durcheinander. Svenja und ich versuchten, uns im vorderen Bereich bei den anderen Jugendlichen zu halten, aber irgendwann hatte Svenja genug von deren pausenlosen Anspielungen auf ihre Rennpasspläne und ihr latschiges Pferd und ließ sich zurückfallen. Dabei waren die Bemerkungen der anderen ungerecht. Hrifla kam in der Gruppe sehr gut mit, sie töltete nur nicht pausenlos. Svenja versuchte es zwar am Anfang, aber wenn sie den Anweisungen der anderen folgte und die Zügel stramm hielt, ging das Pferd nur Pass und wirkte schlecht gelaunt. Also ließ sie schließlich locker und trabte oder galoppierte. Wobei die Stute sich geradezu traumhaft dem Tempo der anderen anpasste, praktisch am durchhängenden Zügel mitlief und vergnügt und entspannt wirkte, während die anderen Pferde bereits keuchten und schwitzten. Kein

Wunder, denn alle Pferde hatten noch sehr viel Winterfell, selbst Hrifla, obwohl Svenja sie jeden Tag putzte.

Ich versuchte, Hrimnir ebenfalls zu verhalten, aber bevor mir das gelang, setzte Arne sein Pferd neben meines. Er ritt diesmal seinen Rappen.

»Na, gefällt dir der Schimmel? Wäre ein gutes Einstiegspferd, töltet ganz nett …«

Davon hatte ich bis jetzt nicht viel gemerkt, Hrimnir trabte lieber, und ich hatte keine Lust auf Zügelziehen und erst mal Durchschüttelnlassen, bevor es dann vielleicht klappte.

»Du bräuchtest natürlich noch ein paar Reitstunden. Wie wär's, hast du Lust? Wenn deine Mom wieder mit den anderen Tanten ausreitet? Ich kann dich bei Wallmanns abholen.«

»Ich weiß nicht …«, murmelte ich.

Es war schon irgendwie verlockend, und Arne ritt auch wirklich gut. Vielleicht konnte er mir die Tricks eher vermitteln als »Mr Blubb«. Aber andererseits hatte ich das Gefühl, Svenja damit zu verraten. Und was Thorsten dazu sagen würde, wenn ich mit dem Wikinger durch den Wald töltete …

»Kannst es dir ja überlegen. Ich komme am Freitag einfach mal bei Wallmanns vorbei und bring dir ein Pferd mit.«

Damit ließ er die Zügel seines Pferdes ein winziges bisschen lockerer, woraufhin der Rappe sofort wie angestochen losschoss. Im Renntölt natürlich. Hrimnir wollte gleich hinterher, aber ich konnte ihn bremsen.

Und das, obwohl ich überhaupt nichts mit Kreuz und Schenkel machte, sondern nur am Zügel zog. Ob ich da wohl langsam mehr Kraft entwickelte? Dies hier war schließlich Bodybuilding pur! Nicht dass ich am Ende aussah wie Arnold Schwarzenegger! Erschrocken ließ ich die Zügel lockerer und landete schließlich bei meiner Mutter und den anderen Frauen.

Auch Mom kämpfte mit ihrem Pferd, aber den anderen ging es nicht besser. Eine blonde Frau, die ihren kleinen Fuchs nur mit aller Gewalt daran hindern konnte, haltlos durchzugehen, schaute neidisch auf meinen Hrimnir. Sie war knallrot im Gesicht und hing mit ihrem ganzen Gewicht im Zügel, was sie natürlich in den Stuhlsitz brachte. Dazu neigte Mom auch schon, Frau Witt würde toben!

»Ich wünschte, ich hätte auch so ein liebes Pferd«, jammerte die blonde Frau. »Aber da ist mit meinem Mann nicht zu reden. Peter und Maja reiten jetzt beide Turniere, da soll ich auch ein ›repräsentatives Pferd‹ haben. Damit sie sich nicht für Mami schämen müssen.« Sie lachte nervös.

Maja war die Zicke mit den Vampirzähnen, deren Rennpasser nur von der Mauer zu stoppen war. Ich konnte verstehen, dass ihre Mutter sich vor ihr fürchtete.

Svenja wollte nach dem Ausritt am liebsten gleich nach Hause, und ihrem Vater war das recht. Ich schloss mich an, während Mom noch blieb und mit ihren neuen Freundinnen plauschte. Da wir das Mittagessen versäumten, stoppte Svenjas Dad bei Burger King und lud mich ein.

»Die Gulaschsuppe im Verein war zwar sicher besser«, sagte er, »aber hier ist es billiger …«

»Hm?«, fragte ich. Schließlich hatte er gerade fast zwanzig Euro für unser Festessen hingelegt, während sich der Unkostenbeitrag im Verein auf drei Euro belief.

»Hier versucht aber keiner, mir dazu ein Pferd für zehntausend Euro aufzuschwatzen«, grinste Herr Pfeifer, als Svenja das zu bedenken gab. »Unser Freund Hermann hat mir schon dreimal angeboten, dein Pony gegen ein ›ordentliches Pferd‹ einzutauschen. Gegen Aufpreis natürlich. Du seist doch reiterlich derart begabt, Svenja. Du übrigens auch, Lea! Deine Mom wird sich da einiges anhören müssen. Jedenfalls könntet ihr in der Turnierszene sofort mitmischen, wenn ihr nur das richtige Pferd hättet … Schaffst du es denn nun, diesen arroganten Bengel zu schlagen, oder nicht, Svenja?«

Er biss herzhaft in einen Donut.

Svenja hob die Hände. »Wir sollten der Pferdegöttin huldigen!«, sagte sie salbungsvoll und beäugte ein paar ketchupverschmierte Pommes auf ihre Opfertauglichkeit. »Ich weiß zwar nicht, ob die Germanen eine hatten, aber für Welshponys ist Epona zuständig. Ich werde Hrifla die Hälfte meiner Apfeltasche abgeben, vielleicht legt sie dann ein gutes Wort für mich ein!«

Als wir Hrifla in den Stall gestellt hatten, war es noch nicht spät, und so entschlossen wir uns, zum Reiterverein hinüberzuradeln. Svenja wollte wegen der Hallenbenutzung fragen, und ich hoffte, Thorsten zu treffen. Tatsächlich fand ich ihn und Mariano auf dem verwahrlosten Außenplatz, während Svenja mit Frau Witt sprach. Hier wurde höchstens im Hochsommer mal geritten, im Moment stand das Viereck voller Pfützen. Thorsten würde beim Runterfallen die freie Auswahl haben. Aber er saß heute gar nicht auf dem Pferd, sondern führte seinen Schimmel nur herum. Dazu hatte er einen Schwung bunte Stangen auf dem Boden verteilt und zu einer Art Schnecke zusammengelegt.

»Botschaft für Außerirdische?«, fragte ich und wies auf die Stangen. »Ich glaube, du musst es größer machen, sonst ist es vom Weltraum aus nicht zu sehen. Mehr wie Kornkreise …«

Thorsten sah besorgt aus. »Es ist jetzt schon größer als im Buch beschrieben …«, sagte er und seufzte. »Aber Mano kriegt seine Beine irgendwie nicht sortiert. Er soll langsam durch das Labyrinth gehen, ohne anzustoßen. Aber irgendwie …«

Er versuchte es noch einmal, und Mariano überrannte tatsächlich gleich die erste Stange. Als sie ihm zwischen die Hinterbeine geriet, kickte er nervös aus.

»Wozu soll das denn gut sein?«, erkundigte ich mich. »Urzeitliches Ritual zur Besänftigung der Pferdegöttin?«

Thorsten runzelte die Stirn. »Belegt deine Mom jetzt ›Esoterik für Pferde‹?«, erkundigte er sich. »Also, dies hier ist nichts Übersinnliches, man nennt es einfach Bodenarbeit. Das Pferd soll dadurch geschickter werden und mehr Vertrauen zum Reiter kriegen, oder so was. Wenn man's vom Boden aus kontrolliert, ginge das von oben auch besser, steht in dem Buch. Aber wenn du meinst, Mano kriegte es eher hin, wenn ich dabei Räucherstäbchen abbrenne – ich bin für jeden Tipp dankbar.«

»Du könntest zumindest die Pfützen damit trockenlegen«, bemerkte Svenja vom Reitplatzrand. »Allerdings brauchtest du dazu eher einen Flammenwerfer. Der Platz ist fürchterlich. Aber ›für einen Isländer ganz ausreichend‹, meint eure Frau Witt. Den Außenplatz darf ich bereiten. Sonst höchstens mal die alte Halle, wenn keiner drin ist. Sie scheint zu befürchten, Tölt wäre ansteckend. Und überhaupt sollte ich erst mal über eine Vereinsmitgliedschaft nachdenken.«

Svenja beäugte Thorstens Aufbauten.

»Ziemlich riesiges Labyrinth«, urteilte sie dann.

»Meinst du, es bringt was, wenn er da durchgeht? Er braucht sich ja kaum zu biegen.«

Thorsten klagte daraufhin auch Svenja sein Leid, aber die lachte nur.

»Es liegt an dir. Du hast die Führpositionen einfach nicht raus. Nimm ihn erst mal kürzer. Und dann brauchst du eine Gerte – obwohl es mit Räucherstäbchen natürlich auch ginge … Holst du uns schnell ein Begeisterungsstöckchen, Lea? Ich weiß nicht, wo die liegen.«

Damit schlüpfte Svenja auf den Platz, umging vorsichtig die Pfützen und nahm Thorsten Mariano ab. Sie griff geschickt nach dem Führstrick, schnippte vor Manos Nase einmal mit den Fingern der linken Hand und hielt sie dann mit ausgestrecktem Zeigefinger vor das zum Vorstürmen neigende Pferd. Es war unglaublich, aber Mariano unterließ daraufhin das Zackeln und folgte dem erhobenen Zeigefinger Schritt für Schritt durch das Labyrinth. Er stieß zwar ein paarmal an, aber es sah um Lichtjahre besser aus als bei Thorsten.

»Mit Gerte geht's besser!«, sagte Svenja – und als ich mit dem Teil wiederkam, war sie gerade dabei, Thorsten seinerseits am Strick durch den Stangendschungel zu führen. Mariano stand am Zaun angebunden daneben und beäugte interessiert, was die beiden da machten.

»Siehst du, wie du meiner Körpersprache folgst?«, fragte Svenja. »Du konzentrierst dich auf den Finger und machst meine Bewegungen nach. Das tun Pferde auch. Der Trick sämtlicher Pferdeflüsterer. Jetzt noch mal mit Stöckchen!«

Svenja nahm mir die Gerte ab und wies Thorsten mit dem Knauf den Weg durch die Stangen. Sie berührte ihn auch mit der Gerte und streichelte ihm den Rücken.

Ich wurde fast etwas eifersüchtig. Als Svenja Thorsten am Ende über den Kopf streichelte und dabei »Braves Pferd!« flötete, reichte es mir. Aber in der nächsten Stunde war ich sowieso abgemeldet. Die beiden lachten und kicherten miteinander, während sie jetzt Mariano durch die Stangen führten. Ich wurde nur noch gebraucht, um das Labyrinth zu verkleinern. Ein großartiger Nachmittag!

Und dann vertraute Thorsten Svenja auch noch seine geheimsten Gedanken an. Bisher hatte er nur mir davon erzählt, und ehrlich gesagt hatte ich der Sache keine große Bedeutung beigemessen.

»Der Reitstil hier liegt mir nicht«, hatte Thorsten zwei Tage nach dem letzten Turnier verkündet. »Die Springerei ist ätzend, und ich bin es leid, dauernd am Zügel rumzuziehen. Deshalb war ich gestern in der Bücherei und hab mich nach Alternativen umgeguckt. Von jetzt an reite ich Western!«

Natürlich hatte ich auch schon vom Westernreiten gehört – und bei den Curly Horses ja auch mal in der Reitweise geschnuppert. Aber ein bloßer Entschluss würde den Umstieg kaum ermöglichen. Die Spezialsättel kosteten ein Vermögen – und was Thorstens Daddy dazu sagen würde, konnte ich mir genau vorstellen.

Svenja dagegen nahm Thorsten ernst. »Klar kannst du mit einem Warmblüter Western reiten. Warum denn nicht? Allerdings werden sie dich in den klassischen Disziplinen auf dem Turnier nicht platzieren. Reining, Horsemanship und so – da wollen sie Quarterhorses sehen. Aber im Trail, wenn sie nicht anders können …«

Turnierrichter schienen allgemein ein bisschen seltsam zu sein.

»Ich müsste ja auch erst mal einen Sattel haben«, überlegte Thorsten. »Die Dinger sehen so bequem aus! Und ich hab auch ein paar Hundert Euro gespart. Aber für einen neuen reicht es nicht …«

»Ich hab einen«, erwiderte Svenja überraschend. Ich sah sie verwirrt an. »Du machst Westernreiten?«, fragte ich. »Dann haben die Islandpferdekids ja recht gehabt …«

Als Svenja neulich so locker mit durchhängendem Zügel neben ihnen hergetrabt war, hatte Maja gelästert, sie hätte das Reiten wohl beim Viehtrieb gelernt.

Anschließend hatten alle die Titelmelodie von »Bonanza« gepfiffen, und Svenja hatte sich an die Stirn getippt.

Jetzt schüttelte sie den Kopf. »Nö, eigentlich reite ich am liebsten Dressur. Aber Frau Maibaum unterrichtet auch Leichte Reitweise, und da werden häufig Westernsättel verwendet. Als Hrifla dann alt genug zum Einreiten war, wollte ich unbedingt einen richtigen Islandpferdesattel und habe auch einen zu Weihnachten bekommen. Ohne Anpassen natürlich – das macht man bei Isis ja fast nie. Frau Maibaum kriegte allerdings Zustände, als ich damit ankam. Das Ding saß überhaupt nicht. Wir haben dann mehrere Sättel von Maibaums probiert, wobei sich herausstellte, dass einer der Westernsättel, ein ziemlich altes Möhrchen, perfekt passte. Also habe ich ihn sauber gemacht und gefettet, und Frau Maibaum hat ihn mir ganz billig verkauft. Nach ein paar Monaten entwickelte Hrifla dann mehr Muskulatur, und der Islandpferdesattel passte auch. Den reite ich jetzt, und der Westernsattel liegt nutzlos rum.«

Sie wandte sich an Thorsten: »Wenn du möchtest, kannst du ihn haben.«

»Aber wird er denn passen?«, fragte ich. »Mano ist doch einen halben Meter größer als dein Pony!«

»Im Rücken aber ziemlich schmal«, meinte Svenja. »Und bei Hrifla habe ich immer ein oberdickes Pad druntergelegt. Man muss es einfach probieren …«

Thorsten nickte mit begierigem Gesichtsausdruck. »Wann kannst du denn mal?«, fragte er Svenja. »Also bei mir geht's nicht vor Donnerstag.«

Thorsten hatte zweimal in der Woche Nachmittagsunterricht in der Schule und außerdem ständig Privatstunden bei Frau Witt, um endlich besser mit Mano klarzukommen. Die würde ziemlich sparsam gucken, wenn er demnächst mit Cowboyhut hier ankam.

»Bei mir geht's immer«, antwortete Svenja. Thorsten strahlte sie an. Eigentlich war dieser Blick doch für mich reserviert!

»Vielleicht kannst du mir dann ja auch noch ein paar Tipps geben … so wie heute. Das war cool!«

Svenja zuckte die Schultern. »Warum nicht?«, meinte sie. »Wenn ich helfen kann …«

Hatte ich vorhin noch Skrupel gehabt, das großherzige Angebot von Oberwikinger Arne anzunehmen? Vielleicht sollte ich ganz gezielt ein bisschen flirten.

Thorsten hatte ja offensichtlich auch keine Hemmungen.

Er verabredete sich mit Svenja für Freitagnachmittag. Da war Frau Witt mit Frau Müller-Westhoff beschäftigt und würde garantiert nicht beim schlammigsten Reitplatz der Reitschule vorbeischauen.

»Kommst du auch?«, fragte er mich halbherzig.

Ich schüttelte den Kopf. »Nö, da hab ich schon was vor. Arne aus dem Islandpferdeverein geht mit mir reiten …«

Eifersucht

Arne wartete schon auf mich, als Mom bei Wallmanns auf den Hof fuhr. Er ritt seinen Isabellen und führte eine bildschöne Grauschimmelstute am Zügel. Anscheinend sollte der »Unterricht« draußen stattfinden – obwohl es kalt war und nieselte.

Mom beruhigte der Anblick der Pferde. Als ich erzählt hatte, Arne wolle mich »abholen«, hatte sie eher an ein Motorrad gedacht.

»Sei aber vorsichtig!«, wies sie mich noch an, anscheinend hatte sie den Mauerstopp beim Passrennen neulich nicht vergessen. Motorräder hatten wenigstens eine Bremse.

Ich stieg entsprechend vorsichtig auf die Stute, aber die Sorge wäre nicht nötig gewesen. Hvita war absolut leicht zu reiten. Allerdings fühlte sich die Zäumung in ihrem Maul ein bisschen komisch an. Fast schlabberig, ich hatte das Gefühl, als kämen meine Zügelhilfen nur ungefähr da an, wo sie sollten.

»Eine Islandkandare«, erklärte Arne. »Damit kannst du viel sensibler reiten. Früher hatten sie in Island gar nichts anderes. Ist das totale Traditionsgebiss …«

Wiebke war nicht so begeistert davon gewesen. Aber gegen sensible Zügelführung konnte sie eigentlich nichts haben. Ich versuchte also, die Zäumung wirklich ganz vorsichtig zu führen, und zuerst klappte das auch. Aber dann tölteten wir los, und ich musste den Zügel ganz schön annehmen, um Hvita daran zu hindern, sich mit dem Isabellen ein Rennen zu liefern. Immerhin war es nicht solch eine Zerrerei, dass mein Sitz total verrutschte. Arne erwies sich auch als ganz guter Lehrer. Er erklärte mir, wie das mit dem tiefen Einsitzen richtig ging, und am Ende kam ich mir schon ziemlich professionell vor. Und erwachsen! Arne machte allen Ernstes einen Stopp an einer Waldgaststätte, band die Pferde davor an und hielt mir wie ein echter Gentleman die Tür auf.

»Zweimal heiße Schokolade!«, orderte er, während ich mich aus meiner dicken Regenjacke schälte. Aprilwetter!

Als die Kellnerin die Tassen vor uns hinstellte, förderte er eine kleine Taschenflasche zutage. »Hier, das macht warm!«

Ein kräftiger Schuss brauner Flüssigkeit landete in meiner Kakaotasse. Ich probierte vorsichtig. Sehr lecker! Der Rum ließ die Schokolade auf der Zunge prickeln und wärmte tatsächlich. Mom sollte mal nicht meckern! Garantiert trank die auch wieder Schnaps vor und nach dem Reiten.

Arne überraschte noch in anderer Hinsicht. Jetzt, da wir allein waren, ließ er die Angebermasche und benahm sich ganz normal. Er war sogar ein ausgesprochen aufmerksamer Zuhörer. Bis ich von unserem »Mutter-Tochter-Reitkurs« und Joker erzählte …

»Du willst doch nicht wirklich einen Warmblüter kaufen, oder?«, fragte Arne entsetzt. Ich hatte nichts davon gesagt, aber ich fürchte, dass meine Gesichtszüge bei Jokers Erwähnung entgleisten. »So einen Reitelefanten? Jetzt, wo du Isis probiert hast ...«

Arne schien es für völlig selbstverständlich zu halten, dass ich nie wieder ein anderes Pferd ansehen würde.

Ich lachte etwas gepresst. »Ich kann Joker doch nicht kaufen! Was meinst du, was der kostet! Bestimmt zwanzigtausend Euro oder mehr!«

»Der Faxi hat dreißig gekostet ...«, erwiderte Arne ungerührt. Faxi war sein Isabell. »Wenn du gewinnen willst, darfst du nicht knausern. Aber bei den Isländern hat man dann auch wirklich eine Chance. Bei dieser komischen Dressurreiterei kommt es doch wohl eher auf den Namen des Reiters an ...«

Ob man nun gewann, weil man Heiko Tünnermann hieß oder weil das Pferd dreißigtausend Euro gekostet hatte – mit Reiten hatte weder das eine noch das andere zu tun. Und ich hatte sowieso keine Lust auf Turniere.

»Vielleicht reite ich lieber Western ...«, bemerkte ich. Der Rum stieg mir ziemlich schnell in den Kopf.

Arne lachte. »Dann könnte ich aber nicht mehr mit dir ausreiten. Und das wäre doch schade, oder?«

Er hatte inzwischen bezahlt, und beim Rausgehen legte er mir wie zufällig die Hand auf die Hüfte.

»Du passt auch gut auf die Isis ...«, sagte er. »Nicht zu klein, nicht zu groß ... und hab ich dir schon gesagt, dass du echt cool reitest ...«

Arne machte Hvita für mich los, was keine besondere Arbeit war. Er hatte die Ponys einfach an den Trensen angebunden.

»Du solltest beim Turnier mitmachen … mal gucken, vielleicht gibt mein Vater dir ja ein Pferd. Abends ist Party. Und vorher schrubbe ich diese vorlaute Svenja mit ihrer Lusche. Das wird ein Spaß. Wir haben auch ganz schön viele Zuschauer. Sie wird sich blamieren bis ans Ende ihrer Tage.«

Mit einem Schlag war ich wieder nüchtern – und ernüchtert. Mit Partys im Stall hatte ich nicht die besten Erfahrungen. Also sagte ich lieber nichts, als wir jetzt über romantische Waldwege zurückritten. Es machte Spaß. Aber ich musste an meinen Nachtritt mit Joker denken. Seine riesigen Bewegungen unter mir, und wie unsicher wir beide uns zunächst gefühlt hatten. Aber dann hatte es irgendwie gefunkt, plötzlich war alles gut gewesen. Zwischen mir und Hvita funkte dagegen gar nichts. Sie lief wie ein Motorrad, wechselte die Gänge, wenn ich die Zeichen richtig gab, und ließ sich auch tempomäßig gut regulieren. Ihre Persönlichkeit schien sie allerdings in der Sattelkammer an den Haken gehängt zu haben. Wahrscheinlich schlüpfte sie erst wieder hinein, wenn Arne sie freiließ.

Und Arne neben mir … er sah aus wie der Held aus einem Historienfilm, mit seinem wehenden Haar und seinen klaren Gesichtszügen. Aber er würde sich kaum auf einen »Mutter-Tochter-Reitkurs« einlassen, und sein Pferd würde er niemals »Manomops« nennen.

Etwas stimmte nicht mit mir. Ich konnte einen Superhelden haben und wollte das Monster aus dem Sumpf.

Dieses Wesensmerkmal musste erblich sein. Auch meine Mom gestand mir auf der Rückfahrt, dass sie sich trotz der Herzlichkeit der Islandpferdereiter komisch fühlte.

»Herr Schmitt – Hermann – hat mir ein Pferd angeboten. Fürs Turnier! Ich soll beim ›Damen-Tölt‹ mitreiten, die Prüfung haben sie extra für ihr Hausturnier erfunden. Es soll für jeden etwas geben. Und die Idee ist ja auch irgendwie sympathisch. Aber Turnierreiten – mit meinen paar Monaten Reiterfahrung ...«

»Mit unseren paar Monaten Reiterfahrung!«, präzisierte ich und berichtete von Arnes Idee, ich solle eine Jugendmehrgang-Prüfung mitreiten.

»Die scheinen es ganz normal zu finden, ihre Pferde zu verleihen«, überlegte ich und sagte dann etwas, das meine Mutter glücklich machte: »Also, ohne dich jetzt bauchpinseln zu wollen: Schlechter als Frau Wallmann und diese verhuschte Tante auf dem kleinen Fuchs reitest du auch nicht.«

»Ehrlich?« Meine Mom schien um einen halben Meter zu wachsen.

Aber ich hatte nicht gelogen. Im Verhältnis zu ihren neuen Freundinnen sah es geradezu lehrbuchgerecht aus, wie Mom saß und auf das Pferd einwirkte. Frau Witt hatte uns nicht viel beigebracht – aber auch nichts Falsches. Bei »Mr Blubb« lernte man hingegen eher durch Versuch und Irrtum – mal ganz abgesehen davon, dass es als Totalanfänger viel schwieriger sein musste, fünf Gangarten auseinanderzuhalten als nur drei.

»Bei den Pferden ist es aber auch nicht schwierig«, schränkte Mom mein Lob ein. »Wir sind heute zu Schmitts rübergeritten und Frau Schmitt – Petra – hat mir eine Art Einweisung gegeben. Zügel festhalten ist Stehen. Zwei Zentimeter vorgeben, Schritt, bisschen mehr vorgeben Trab oder Tölt, den genauen Unterschied habe ich noch nicht so begriffen …«

»Zum Traben musst du ein bisschen entlasten«, wiederholte ich Arnes etwas genauere Hinweise.

Mom sah mich unglücklich an. »Petra sagte dazu nur: ›Und immer schön am Zügel ziehen, sonst trabt er.‹ Weil ich doch eigentlich tölten sollte. Die Frauen tölten eigentlich nur …«

»Vielleicht stillen sie«, grinste ich. »Wiebke sagte mal, beim Trab auf einem nicht versammelten Pferd wird die Milch sauer.«

Mom kicherte. »Aber das kann doch alles nicht richtig sein«, sagte sie und wurde wieder ernst. »Und weißt du … die Pferde in der Reitschule, die waren ja zum Teil ganz schön giftig. Aber sie hatten doch so was wie Persönlichkeit. Während diese hier … die Leute putzen sie ja nicht mal richtig vor dem Reiten! Und Leckerli gibt's gar nicht. Als ich mein Pferd füttern wollte, hat Petra mich angeschrien! Sie dürfen auch unterwegs kein Gras fressen. Also in der Pause, meine ich. Und sie tun es nicht! Mein Pferd stand vorhin im ganz hohen Gras, und es hat keinen Happen genommen! Also, ich finde das unnatürlich.«

Ich nickte, konnte mir aber vorstellen, wie es dazu kam. Arne hatte seinen Isabellen vorhin rüde am Zügel hochgezogen und ihm obendrein einen Klaps auf die Nase gegeben, als er nur einen hungrigen Blick ins Gras geworfen hatte.

»Es ist jedenfalls komisch«, endete meine Mutter. »Und ich weiß nicht, ob es mir gefällt.«

Ich hatte Thorsten ja eigentlich mit Verachtung strafen wollen, aber schließlich siegte meine Neugier. Ich wollte doch wissen, wie sein erster Tag als »Westernreiter« gelaufen war, ob der Sattel passte und was Frau Witt dazu gesagt hatte. Und natürlich, ob etwas lief zwischen ihm und Svenja.

Tatsächlich traf ich die beiden noch auf dem matschigen Außenreitplatz an – und wie es aussah, hatten sie jede Menge Spaß. Hrifla stand, am sehr langen Strick angebunden, neben dem Platz und naschte am frischen Frühlingsgras. Svenja gab die Reitlehrerin und erteilte Thorsten Anweisungen, der Mano am langen Zügel um sie herumritt. Immer mal wieder versuchte er, das Pferd durch das Stangenlabyrinth zu lavieren, und die Fortschritte waren imponierend. Mano wirkte nicht mehr nervös und unwillig, sondern schaute genau hin, damit er ja nicht auf eine der Stangen trat. Immer wenn er dabei doch etwas zu schnell wurde, flöteten Thorsten und Svenja zweistimmig so was wie »Eeaasy!«

Und Thorsten thronte stolz im Westernsattel. Wenn die Reithosen, die hohen Stiefel und die Kappe nicht gewesen wären, hätte er wie ein Cowboy ausgesehen.

»Du brauchst einen Hut!«, rief ich ihm zu, woraufhin die beiden mich vergnügt begrüßten. Keine Spur von schlechtem Gewissen. Vielleicht war ich ja dumm mit meiner Eifersucht.

Hrifla kam von hinten an mich heran, stupste mich an und durchsuchte meine Hosentaschen. Zu ihr einen »Draht« zu finden, war nicht schwer, sie schaute mich aus großen braunen Augen vertrauensvoll an und war freundlich und zutraulich. Ich machte ein Leckerli locker, als sie auffordernd scharrte.

»Hör auf, Hriffie, sie nennt dich sonst ›Hinterhoftrampeltier‹!«, rügte Svenja ihr Pferd. »Lea war gerade mindestens zwei Stunden mit echten Islandpferdeleuten zusammen. Bestimmt hat sie gelernt, dass ihre Pferde zu stolz sind, um zu betteln.«

»Eher zu verstört.« Jetzt, da ich Mano sah und den plötzlich ganz anderen Ausdruck in seinen Augen, fiel mir ein, wo ich Hvitas anscheinend so gleichmütigen Blick schon mal gesehen hatte: Joker bei der »Rollkur«. In dem Moment, in dem er aufgab und sich den Kopf an die Brust reißen ließ!

Svenja sah mich anerkennend an. »Donnerwetter. Ein Nachmittag mit Arne, und du kannst immer noch denken. Wirst du das Turnier trotzdem mitreiten?«

Woher wusste sie das schon wieder? Wie sich herausstellte, hatte sie Maja »Vampirzahn« in der Stadt getroffen. Die hatte ihr – sicher in Kombination mit ein paar Prognosen bezüglich ihres eigenen Abschneidens – erzählt, dass Hermann Mom und mir Pferde anbieten wollte.

»Warum denn nicht?«, fragte ich herausfordernd. »Bis jetzt gucke ich immer nur zu. Und nun kann ich auch mal dabei sein. Vielleicht schlage ich Maja Eckzahn!«

Svenja kicherte. »Wie nennst du sie? Aber du hast recht, sie sieht ein bisschen aus wie ein Mitglied der Addams

Family. Sollte ich mir merken, ich bringe einfach etwas Knoblauch mit zur Passprüfung. Schlagen wirst du sie allerdings nicht. Du reitest bestenfalls die 2.4. Sie macht die 2.6.«

»Was für Dinger?«, fragte ich.

»Die 2.4. ist eine einfache Viergangprüfung für Freizeitreiter oder Kinder, also das, was auf normalen Turnieren so Klasse E wäre. Aber Maja war schon auf den Deutschen Jugendmeisterschaften. Sie wird eine Jugendmehrgangprüfung reiten, in der sie auch Pass zeigt.« Svenja hatte ihr Pferd inzwischen aufgezäumt und führte es aufs Viereck. »Ich reite mal die Gehorsamsprüfung durch. Da habe ich nämlich echte Siegchancen!«, erklärte sie. »Du kannst jetzt aufhören, Thorsten. War voll cool! Vor allem der Auftritt von dieser Frau Witt. Glaubst du, sie wird deinen Daddy wirklich anrufen?«

Während Svenja eine wirklich sehr schöne, harmonische A-Dressur mit ihrem Pony durchritt, berichtete Thorsten von Frau Witts Reaktion auf den Westernsattel.

»Sie hat total zu viel gekriegt. Damit will sie mich in ihrem Reitunterricht auf keinen Fall sehen! Ich würde das Pferd völlig verderben, demnächst würde es gar nicht mehr springen, es hätte ja schon neulich verweigert. Dabei hatte ich doch ›Haaalt‹ gesagt.«

Mano gründelte in Thorstens Tasche, als er das magische Wort hörte.

»Westernreiter sagen natürlich ›Ho‹«, bemerkte Thorsten. »Ich fürchte nur, das begreift er nicht mehr. Dazu muss so 'n Pferd wohl mehrsprachig aufwachsen wie die da.« Er wies grinsend auf Hrifla, deren Repertoire Stimmhilfen auf

Deutsch, Englisch und Isländisch umfasste. »Deine Freundin hat einen Fremdsprachentick. Aber sonst ist sie nett.«

Letzteres klang bewundernd. Meine Eifersucht flackerte wieder auf.

»Und Mano mag Westernreiten. Wir sind am langen Zügel ganz langsam rund ums Viereck geritten! Es war unglaublich. Zu blöd, dass ich am Samstag wieder springen muss.«

Der nächste Samstag war vollgepackt mit Turnieren und Turniervorbereitung. Am Morgen musste Thorsten ein E-Springen reiten, zum Glück auf einem Turnier in der Nähe. Ich konnte mit dem Fahrrad hinfahren.

Natürlich würde auch Joker in der anschließenden Dressur wieder starten, und ich hoffte, zusehen zu können, bevor ich zu meinem eigenen Turniertraining aufbrechen musste. Hermann Schmitt hatte am Nachmittag ein Treffen mit Unterricht bei »Mr Blubb« anberaumt. Arne hatte mich ausdrücklich dazu eingeladen.

»Ist gebongt mit meinem Dad, du kriegst Hrimnir. Der ist klasse für die 2.4. Töltet ohne Ende, da brauchst du gar nichts zu machen. Und der Trab geht auch. Meine Schwester hat mit dem schon zig Schleifen gewonnen. Hvita ist natürlich noch besser, aber an der Trense wird sie dir zu heftig, das versaut die Stilnote. Jedenfalls üben wir am Samstag noch mal. Um drei Uhr bei uns.«

Eigentlich musste das zu schaffen sein, denn Jokers L-Dressur begann um zehn. Aber diesmal sollte er auch in der M starten. Unter Lena. Das galt im Reitstall als Sensation und ganz große Chance für die zukünftige Pferdewirtin. Mit dem großartig geschulten Pferd konnte sie sich einen Namen machen. Die M begann erst um halb eins. Wenn Joker nicht unter den ersten Startern wäre, würde es knapp.

Als ich morgens in den Stall kam, um beim Zöpfeflechten zu helfen, traf ich Svenja. Sie alberte mit Thorsten herum und bürstete Manos Schweif.

»Musst du nicht dein eigenes Pferd putzen?«, fragte ich misstrauisch. Ich wusste, dass Svenja sonst den ganzen Vormittag damit verbrachte, Hrifla auf Hochglanz zu bringen, wenn ein Islandpferdetreffen anstand. Wenn sie das jetzt für Thorsten abkürzte …

Svenja schüttelte den Kopf. »Ich komme nicht zum Vereinstreffen«, erwiderte sie dann. »Dieser Thorbjörn kann mir nichts beibringen, und sonst reicht es mir auch. Es macht keinen Spaß, sich immer nur auslachen und beleidigen zu lassen. Ich werde nächste Woche starten und die Dressur gewinnen. Und im Passrennen gut durchkommen, so Epona will!« Sie warf einen flehenden Blick zum Himmel. »Und wenn Arne und die anderen mich dann mögen, ist es gut. Wenn nicht, dann nicht. Ich kann mich auch allein amüsieren!«

Vorerst schien sie sich vor allem mit Thorsten zu amüsieren. Die beiden hatten tausend Dinge, über die sie reden konnten – klar, sie hatten beide eigene Pferde. Bisher hatte ich den gnadenlosen Besitzneid von Nele und Co. nie nachvollziehen können, aber heute fühlte ich mich ausgeschlossen.

Auch bei Joker durfte ich nicht helfen. Lena bewachte den großen Braunen eifersüchtig. Anscheinend betrachtete sie ihn bereits als ihr Pferd.

Frau Müller-Westhoff schien das nicht aufzufallen. Sie begrüßte mich wieder sehr freundlich.

»Du bist wirklich Jokers größter Fan, nicht?«, fragte sie und lachte. »Und du besuchst ihn heimlich, gib es zu! Er spitzt die Ohren, wenn er dich kommen sieht. Und eben hat er sogar ganz leise gewiehert.«

Mir wurde warm ums Herz. Er hatte gewiehert! Trotz Lenas warnendem Gesichtsausdruck streichelte ich die Tapirnase. Jokers riesiger Kopf drückte sich gegen meine Brust. Wahrscheinlich hätte er viel lieber geschmust, als aufs Turnier zu gehen. Ich dachte wieder an unseren Nachtritt. Es war so schön gewesen … Aber den nächsten Nachtritt machte Thorsten wahrscheinlich mit Svenja.

Svenja und ich nahmen die Räder und strampelten schon mal los, während Thorsten und sein Vater Mano verluden.

Thorsten sagte dabei mehrmals »Easy«, was ihm verwirrte Blicke von seinem Daddy einbrachte.

Auf dem Turnierplatz – diesmal trocken – trafen wir uns wieder.

Thorsten war schon auf dem Abreiteplatz. Und begann gleich, mit Svenja zu flüstern.

»Du traust dich wirklich?«, fragte sie. »Also ich würde …«

Sie brach ab, als Thorstens Vater dazukam und letzte Anweisungen gab. An und für sich hatte er zwar nicht mehr

Ahnung vom Springen als Thorsten, aber er fühlte sich wichtig.

»Was traut er sich?«, fragte ich argwöhnisch. Svenja lachte verschwörerisch. »Wirst du gleich sehen!«, antwortete sie. »Wenn er es wirklich macht! Und wenn Mano mitspielt. Der dreht doch meistens gleich durch, wenn er auf den Springplatz kommt. Aber Thorsten hat geübt wie ein Blöder. Jeden Morgen vor der Schule …«

»Du hast dich jeden Morgen vor der Schule mit Thorsten getroffen?«, fragte ich. Das versetzte mir nun wirklich einen Stich.

Svenja nickte. »Ich habe ihm halt ein paar Tipps gegeben. Und jetzt … Gleich ist er dran … ich bin so gespannt! Ich muss zum Eingang … geh schon mal vor und such uns einen guten Platz zum Gucken!«

Ich verzog mich unwillig. Gute Plätze zum Gucken gab es reichlich. Außer Eltern, Freunden und Reitlehrern kam niemand um neun Uhr morgens auf einen Turnierplatz. So ging ich auch nicht weit – auf keinen Fall wollte ich Svenja und Thorsten aus den Augen verlieren. Glücksbringer-Küsschen vor oder nach dem Start würde ich nicht übersehen!

Svenja machte aber keine Anstalten, irgendjemanden zu küssen. Stattdessen half sie Thorsten und Mano nur auf den Springplatz. Diesmal ohne Schieben, Hauen und Stechen. Svenja griff leicht nach den Zügeln und hielt Mano die Gerte vor wie beim Üben im Labyrinth. Sie ging auch noch ein Stück mit und ließ Mano unter dem Reiter rückwärts- und seitwärtsgehen.

Die ersten Zuschauer begannen schon zu lachen und zu pfeifen, aber Thorsten schien es nicht zu hören. Schließlich ließ Svenja Mariano los, und Thorsten ritt zum Start und grüßte die Richter.

Dann galoppierte er auch an – aber gleich, nachdem er die Startlinie überschritten hatte, parierte er wieder zum Trab durch. Mano fand das äußerst irritierend. Aber er gehorchte! Und Thorsten ritt ganz locker ein paar Schlangenlinien um die ersten beiden Hindernisse. Dann hielt er an, ließ Mano rückwärtsgehen, galoppierte wieder an und nahm tatsächlich ein Hindernis. Dabei verrutschte sein Sitz, aber nach einem lang gezogenen »Haalt!« blieb Mano stehen, und Thorsten konnte sich wieder sortieren.

Irgendjemand klingelte mit einem Glöckchen. Anscheinend hatten die Richter gerade entschieden, Mano hätte zum dritten Mal verweigert. Thorsten jedoch strahlte. Er trabte wieder an, ließ Schritt gehen, galoppierte und nahm zu guter Letzt einen weiteren Hupfer. Diesmal brauchte niemand rasch das Tor für ihn zu öffnen. Thorsten und Mano hielten manierlich an und gingen im Schritt zum Ausgang. Svenja und ich rasten zu ihm.

»Das war cool!«, brüllte Svenja.

»Das war … äh …« Mir fehlten noch ein bisschen die Worte.

Thorsten rutschte vom Pferd. Er strahlte über das ganze Gesicht und versuchte, Mano, Svenja und mich gleichzeitig zu umarmen.

»Er kann anhalten!«, jubelte er. »Und traben und Schritt gehen, obwohl da Hindernisse stehen! Wir haben das die ganze Woche geübt, Lea, jeden Morgen auf dem Parcours in Wienberg. Aber im Turnier ist es ja immer noch etwas ganz anderes. Ich hatte totale Angst, dass er wieder durchdreht. Aber er ist cool geblieben! Absolut cool! Wo ist eigentlich Wiebke? Es kann doch nicht sein, dass sie das verpasst hat!« Thorsten überschüttete Mano mit Leckerbissen. »Nächste Woche reiten wir aus! Bestimmt kann ich ihn jetzt auch im Gelände kontrollieren!«

Er sagte das in meine Richtung, aber neben mir stand Svenja. Und sie hatte ein Pferd ... Bei aller Freude für Thorsten war ich ziemlich unglücklich, als ich jetzt zum Dressurplatz hinüberschlenderte, um Joker zu sehen. Sollte sich Thorsten allein mit seinem Vater herumschlagen. Bestimmt blieb Svenja dabei und leistete ihm Schützenhilfe.

Joker war mal wieder äußerst schlecht gelaunt, als ich ihm auf dem Abreiteplatz begegnete. Lena hatte ihn bereits aufgerollt, und er schwitzte, während sie ziemlich schwere Lektionen mit ihm ritt. Anscheinend bereitete sie ihn eher schon auf die M-Dressur vor als auf die L mit Frau Müller-Westhoff. Und diesmal verzog sie auch das Gesicht, als seine Besitzerin aufstieg und wieder rüde am Kandarenzügel zerrte.

Joker schien auch nicht mehr so willig wie beim letzten Mal, den ungeschickten Hilfen seiner Besitzerin zu folgen. Er trug sie zwar noch ganz ordentlich durch die Prüfung, aber er wirkte auch jetzt noch aufgerollt und gestresst, und einmal machte er sogar eine Art Seitenhopser. Schließlich wurde Frau Müller-Westhoff gerade noch Fünfte.

Lena verfolgte die Dressur eine Sitzreihe vor mir zusammen mit einem anderen Mädchen aus dem Reiterverein. Madeleine drückte ihrer Freundin Ronja die Daumen, die mit ihrem neuen Pferd Rose Garden die Prüfung gewann.

»Er lässt nach«, seufzte Lena, als Frau Müller-Westhoff

zur Platzierung hereingerufen wurde. »Ich muss ihn mir gleich richtig zur Brust nehmen, damit er in der M nicht auch so schaurig läuft.«

Thorsten hatte seine Abreibung überstanden und wirkte sogar ganz vergnügt, als er mit Svenja und Wiebke im Schlepptau zum Abreiteplatz kam.

»Dein Vater wird es überleben!«, kommentierte Wiebke den Seelenzustand ihres Schwagers. »Und letztlich hat er ja auch eingesehen, dass es besser ist, wenn das Pferd ein bisschen rittiger wird. Und so was muss man nun mal in Ernstfallsituationen üben und nicht zu Hause in der Bahn.«

»Das habt ihr ihm erzählt?« Ich musste lachen. »Aber dann erwartet er doch nächsten Sonntag wieder Höchstleistungen ...«

»Nächste Woche ist kein Springen«, entgegnete Thorsten gelassen. »Und dann den Sonntag ... Oje, der arme Joker! Lena treibt es diesmal aber heftig!«

Es war noch eine halbe Stunde bis zu Lenas Start mit Joker, und nach der L-Dressur war das Pferd zweifellos warm genug. Aber Lena ließ jetzt nichts aus, um Joker rechtzeitig »kirre« zu machen. Sie ritt enge Wendungen, Galoppwechsel und Galopppirouetten. Und sie ließ Joker dabei keine Sekunde aus der Rollkurhaltung.

Wiebke regte sich derart auf, dass sie nahe daran war, den Platzwart einzuschalten. Aber die Leute um uns herum schienen nichts dabei zu finden.

»Hyperflexion des Halses«, sagte eine Frau hinter uns ehrfürchtig. »Das Pferd ist von der Beisendorf ausgebildet.«

Wiebke schnaubte.

Svenja, die Sprachfanatikerin, runzelte die Stirn.

»›Hyperflexion des Halses‹ für ›Rollkur‹ ist so was wie ›bewaffnete Auseinandersetzung‹ statt ›Krieg‹, ja?«

Wiebke musste trotz allen Mitleids lachen. »Du bringst es auf den Punkt.«

»›Krieg der Welten‹ statt ›Paarlauf mit Aliens‹«, ergänzte Thorsten. »Die Pferde haben's echt nicht leicht mit uns!«

Aber Lena wusste genau, was sie tat. Als Joker endlich an die Reihe kam, ließ sie die Zügel lockerer und gab korrekte Hilfen, und der große Braune schwebte nur so durchs Viereck. Lenas Wertnote war himmelhoch. Sie gewann die Prüfung mit weitem Abstand und jubelte vor Freude, als man sie zur Siegerehrung aufrief. Joker galoppierte brav mit ihr um die Runde und stand dann völlig gefrustet auf dem Abreiteplatz, während Lena Hof hielt. Alle Welt gratulierte ihr, sie war plötzlich der Star des Turniers. Ich erkannte auch Heiko unter ihren Bewunderern und verzog mich schnell.

»Magst du mir helfen, Joker abzusatteln?« Frau Müller-Westhoff wartete etwas verloren mit ihrem Pferd in der Mitte der Bahn. Sie hatte Lena hier in Empfang genommen und ihr als Erste gratuliert, aber als Pferdepflegerin war sie gänzlich ungeeignet. Und Lena hatte jetzt kein Auge mehr für Joker. Ich trat dazu und streichelte seine Nase. Der Tapir regte sich nur schüchtern.

»Wir müssten ihn auch abreiben. Er hat total geschwitzt«,

sagte ich und suchte nach Leckerli. »Eigentlich hätte sie ihn trockenreiten müssen …«

Ich warf einen Blick auf die überglückliche Lena, die eben mit Heiko flirtete.

Frau Müller-Westhoff schaute auf die Reithosen, die ich jetzt schon trug. Schließlich wollte ich gleich darauf mit meiner Mom zu den Isländern.

»Wenn du Lust hast, kannst du das gern machen«, bot sie mir dann an und reichte mir ihre Kappe.

Ich sah sie ungläubig an. »Ich … soll …«

»Du brauchst keine Angst zu haben, er ist meistens ganz lieb.«

Angst? Ich hatte längst keine Angst mehr vor Joker! Aber würde er mich erkennen, würde es wieder funken wie damals beim Nachtritt?

Ich stopfte ihm einen Leckerbissen ins Maul und verstellte rasch die Steigbügel. Joker wandte sich zu mir um. Sein Hals war genauso beweglich wie seine Nase. Ich gab ihm noch ein Leckerli. Und dann ritten wir an. Ich nahm nur den Trensenzügel ganz leicht auf, um ihm ja nicht wehzutun. Am liebsten wollte ich es Thorsten nachmachen und am ganz langen Zügel reiten.

Joker machte sofort den Hals lang und trat zufrieden an. Wieder dieser unheimlich lange Schritt. Das großartige Gefühl von unglaublicher Kraft unter mir, aber doch auch von Sicherheit! Ich vertraute Joker. Und er vertraute mir. Berauscht vor Glück ritt ich zehn Minuten auf dem Abreiteplatz herum. Joker scheute jetzt nicht mehr vor dem Probesprung wie vorhin unter Lena. Stattdessen guckte er ganz vergnügt in die Menge.

Thorsten winkte mir begeistert zu und schien sich riesig mit mir zu freuen. Ich hätte die ganze Welt umarmen können.

Aber dann entdeckte uns Lena. »Frau Müller-Westhoff, wie kommt denn die Kleine da rauf? Also, wenn Sie jeden x-Beliebigen auf Ihr Dressurpferd lassen, ist es ganz normal, dass es nachlässt! Sehen Sie nur mal, wie luschig sie die Zügel hält! Komm da jetzt runter, wie heißt du … Lea. Du kannst das Pferd absatteln, aber zum Reiten suchst du dir was anderes.«

Ich seilte mich geknickt über die Joker-Westwand ab, während Frau Müller-Westhoff sich rechtfertigte. Schließlich hätte Lena das Pferd ja auch selbst trockenreiten können. Der Vorwurf saß, die angehende Pferdewirtin wandte sich wütend ab und nahm mir Jokers Zügel aus der Hand.

»Ich mach's schon gerade selbst«, sagte sie mürrisch. Joker sah mir nach und wirkte traurig.

Mein glückliches Gefühl wich ebenso überwältigendem Ärger und Eifersucht. Lena hatte ein eigenes Pferd! Sie konnte mit ihrer Stute auf Turnieren starten! Wozu brauchte sie noch Joker? Wozu brauchte sie »mein Pferd«?

Krieg der Welten

Das Training fürs Islandpferdeturnier am Nachmittag verlief ziemlich ereignislos. Ich kam tatsächlich gut mit Hrimnir zurecht, und »Mr Blubb« versicherte mir in seinem merkwürdigen Deutsch, ich brächte Hrimnirs Pep zwar nicht ganz richtig zur Geltung, aber dafür würde meine Stilnote wohl umso höher ausfallen. Arne, der mir den ganzen Nachmittag nicht von der Pelle wich, erklärte mir, diese Stilnote gebe es nur bei Kindern und Jugendlichen. Wie Erwachsene auf ihren Töltern hingen, spielte keine Rolle. Aber was das anging, war ich sowieso desillusioniert. Es würde genauso sein wie beim Stilspringen: Wer einen schnellen Tölter hatte, dem würde man auch einen guten Stil bescheinigen. Svenja dagegen würde keine Chance haben.

Wie richtig ich mit dieser Vorhersage lag, erwies sich gleich am Morgen des Hausturniers. Meine Mom und ich kamen schon früh zu den ersten Dressurwettbewerben, die hier »Gehorsamsprüfungen« hießen. Svenja sollte in der schwereren der beiden, dem »Gehorsam B« starten, und wir wollten natürlich zusehen. Außerdem planten wir, meinen Hrimnir und Moms Turnierpferd Thokkadís vor dem Start gründlich zu putzen.

Auch Thorsten war mitgefahren. »Als Turniertrottel, ich helfe beim Putzen!«, erklärte er gewichtig.

Hrimnir und Thokkadís würden Putzen nötig haben. Aber dafür brauchte man Isländer nicht einzuflechten. Sie trugen auch auf dem Turnier die Mähne offen.

Svenja hatte Hriflas weißblonde Haarpracht am Tag zuvor gewaschen, und die Mähne der kleinen Stute bauschte sich wie ein Wölkchen.

Der Islandpferdehof »Helgatter« präsentierte sich ebenfalls frisch geliftet. Alles war mit Blumen geschmückt, die Auslaufzäune neu gestrichen, die Reitplätze geharkt. Die Atmosphäre war ganz ähnlich wie auf normalen Vereinsturnieren. Eine Wiese diente als Abreiteplatz, aber Svenja tat nicht zu viel.

»Die kleine Dressur spult sie auch ab, ohne dass ich sie vorher nass reite«, meinte sie und streichelte ihr Pferd. »Aber wenn ich sie auf der Matschwiese zu lange trabe und galoppiere, macht sie sich dreckig.«

Das schien die anderen Reiter nicht zu stören. Sie tölteten eifrig um die Wiese herum. Die ersten Starter gingen auch die Dressur im Tölt an.

»Die Konkurrenz ist aber schwach«, bemerkte ich. Im B-Gehorsam gab es insgesamt nur acht Starter, darunter Arne und Maja Reißzahn. Die meisten von ihnen machten so grobe Fehler, dass selbst ich mit meiner geringen Reiterfahrung mithalten konnte. Arnes Pferd zum Beispiel absolvierte die Prüfung zwar im spektakulären Tölt, aber beim Angaloppieren sprang es jedes Mal falsch an. Maja Reißzahn verbaselte die Vorhandwendung völlig, und bei der Galopptour sprang ihr das Pferd auf der langen Seite in den Pass. Bei den anderen sah es ähnlich aus. Lediglich zwei Mädchen ritten eine annehmbare Dressur, die eine im Trab, die andere im Tölt.

Svenja war als Drittletzte an der Reihe, und für meine Begriffe ritt sie viel besser als alle anderen. Hrifla wechselte die Gangarten stets genau auf dem Punkt, ihre Zirkel waren rund, nicht eckig, die Vorhandwendung perfekt. Einmal war der Galopp ein bisschen passig, aber Svenja saß tief ein, gab Paraden, und gleich lief es runder. Die Richter mussten sehen, dass sie einwirken konnte, wie willig das Pferd und wie harmonisch dieses Paar aufeinander eingespielt war.

Aber dann kam Svenja geschlagen vom Richtertisch zurück.

»Eine 4,6!«, erregte sie sich. »Sie sagten, ich würde an und für sich ganz nett reiten, aber mir fehle der Biss, und das Pferd trete nicht richtig unter. Ich müsse mich mal tiefer reinsetzen, und insgesamt solle alles energischer aussehen. Was auch immer das heißt!«

Was das hieß, erfuhren wir gleich, als zur Platzierung aufgerufen wurde. Arne wurde überlegen Erster, Maja Zweite. Unter den Mädchen, die ohne grobe Fehler durch die Prüfung gekommen waren, wurde nur die platziert, die im Tölt geritten war. Gerade noch auf Rang fünf.

Svenja wollte sich ärgern, aber sie hatte Tränen in den Augen.

»Das ist ungerecht!«, rief sie empört. »Wir sind ordentlich geritten! Und Hrifla tritt auch gut unter, ich hab uns doch schon auf Video gesehen. Das letzte Mal kurz vor dem Umzug. Es sah absolut toll aus. Frau Maiwald meinte, wenn ich so auf einem Islandpferdeturnier ritte, würde ich gleich Deutscher Meister.«

»Die Kriterien sind da anscheinend unterschiedlich«, seufzte ich und dachte an Joker und Manomops. »Soll ich euch was sagen? Ich finde die ganze Turnierreiterei doof! Lasst uns abhauen und Möhren kaufen.«

Thorsten schien die Idee ganz annehmbar zu finden. Aber Svenja schüttelte den Kopf. Ihre Augen blitzten schon wieder. »Ich kann nicht abhauen! Alle lachen über mich! Wenn ich das Passrennen jetzt schmeiße, bin ich ganz unten durch.«

»Wenn du's verlierst, auch«, bemerkte ich.

Svenja warf ihr blondes Haar zurück wie die Rachegöttin persönlich. »Ich darf eben nicht verlieren!«

Die Passrennen starteten erst am Abend, als krönender Abschluss des Hausturniers. Vorher kamen erst die Tölt und dann die Mehrgangprüfungen. Moms Prüfung war die erste. Wir striegelten Thokkadís in Rekordzeit. Sie stand dabei ganz ruhig und zuckte nicht mal mit den Ohren. Wie ein Motorrad, das gewaschen wird.

»Das ist ein sehr hübscher Name«, äußerte sich Svenja zu der großen Falbstute. »Thokkadís, die Nebelfee.« Sie sprach den Namen aus wie ›ßokkadies‹.

»Sie ist auch ein hübsches Pferd«, meinte Mom. »Aber sie … sie redet irgendwie nicht mit mir!«

Meine Mutter wird selten rot, aber als ihr diese Bemerkung herausrutschte, verwandelte sie sich schnurstracks in eine Tomate.

»Ich meine ... sie sucht nie nach Leckerli und schaut sich nie nach mir um ...«, schwächte sie ab.

Svenja zuckte die Schultern. »Die Isländer wollen das nicht«, meinte sie. »Die Pferde sollen Respekt haben. Sie wollen keine Schmusetiere ...«

»Und was ist schlecht am Schmusen?«, fragte Thorsten und zwinkerte mir zu. Er war schon wieder außer Atem, so wild putzte er an Thokkadís herum. Meine Mom war ebenso ehrgeizig. Beide striegelten das letzte Winterhaar in Büscheln aus der Falbstute.

Svenja wusste es nicht.

»Ich glaube, die haben einfach Angst vor ihren Pferden!«, ließ sich Mom vernehmen. »Deshalb halten sie die Hotties auf Abstand. Sie befürchten dauernd, gebissen oder getreten oder sonst was zu werden. Und vor den Ausritten müssen sie sich Mut antrinken.«

»Wahrscheinlich haben sie auch Angst vor den anderen Leuten im Verein«, meinte Thorsten. »Wenn die untereinander immer so nett sind wie zu dir, Svenja ...«

Er hatte eben ein paar der Bemerkungen mitbekommen, mit denen Svenja nach ihrem verunglückten Dressurstart bedacht worden war.

Sie lächelte ihm zu. »Kann eben nicht jeder so mutig sein wie du!«, sagte sie anerkennend.

Ich spürte schon wieder Eifersucht. *Ich* hätte so etwas sagen sollen. Denn Svenja hatte recht. Thorsten hatte sich am letzten Wochenende nicht nur im Verein Wienberg, sondern in der ganzen Region unmöglich gemacht. Aber mit so etwas konnte er umgehen. Schließlich hatte er auch als einziger Junge im »Mutter-Tochter-Reitkurs« überlebt.

»Ich glaube, wenn das hier vorbei ist, suchen wir uns was anderes«, bemerkte Mom.

Aber erst hatte sie noch ihre Prüfung zu absolvieren. Und sie machte es wirklich gut. Im Grunde saß sie besser auf dem Pferd als alle anderen Reiterinnen und kämpfte auch erfolgreich mit Thokkadís' Vorwärtsdrang. Schließlich wurde sie Dritte und freute sich riesig.

Hermann Schmitt umarmte sie stürmisch, als sie nach der Siegerehrung abstieg. Sie selbst hätte lieber ihrem Pferd ein Leckerli gegeben, aber Thokkadís wollte es nicht. Das Pferd ließ gleich wieder teilnahmslos den Kopf hängen und zeigte nicht einmal Lebensregungen, als Mom hektisch versuchte, sich Hermanns Gratulationsbekundungen zu erwehren. Es sah aus, als kämpfe sie mit einem jungen Bernhardiner, der sie sabbernd ansprang. Jedes normale Pferd hätte gescheut.

»Wollen wir dann mal über den Preis reden?«, fragte Hermann schließlich. »Du siehst ja jetzt, wie umgänglich sie ist. Und wenn dann erst Lea …«

Hermann folgte meiner irritierten Mutter Richtung Ställe.

»Wollt ihr das Pferd denn kaufen?«, fragte Svenja verwundert.

Sie hatte mir Hrimnir an die Bahn gebracht, damit ich die Prüfung meiner Mom bis zum Ende ansehen konnte. Gleich danach musste ich abreiten. Der Mehrgang für Einsteiger war die nächste Prüfung.

»Thokkadís ist ganz schön teuer, ein Importpferd. Sie hat schon in Island Schleifen geholt. Eigentlich war sie als Turnierpferd für Jugendliche gedacht. Willst du …?« Svenja sah ein bisschen verletzt aus.

Ich schüttelte den Kopf. »Meine Mom wird heute ganz sicher kein Pferd kaufen«, tröstete ich Svenja. »Kann sie gar nicht, über so große Ausgaben bestimmt bei uns der Familienrat. Beschönigend formuliert für ›Das machen Mom und Dad unter sich aus‹. Und mein Papa wird garantiert keine zigtausend Euro für ein Pferd ausgeben.«

Ich kraulte Hrimnir, der mich dabei wenigstens ansah. Er war kein Importpferd, sondern in Deutschland gezogen wie Hrifla. Allerdings bemühten sich die deutschen Aufzüchter, die Pferde möglichst genauso zu erziehen wie in ihrem Herkunftsland. Man ließ die Fohlen auf großen Weiden aufwachsen und fasste sie so selten wie möglich an.

»Im Grunde werden sie nur zum Impfen und Entwurmen eingefangen«, berichtete Svenja. »Da kriegen sie natürlich Angst vor Menschen.«

Ihre Hrifla war allerdings nicht so erzogen. Sie hatte im Welshponygestüt auch Gesellschaft und große Weiden gehabt – nebenbei aber viel Kontakt mit Svenja und den Gestütsbesitzern. Svenja und ihre Freundin hatten die Jungpferde jeden Tag besucht und gekrault. Svenjas Pony mochte Menschen. Hrimnir waren sie bestenfalls egal.

Nun lenkte ich ihn neben fünf anderen Reitern auf die Ovalbahn. Es gab hier ein paar mehr Starter als in der »Töltprüfung für Damen«, deshalb bildeten wir zwei Gruppen. Die meisten meiner Konkurrenten waren Erwachsene, und zu meiner Verwunderung fast alles blutige Anfänger. Fast alle Frauen, die vorhin mit meiner Mom geritten waren, starteten auch hier, dazu ein paar ihrer Männer, die sich die schwierigeren Prüfungen noch nicht zutrauten.

Die Vorgabe, die Pferde hauptsächlich im Arbeitstempo Tölt und Trab vorzustellen, nahm niemand ernst. Die weitaus meisten ließen ihre Pferde rennen, und Hrimnir wurde dauernd überholt. Dabei pullte er natürlich, aber ich konnte ihn halten, ohne dass mein Sitz allzu sehr verrutschte. Vor allem im Tölt ist das nicht so schwierig. Wenn das Pferd nicht derart gegen den Zügel geht, dass man sich in den Stuhlsitz flüchtet oder nach vorn gezogen wird, kann man glänzen. Im Trab machte ich sicher keine so gute Figur. Hrimnir stürmte los wie wild und schüttelte mich ganz schön durch. Aber ich hatte meine Steigbügel entgegen Arnes Ratschlag etwas kürzer geschnallt als sonst, was mir das Leichttraben erleichterte. Die meisten anderen saßen den Trab aus, was noch schlimmer aussah. Schließlich wurde Tölt in starkem Tempo gefordert und ich ließ Hrimnir gehen. Er schwirrte ab wie Biene Maja, es war absolut irre. Ich muss gestehen, dass ein dümmliches Lächeln in meinem Gesicht aufging. Es ist schon ein irres Gefühl, auf einem vierbeinigen Go-Kart zu sitzen! Ich hätte es allerdings nicht »Reiten« genannt. Reiten war Paarlauf mit Aliens. Aber dies war eher ein Feeling, als würde man von Aliens entführt. Und so prickelnd der Flug in der Untertasse auch war – ich sehnte mich nach Jokers wiegendem Schritt oder Hottes lebhaftem Ohrenspiel.

Nach der Prüfung erwartete uns Arne auf dem Abreiteplatz. Er war hellauf begeistert.

»Na also, und diesmal bist du auch gar nicht so luschig

geritten! Das war cool. Wenn ihr demnächst die Thokkadís kauft, wirst du noch richtige Konkurrenz für mich!«

Letzteres klang, als glaubte er es selbst nicht. Besorgt lenkte ich Hrimnir zu Svenja und Thorsten herüber und stieg dort erst ab. Nur keine Knutschereien der Sorte Hermann riskieren!

Aber die Chance, Svenja zu ärgern, war Arne offensichtlich wichtiger, als mich anzubaggern.

»Dein Freund?«, fragte er sie mit einem abschätzigen Blick auf Thorsten.

»Mein Freund!«, blaffte ich ihn an, bemühte mich dann aber um eine Vorstellung wie unter zivilisierten Menschen. »Das ist Thorsten. Er reitet Western.«

Thorsten schien um zwanzig Zentimeter zu wachsen. Er strahlte mich an.

Arne grinste. »Na, dann wird es natürlich nichts mit gemeinsamen romantischen Ausritten. Bei einem Isländer kommt so 'n Quarterhorse nicht mit … Abgesehen von solchen Luschen wie der von Svenja. Vielleicht hält Billy the Kid sich also besser an die! Komm mit, Lea, wir gucken uns die zweite Gruppe an, und ich sag dir, wer platziert wird!«

Er winkte Thorsten beiläufig zu, und ich war so perplex, dass ich mich widerstandslos abführen ließ. Aber Arnes Erklärungen zu den Reitern in der Bahn bekam ich praktisch nicht mit. Stattdessen ärgerte ich mich maßlos. Wie hatte ich Thorsten so stehen lassen können? Warum sagte ich nicht einfach, dass wir keinen Isländer kaufen würden? Weil wir kein Geld dafür hatten und weil ich es auch eigentlich nicht wollte.

Thorsten stand mit Svenja am Rand der Ovalbahn und

sah verletzt aus. Aber er machte mir trotzdem das Victory-Zeichen, als ich zur Siegerehrung aufgerufen wurde. Ich war total gerührt und kriegte gar nicht mit, dass ich weder als Fünfte, Vierte noch Dritte aufgerufen wurde. Erst als ich nur noch mit einem einzigen anderen Reiter hinten stand – einem stark übergewichtigen Mann, der zwar lausig ritt, aber einen überragenden Tölter besaß –, begann ich, ein bisschen nervös zu werden. Aber dann wurde bereits mein Name aufgerufen – ich war Zweite. Sofort fielen mir Arnes Bemerkungen von eben wieder ein. Hrimnir war ein cooles Pferd, für Jugendkonkurrenzen gut geeignet. Aber der Fuchs des Dicken hatte in Island schon große Mehrgangkonkurrenzen gewonnen. Wenn Herrchen ein bisschen besser reiten lernte, war er ein Pferd für die Deutschen Meisterschaften. Kurz und gut: Dieses Pferd hätte man mir auch vor die Nase gesetzt, wenn ein Teddy draufgesessen hätte.

Es war kein Triumph der Reitkunst, aber ich war trotzdem stolz, als ich mit meiner silbernen Schleife an Hrimnirs Kopfstück die Ehrenrunde drehte. Im Tölt natürlich. Das Superpferd des Dicken ging dabei haltlos durch.

Auf dem Abreiteplatz wartete Hermann Schmitt. Ich duckte mich schon in Erwartung seiner Bernhardiner-Umarmung. Aber der Vereinsvorsitzende beachtete mich gar nicht. Stattdessen stürzte er sich auf den Dicken.

»Ganz großer Erfolg, Karl-Heinz! Ganz, ganz großartig! Wirst sehen, in einem Jahr reitet ihr die Europameisterschaft! Hat sich doch gelohnt, ein bisschen mehr auszugeben, nicht?«

Arne war nirgends zu sehen, wahrscheinlich bereitete

er sein Pferd für die nächste Prüfung vor. Thorsten und Svenja schlenderten, vertieft in ein lebhaftes Gespräch, um die Ovalbahn herum auf mich zu.

Ich wollte auf sie warten, aber am Eingang zum Abreiteplatz stand meine Mutter. Sie war ein bisschen blass und hatte schmale Lippen – kurz, sie sah aus wie nach jenem Elternsprechtag, an dem mein Mathelehrer mir jedes Zahlenverständnis aberkannt hatte.

»Lass uns hier ganz schnell verschwinden!«, zischte sie mir zu, als ich Hrimnir hinausführte. »Bevor sie dich auch noch bearbeiten! Du möchtest das Pony doch jetzt sicher kaufen, oder?« Sie wies auf Hrimnir.

Ich schüttelte den Kopf und überlegte, ob ich das Gespräch auf Joker bringen sollte.

»Na, immerhin etwas.« Mom atmete auf. »Ich dachte schon, ich müsste mir gleich im Auto auch noch mal anhören, was für ein schrecklicher Mensch ich bin. Unser Freund Hermann ist nämlich eben aus allen Wolken gefallen, weil ich ihm keine 20000 Euro für Thokkadís zahlen wollte. Aber Hrimnir kostet nur 15000, vielleicht wolle ich ja den. Als ich ihm dann verklickerte, ich wolle vorerst überhaupt kein Pferd, und ganz sicher kein so teures, bot er mir den kleinen Schecken, der nur Pass geht, für 5000 an. Tja, und dann sagte ich, wir wären auch noch ganz unentschlossen, ob es überhaupt ein Isländer sein soll. Woraufhin wirklich alle über mich herfielen. Wir hätten doch nun wirklich lange genug geschnuppert. Und ob es uns denn bei ihnen nicht gefiele? Und was uns an den Pferden störe und, und, und. Jedenfalls haben sie alle gedacht, dass wir uns spätestens nach dem Turnier eigene Pferde zulegen und hier voll einsteigen wollten. Jetzt gucken sie mich an, als wäre ich so was wie eine Landesverräterin. Können wir flüchten? Bevor sie uns einfangen und in ein Umerziehungslager sperren?«

Ich kicherte, schüttelte dann aber den Kopf. »Ich muss das Passrennen sehen«, antwortete ich. »Svenja braucht ein paar Fans im Publikum, sonst verzweifelt sie ...«

Mal ganz abgesehen davon, dass ich sie auf keinen Fall mit Thorsten allein unter Feinden lassen konnte!

Mom wirkte unschlüssig.

Aber dann waren Svenja und Thorsten da, und Svenja löste das Problem mit wenigen Worten: »Lea und Thorsten können doch mit uns zurückfahren.«

Mom atmete auf. »Gut«, stimmte sie zu. »Aber ich mache dich darauf aufmerksam, dass du nicht geschäftsfähig bist, Lea. Auch wenn du heute noch eins dieser Ponys anzahlen solltest, gilt es nicht. Also bleib standhaft!«

Damit war sie weg.

»Jetzt haben wir beide eine Schleife«, meinte Thorsten und wies auf mein silbernes Ding, als wir Hrimnir abgesattelt und in seinen Paddock gestellt hatten. Bis zum Passrennen waren es noch zwei Stunden. Wir strebten den Fressständen zu. »Und keiner hat sie richtig verdient.«

»Na komm, wir haben schon draufgesessen und gelenkt!«, lachte ich. »Und wir sind nicht heruntergefallen.«

Svenja sagte nichts mehr. Sie war den ganzen Nachmittag hindurch still und in sich gekehrt gewesen, während Thorsten und ich versucht hatten, den Mehrgangwettbewerben auf der Ovalbahn irgendetwas Interessantes abzugewinnen. Aber es war wie bei der Dressur – die Sieger standen von vornherein fest. Wir registrierten, wie Arne,

Maja und der Dicke von vorhin Schleifen scheffelten. Nur bei der letzten Mehrgangprüfung klappte es nicht mit Arnes erstem Platz. Er bekam seinen Isabellen einfach nicht in den Pass, das Pferd war jetzt so oft im Renntölt um die Bahn gehastet, dass es völlig durch den Wind war. Um Svenjas Mund spielte das erste Lächeln seit Stunden.

»Dann mache ich Hrifla mal fertig«, sagte sie schließlich seufzend, als das Passrennen näherrückte.

Thorsten folgte ihr zu den E-Zaun-Paddocks, die rund um die Pferdehänger aufgebaut waren. Ich suchte erst die Toilettenwagen – und musste davor endlos warten. Als ich endlich herauskam, lohnte es sich nicht mehr, Svenja und Thorsten zu suchen. Schließlich trafen sich schon die ersten Reiter vor der Passbahn. Arne schimpfte mit seiner Schwester.

»Natürlich ein Reithalfter! Das gehört auch zur Islandkandare, du Schlafmütze. Und ich wollte ausdrücklich die mit der Scharniertrense. Die hier kannst du gleich wieder mitnehmen.«

Jenny, Arnes ohnehin ziemlich schüchterne kleine Schwester, zog mit dem Gebiss ab, das sie ihm wohl eben geholt hatte. Das Ganze bestätigte meine Befürchtungen: Arne konnte sein Pferd mit der Trense nicht mehr bändigen. Aber mit der Islandkandare würde es gehen. Er würde den Isabellen in den Pass zwingen und Svenja schlagen.

Svenja kam eben zum Start und sah sehr hübsch aus auf ihrer ordentlich herausgeputzten Stute. Sie war ziemlich blass, aber sie wirkte entschlossen, und Hrifla schaute regelrecht enthusiastisch. In der letzten Woche hatte Svenja auf einem Waldweg Rennpass geübt, und das Pferd mochte die Gangart. Sonst war die kleine Stute ja eher etwas triebig, aber vor dem Start im Pass tänzelte sie sogar ein bisschen. Die Kids am Rand der Bahn taten, als ob sie ihr zujubelten. Svenja wagte ein kleines Lächeln. Aber dann erkannte sie den Spott und verschloss sich wieder.

Arne hatte mich inzwischen gesehen.

»Na, und wem drückst du jetzt die Daumen?«, fragte er spöttisch, aber dann meinte er wohl, mich trösten zu müssen. »Ich würd das übrigens nicht so ernst nehmen mit deiner Mom. Manche Eltern kriegen zuerst Angst, wenn sie die Preise hören. Aber wenn du dranbleibst, lenkt sie ein. Warum hast du eigentlich deinen Dad noch nie mitgebracht? Islandpferde sind Männerpferde, meistens sind die Väter viel schneller zu begeistern. Ich sag dir was: Ich geb dir weiter Unterricht, auch wenn ihr nicht direkt Kunden seid. Und beim nächsten Turnier reitest du meinen Rappen. Da kann nichts schiefgehen. Wenn dein Dad dann erst sieht, dass es bis zur DM reichen kann …«

Ich sah ihn an, als wäre er nicht recht bei Trost. Die Deutschen Meisterschaften! Mit einem halben Jahr Reiterfahrung! Und was hatte er da eben von »Kunden« gesagt? Hatte er mich nur zum Reiten eingeladen, damit ich seinem Vater ein Pferd abkaufte?

Ich wollte irgendetwas erwidern, aber da erschien seine Schwester mit der anderen Kandare. Ein Gebiss, wie ich es vorher noch nie gesehen hatte. Statt der üblichen Trense, deren zwei Teile in der Mitte durch ein Gelenk aus zwei Ringen verbunden waren, lag hier ein Scharnier auf der Zunge des Pferdes. Also so ein Ding, das gewöhnlich Türen und Rahmen verbindet und an dem man sich wunderbar die Finger klemmen kann, wenn man nicht aufpasst.

»Tut das nicht weh?«, fragte ich Arne beklommen. Der lachte. »Ach was. Das lässt nur das Gebiss etwas ruhiger im Maul liegen und erlaubt exaktere Einwirkung. Du weißt doch, jedes Gebiss ist nur so scharf wie die Reiterhand am anderen Ende.«

Bei einer normalen Zäumung war das sicher richtig, selbst bei der Islandkandare. Aber das hier … Mir tat die Zunge schon weh, wenn ich nur daran dachte, dass sich dieses Ding darüber schließen könnte. Dazu kam die Hebelwirkung. Wenn Arne an dieser Zäumung zog, wurde die Zunge gequetscht, die Maulwinkel wurden gespannt, und die Kette würde sich um die Kinngrube des Pferdes pressen. Und Arne würde ziehen! Ich wünschte mich plötzlich in einen dieser Filme, in denen Leute die Körper tauschen. Warum konnte die Göttin Epona Arne nicht für die Dauer der Passprüfung in sein Pferd verwandeln?

Inzwischen hatte Maja irgendetwas zu Arne gesagt, und er begann, mit den anderen Reitern zu quasseln, die auf den Start warteten. Ich sollte zu Svenja und Thorsten gehen, aber irgendetwas hielt mich hier fest. Mit klopfendem Herzen sah ich zu, wie die ersten zwei Reiter starteten, aber beide nicht in die Wertung kamen, weil die Pferde galoppierten. Eins zeigte vorher allerdings Pass in irrsinniger Geschwindigkeit. Niemals würde Hrifla so schnell rennen können. Aber es ging ja auch nicht um den Gesamtsieg. Svenja hatte nur gewettet, Arne zu schlagen.

Der Isabell stand angebunden an einem Zaun, die Islandkandare hing über einem der Pfosten. Ich sah mir das

Ding näher an, während Arne und die anderen gebannt die nächsten Reiter auf der Bahn beobachteten. Das Gebiss war aus Edelstahl, ziemlich neu. Aber die Kette hatte schon bessere Tage gesehen. Ich schwöre, dass ich nie von selbst auf die Idee gekommen wäre … aber eins der Kettenglieder war ein bisschen aufgebogen. Nur ein wenig, es würde bestimmt noch eine Weile halten. Aber irgendwann würde die Kette reißen. Womöglich, wenn Arne gerade in vollem Rennpass auf eine befahrene Straße zuhielt. Dann konnte es gefährlich werden. Wenn es dagegen hier passierte, konnte er leicht mithilfe der Mauer anhalten. So gesehen würde ich ein gutes Werk tun …

Ich warf einen kurzen Blick auf die Reiter, aber die johlten gerade laut auf, weil endlich einer der Starter in rasantem Pass über die Bahn schoss. Zunächst versuchte ich es mit dem Fingernagel. Der brach jedoch ab. Aber dann fand ich den Haustürschlüssel, den Mom mir eben noch sicherheitshalber in die Hand gedrückt hatte. Ich schob ihn in das Kettenglied und drehte ihn ein bisschen. Jetzt war es ganz leicht. Ich verbreiterte den Spalt um zwei Millimeter. Nicht mehr, das traute ich mich nicht. Epona würde also auch noch etwas tun müssen. Und vielleicht bemerkte Arne ja auch beim Aufzäumen die kaputte Kette. Dann konnte er sich bei einem der anderen Reiter eine Trense leihen. Eine normale Trense, denn niemand sonst ritt hier mit Kandare.

Jetzt startete Svenja. Sie bildete mit Maja das vorletzte Paar und musste Oberwasser haben. Bislang waren nur zwei Reiter im Pass durchgekommen. Allerdings war auch Maja eine scharfe Konkurrentin, und außerdem hatte beim

Passrennen jeder zwei Versuche. Platziert war sie also noch lange nicht.

Maja legte ihr Pferd problemlos in Pass, sie musste seit dem letzten Mal geübt haben. Aber Svenja schaffte es natürlich ebenfalls, und ihr Pony lief zur Höchstform auf. Natürlich war Hrifla nicht so schnell wie Majas Pferd, aber es sah auch nicht aus, als schleppe sie sich im »Schweinepass« über die Bahn. »Schweinepass« nannten die Islandpferdereiter den langsamen Pass ohne Flugphase.

Die Kids aus dem Verein buhten sie trotzdem aus. Vielleicht auch, weil sie Hrifla sofort ein Leckerli ins Maul steckte, nachdem diese brav angehalten hatte. Ganz einfach war das diesmal allerdings auch nicht gewesen. Selbst der sanften Stute ging das Rennen ins Blut.

Ich gesellte mich zu meinen Freunden, während sich nun Arne und der Dicke mit dem Superpferd als letztes Paar auf die Bahn begaben.

»Na, hast du ihm Glück gewünscht?«, fragte Svenja spröde.

Ich tippte mir an die Stirn. Sollte ich die beiden einweihen? Ich überlegte kurz, entschied mich dann aber dagegen. Was ich gerade getan hatte, würde ich für mich behalten.

Es schien auch gar nichts genützt zu haben. Arne und der Dicke starteten rasant im Galopp, und das Superpferd ließ sich auch dadurch nicht überzeugen, umzuspringen, dass sein Reiter wild im Sattel hin und her schwankte. Arnes Isabell sprang dagegen in den Pass, als Arne rüde am Zügel zog. Das Pferd blickte dabei fast irre, seine Augen schienen aus dem Kopf zu quellen, und es riss verzweifelt das Maul auf. Aber es ging Pass – bis das Superpferd im Renngalopp an ihm vorbeischoss. Arne musste eine Nanosekunde lang den Druck vermindert haben. Jedenfalls galoppierte sein Renner auf den letzten paar Metern der Strecke an. Obwohl die Kette hielt. Ich atmete auf. Die erste Runde ging an Svenja. Sie schenkte Arne ein fast überirdisches Lächeln. Ich sah, dass er etwas an der Zäumung verstellte.

Thorsten neben mir seufzte. »Er macht die Kinnkette noch fester. Das arme Pferd! Hast du diese Scharniertrense gesehen? Was hattest du übrigens mit dem Typen zu reden?«

Mein Herz sprang umgehend in den Rennpass. Auch Thorsten war also eifersüchtig! Sieh einer an!

»Nichts. Er wollte mich bloß noch mal überreden, mit Isländern weiterzumachen. Er würde mich auch unterrichten ...«

Ich tat, als denke ich ernsthaft darüber nach.

»Er ist verliebt in dich!«, meinte Thorsten bitter. »Er möchte mit dir in den Sonnenuntergang tölten.«

»Sozusagen!«, kicherte ich. »Aber Händchenhalten kannst du vergessen. Dafür haben die zu viel mit dem Zügel zu tun.«

Ich wies auf die Bahn, wo gerade der zweite Durchgang begann. Diesmal in der umgekehrten Reihenfolge der Ergebnisse von Durchgang eins.

Unter den ersten Startern war diesmal der Reiter von vorhin, der es beinahe geschafft hätte, seinen Renner in wahnsinnig schnellem Pass durchzubringen. Während sein Konkurrent wieder galoppierte, hielt er diesmal die Gangart – und setzte sich mit einer grandiosen Zeit auf Platz eins.

»Da tut sich noch einiges«, seufzte Svenja. Sie saß schon auf dem Pferd und wartete hinter uns auf ihren Start. Auch bei den nächsten Reitern schaffte es diesmal einer im Pass über die ganze Strecke. Es kam mir nicht sehr schnell vor, aber keiner von uns hatte den Nerv, die Zeiten zu vergleichen. Wir fieberten Arnes zweitem Versuch entgegen.

Der ritt mit verkniffenem Gesicht zum Start, neben ihm wieder der Dicke auf dem Wunderpferd. Und diesmal schien alles zu klappen. Der Isabell sprang programmgemäß in den Pass und blieb auch darin, während der Fuchs im Galopp vorbeizog.

»Das war's dann wohl …«, murmelte Svenja, als Arne das letzte Drittel der Strecke erreichte.

Aber dann schoss plötzlich Faxis Kopf hoch, als wäre eine Sicherung herausgesprungen. Das Pferd sprengte buchstäblich seine Ketten und sprang fast triumphierend in Galopp. Die kaputte Kinnkette schlenkerte nutzlos an den Gebissringen. Und Arne, völlig geschockt von der Tatsache, dass er plötzlich nur noch eine Art Trense in der Hand hielt, verpasste die Gelegenheit, sein Pferd zum Stoppen vor die Mauer zu lenken. Stattdessen rannte der Isabell kopflos durch die Zuschauermenge, die zum Glück nicht allzu dicht war.

»Tja, vor dem Stall hält der wohl nicht mehr an!«, grinste Thorsten.

Ich lachte. »Eigene Schuld, wenn man ihnen nicht rechtzeitig das Zauberwort beibringt!«

Thorsten zwinkerte mir zu. »Und ich habe mich doch wirklich gefragt, was du mit dem Typen zu bereden hattest und warum du anschließend an dieser miesen Zäumung herumgefummelt hast. Dreist, Lea! Äußerst dreist. Man könnte auch sagen, mutig!«

»Ich hab gar nichts gemacht ...«, murmelte ich. »Nur vielleicht Epona ein bisschen auf die Sprünge geholfen.«

Svenja genoss ihren Auftritt, als sie jetzt, entsprechend ihrem Rangplatz 4 nach dem ersten Durchgang, als Vorletzte an den Start ritt. Gemeinsam mit ihr startete ein sehr ehrgeiziger junger Mann, dessen Pferd schon vor der Marke zum Umspringen an Hrifla vorbeiging. Es nutzte ihm allerdings nichts, der Versuch, seine Zeit vom ersten Durchgang zu verbessern, wurde durch ein Angaloppieren zunichtegemacht. Hrifla und Svenja ließen sich dadurch aber nicht irritieren. Svenja hielt ihr Pferd diesmal fast so eisern fest wie die anderen Islandpferdereiter. Sie hätte viel schneller und durchaus im Pass durchkommen können, aber sie ritt demonstrativ Schweinepass.

»Gaanz ruhig, Hriffie!«, rief sie ihrem Pferd vergnügt zu, als sie an Maja vorbeiritt. Arne war noch nicht von den Ställen zurück, aber Maja würde es ihm erzählen. »Wir haben Zeit!«

Am Ende der Strecke machte sie das Siegzeichen zu uns hinüber, obwohl das Publikum sie ausbuhte.

Als sie zurückkam, fiel sie vor Lachen fast vom Pferd. »Arne hat die Meldung für den nächsten Wettbewerb zurückgezogen!«, kicherte sie. »Faxi ist direkt mit ihm in den Stall gerannt. Wobei das Pony auch durch die Tür passte. Aber Arne knallte ein bisschen gegen den Balken darüber und ist nun leicht verbeult. Ich wäre zu gern dabei gewesen! Oh Mann, schade, dass insgesamt sechs Leute im Pass durchgekommen sind, sonst hätte ich glatt noch eine Schleife gekriegt! Ich glaub, die hätte ich mir eingerahmt!«

Wir feierten das Ganze am Getränkestand, und Svenja führte uns vor, dass Hrifla Cola aus der Flasche trinken konnte. Bisher hatte sie solche Tricks im Islandpferdeverein nie gezeigt, aber jetzt war es ihr egal, und wir lachten uns fast kaputt. Inzwischen war das letzte Passrennen auch vorbei, und die Siegerehrung fand in der Mitte der Ovalbahn statt. Aber irgendwie kam sie nicht recht in Gang.

»Nummer 25! Bitte zur Platzierung in die Bahn! Nummer 25! Passrennen … das ist … Moment mal …«

Der Sprecher suchte die Namensliste durch, aber Thorsten warf bereits einen Blick auf die Startnummer an Hriflas Kopfstück.

»Das bist du, du Transuse!«, brüllte er Svenja an. »Irgendwie bist du doch platziert! Nun nimm dem Pferd schon die Flasche weg und mach!«

Wir schoben Hrifla rasch die Trense ins Maul und Svenja in den Sattel, wobei wir wild winkten, damit die Richter bloß nicht irgendeinen Reservesieger kürten.

Schließlich trabte Svenja in die Bahn, und die Siegerehrung konnte mit dem fünften Platz beginnen. Auf genau dem war sie gelandet.

»Dann … dann war ja noch einer langsamer als ich?«, sagte sie verwirrt zu dem Richter, der ihr gratulierte und die grüne Schleife an Hriflas Kopfstück befestigte.

»Sieht so aus«, entgegnete der Mann desinteressiert.

»Aber die Zeiten waren alle nicht meisterschaftsverdächtig. Die besten Pferde sind galoppiert.«

Svenja konnte nicht an sich halten. »Dann hatten sie wohl nicht die besten Reiter!«, sagte sie ruhig und schob Hrifla das nächste Leckerli ins Maul.

Begegnung der dritten Art

Am nächsten Morgen stand ich vor dem Spiegel und prüfte mein Gesicht auf Alterungserscheinungen infolge permanenten Schlafmangels. Ich war fast erleichtert, als ich nach wie vor Pickel anstatt Falten entdeckte, aber das mochte daran liegen, dass ich um sieben Uhr morgens meistens noch halb blind bin.

Meiner Mom ging es diesmal allerdings auch nicht anders. Schließlich stand heute kein pferdiger Termin an, sondern einfach ein »Familiensonntag«, und das Ziel hatte obendrein mein kleiner Bruder aussuchen dürfen. Unterstützt von meinem Papa hatte er sich für eine Spielzeug- und Modellbauausstellung in Düsseldorf entschieden – mit Flohmarkt, weshalb die zwei unbedingt vor Tau und Tag da sein wollten, damit die besten Stücke nicht schon weg waren. Die männlichen Mitglieder meiner Familie stehen auf Bonsai-Eisenbahnen und -Flugzeuge, sie können stundenlang mit leuchtenden Augen zugucken, wie so eine Minilok im Kreis fährt. Mom und ich begeistern uns dafür nur begrenzt, aber ab und zu müssen wir mit. Jonas, mein Bruder, ratterte die ganze Fahrt hindurch die Namen und Modellnummern der Loks und Anhänger herunter, die er unbedingt noch »brauchte« und auf dem Flohmarkt zu erstehen hoffte. Mein Dad träumte von irgendwelchen antiken Stücken, was klang, als könnte da die Modelleisenbahn von Alexander dem Großen zum Verkauf stehen. Mom und ich waren fast froh, als wir endlich die Messehallen erreichten und die zwei sich mit Gleichgesinnten austauschen konnten. Desinteressiert wanderten wir zwischen Plastik-Winzdörfern und Papplandschaften herum, durch die sich Schienenstränge wanden. Mom erwachte nur einmal zum Leben, als wir einen Stand mit sündhaft teuren Plastikpferdchen passierten, die verschiedene Rassen verkörpern sollten. Anscheinend gab es Menschen, die so etwas sammelten.

»Rocky Mountain Horses!«, jubelte meine Mutter beim Blick auf einen unscheinbaren Plastikbraunen. »Das sind die Pferde, von denen ich dir erzählt habe. Auf denen dieser Amerikaner unterrichtet …«

Seit gestern strich Mom wieder mal Reitangebote in Freizeitreiterzeitschriften an, und das Angebot »Reiten mit allen Sinnen – Erspüren Sie das Wesen des Pferdes!« gefiel ihr aktuell am besten. Der Anbieter hatte Rocky Mountain Horses und präsentierte sie mangels aufregenderer Locations im Weserbergland. Mom hatte vor, ihn gleich nächste Woche anzurufen.

Vorerst kaufte sie allerdings kein Plastikhotty, und auch Dad wurde nicht fündig. Nur Jonas gab sein gesamtes Taschengeld aus.

Am späten Nachmittag waren wir wieder zu Hause, und normalerweise hätten wir uns jetzt einem Gesellschaftsspiel gewidmet oder einen Film gemeinsam angesehen. Die männlichen Mitglieder der Familie waren allerdings nicht zu halten. Die frisch erstandenen Loks sollten heute noch zur Schiene gelassen werden. Jedenfalls verzog sich Mom aufatmend zu ihren Pferdezeitschriften, und ich radelte zum Reitstall. Vielleicht würde ich ja Thorsten treffen oder wenigstens Joker kurz Hallo sagen können. Der wieherte neuerdings, wenn ich in seinen Stall kam. Nele quietschte sofort los, das sei eine Liebeserklärung. Dabei guckte sie so verklärt, als schaute sie eben »Titanic« mit Joker und mir in den Hauptrollen. Aber ich würde mich nicht von Gefühlen überwältigen lassen. Unzweifelhaft galt das Wiehern weniger mir als den Leckerli in meiner Tasche!

Heute Nachmittag traf ich allerdings beide nicht an. Weder Thorsten noch sein Fahrrad waren zu sehen, und Joker stand nicht in seiner Box. Ihn fand ich jedoch schnell in der großen Reithalle – und auf den Rängen die Crème de la Crème des Reitervereins Wienberg.

Frau Witt, Lena, Ronja, Madeleine und sämtliche Dressurreiter starrten wie gebannt in die Reithalle, wo die große Carina Beisendorf Frau Müller-Westhoff eine Reitstunde gab.

Als ich hereinkam, ließ Letztere allerdings gerade entmutigt die Zügel los und wandte sich verzweifelt an die Lehrerin. »So stark annehmen kann ich die Zügel einfach nicht … er zieht derart dagegen … und Sie sehen doch, wie er buckelt!«

Joker ergriff die Chance, sich umzusehen, und stieß ein jubelndes Wiehern aus, als er mich im Hallenvorraum erkannte.

Alle wandten mir die Köpfe zu. Ich zog meinen ein. »Wie süß!«, quietschte es aus der hintersten Ecke der dritten Reihe. Nele. Ich hätte es mir denken können. Sie hatte einen sechsten Sinn für besondere Ereignisse im Reiterverein Wienberg. Oder wohnte sie einfach hier?

»Sie sollen ja auch mit Kreuz und Schenkeln einwirken und kräftig treiben!«, belehrte Frau Beisendorf ihre Schülerin – eine Auskunft, die ihr Honorar bestimmt nicht wert war. Schließlich predigte Frau Witt genau das Gleiche.

»Aber so viel Kraft habe ich nicht!«, jammerte Frau Müller-Westhoff. »Er zieht mich weg …«

Wie um das zu beweisen, trabte sie wieder an und versuchte, Joker nach Lenas Vorbild aufzurollen. Aber der große Braune schien langsam genug davon zu haben. Er buckelte verärgert. Frau Müller-Westhoff fiel fast herunter.

»Er hat die Nase voll«, wisperte mir Nele zu. »Sie machen das seit zwei Stunden! Frau Müller-Westhoff soll das mit der Hyper… Hyperflex… also dieser neuen Methode, Dressurpferde zu trainieren, endlich lernen. Aber sie packt es nicht. Es ist genau wie bei Ronja. Die hat es ja auch nicht hinbekommen …«

Ronja Tünnermann war Jokers Vorbesitzerin, und auch mit ihr hatte er mehr oder weniger gemacht, was er wollte. Nele führte das auf mangelnde Reitkunst zurück. Thorsten eher auf mangelnde Muskeln. Seiner Ansicht nach brauchte man weniger Reitunterricht als Bodybuilding, um Pferde auf diese Art zu trainieren. Nun zeigten zwar weder Frau Beisendorf noch Lena dicke Muskelpakete, aber Lena war zweifellos stark. Ich hatte ihr einmal beim Heupacken zugesehen und schon vom Zugucken lahme Arme bekommen.

Frau Müller-Westhoff versuchte es jetzt mit vermehrtem Sporeneinsatz, aber auch dagegen wehrte sich Joker.

Frau Beisendorf seufzte. »Vielleicht versuchen Sie es vorerst mit Schlaufzügeln«, schlug sie vor. »Kann vielleicht mal jemand …«

Nele sprang diensteifrig auf, um die Schlaufen zu holen. Sie wurden vom Sattelgurt durch die Trensenringe in die Hand des Reiters geführt und wirkten wie eine Art Flaschenzug. Genauso unfair wie Arnes Scharnierkandare.

Frau Müller-Westhoff war auch nicht begeistert. »Aber davon wird er doch nur noch wehriger«, widersprach sie. »Und im Turnier darf ich sie sowieso nicht benutzen. Wie sieht denn das aus, wenn ich auf dem Abreiteplatz Zwangsmittel einsetze!«

»Was zählt, ist der Eindruck in der Prüfung, nicht der auf dem Abreiteplatz«, belehrte sie Frau Beisendorf. »Da regen sich immer ein paar Leute auf, das hat nichts zu bedeuten.«

Nele half, die Schlaufzügel einzuschnallen.

»Und wenn man es nun anders versucht?«, fragte Frau Müller-Westhoff. »Lachen Sie mich nicht aus, aber ich habe gelesen, dass Pferde umgänglicher werden, wenn man ihnen ein bisschen mehr Freiheit lässt. Wenn er jetzt zum Beispiel Weidegang bekäme …«

»Was hat das denn damit zu tun?«, fragte Frau Beisendorf und befahl ihr ungeduldig, wieder anzureiten. Mit den Schlaufzügeln klappte es jetzt. Joker gab auf und ließ sich den Kopf auf die Brust ziehen. Er schlich aber nur traurig dahin, ein Schatten seiner selbst.

Trotzdem war Frau Beisendorf zufrieden. »Das üben Sie jetzt erst mal eine Woche!«, erklärte sie Frau Müller-Westhoff, als sie die Stunde beendete. »Und die Bereiterin kommt ja auch regelmäßig drauf, nicht? Kneten Sie ihn ordentlich durch, Lena! Dann arbeiten wir am nächsten Sonntag am Ausdruck und am richtigen Treiben.«

»Kommt sie jetzt jeden Sonntag?«, erkundigte ich mich bei Nele. »Das muss doch ein Vermögen kosten!«

Nele nickte. »Aber gestern hat Joker das Turnier in Münster total versägt. Dabei war es so eine Riesenschau, Qualifikation für irgendwas. Bei Lena hat er zwar halbwegs funktioniert, aber bei Frau Müller-Westhoff ist er in der Prüfung glatt abgeschrammt, als sie ihm die Zügel zu locker ließ. Und dann das Gleiche noch mal mit Lena in der Ehrenrunde. Da war sie zwar schon platziert, aber peinlich ist es ja doch, wenn der Dritte in der M-Dressur wie ein Rodeopferd über den Platz buckelt. Lena soll heruntergefallen sein! Jedenfalls hat Frau Müller-Westhoff die Beisendorf angerufen und vergoldet ihr jetzt die Sonntagnachmittage. Wochentags hat sie nämlich keine Zeit. Und sonntags auch nur, wenn sie nicht selbst auf dem Turnier ist.«

Joker streckte sich aufatmend. Ich stellte mir vor, wie man sich fühlte, nachdem man zwei Stunden mit total überdehntem Rücken Sport getrieben hatte. Bestimmt wäre er jetzt dankbar für ein paar Trostleckerli. Im Moment war im Stall aber noch ein bisschen zu viel los, also schaute ich erst mal bei Manomops vorbei.

»Wo ist denn dein Herrchen heute?«, fragte ich ihn und gab ihm eine Möhre.

»Thorsten ist auf dem Turnier!«, verriet mir Nele mit scheinheiligem Lächeln. »Zusammen mit diesem Pony-Mädchen. Wusstest du das nicht?«

Ich knirschte mit den Zähnen. »Das Turnier war gestern«, erklärte ich ihr genauso freundlich. »Ich bin übrigens Zweite im Viergang geworden. Und meine Mutter Dritte im Tölt.«

Nele gratulierte mir mit Haifischlächeln. »Aber heute Morgen sind Thorsten und sein Vater wieder mit dieser Svenja losgefahren«, verriet sie mir. »Und sie haben was von ›Turnier‹ gesagt. Bestimmt. Ich hab mich schon gefragt, wo sie hin sind. Hier im Umkreis läuft doch dieses Wochenende gar nichts. Aber vielleicht wollten sie ja nach Münster, das S-Springen angucken.«

Thorsten und Svenja beim S-Springen? Ohne mich? Wütend und enttäuscht wanderte ich zu Joker hinüber. Sein Wiehern war diesmal geradezu ohrenbetäubend. Und dabei war Frau Müller-Westhoff noch da. Sie stritt sich mit Lena und Frau Witt. Joker scharrte mit dem Huf auf dem Boden.

Beide schauten mich an, und ich wurde rot.

Lena blickte missbilligend, aber Frau Müller-Westhoff lächelte. Und dann blitzte es in ihren Augen auf, als hätte sie gerade eine geniale Idee.

»Anscheinend hast du hier einen Fan!«, bemerkte sie und zeigte auf ihr Pferd. »Das macht mich ganz eifersüchtig. Mich begrüßt er nie so!«

Vielleicht sollte sie mal aufhören, ihn mit Sporen zu stechen und sein Maul mit Schlaufzügeln zu traktieren.

»Ich reite ihn ja auch nicht.« Das konnte ich mir einfach nicht verkneifen. »Ich besuche ihn nur so.«

»Nun fang du nicht auch noch an!«, seufzte Lena. »Frau Müller-Westhoff, es liegt nicht an mangelnden Freizeitangeboten, wenn das Pferd nicht funktioniert! Sie müssen es nur richtig reiten. Das ist nun mal kein Kuscheltier. Joker hat das Potenzial für den ganz großen Sport, und so will er auch angefasst werden!«

»Will er?«, fragte Frau Müller-Westhoff leise, und es war fast so, als sähe sie endlich Jokers wunde Maulwinkel und sein missmutiges Gesicht. Allerdings war es nur ein kurzes Aufblitzen von Erkenntnis. Gleich darauf wurde sie wieder nüchtern, und der Schleier von goldenen Schleifen zog vor ihr inneres Auge. Dennoch gab sie nicht vollkommen auf.

»Etwas mehr Bewegung könnte ihm doch kaum schaden, oder, Lena? Inzwischen lassen ja sogar Olympiareiter ihre Pferde manchmal auf die Koppel. Ein bisschen Weidegang … gerade, wenn es jetzt Sommer wird …«

»Und wer bringt ihn andauernd rein und raus?«, fragte Lena. »Das stört den Betrieb, Frau Müller-Westhoff. Von der Putzerei mal ganz abgesehen. Ich würde die doppelte Zeit brauchen, ihn vor dem Beritt fertig zu machen, wenn er sich draußen im Matsch wälzt.«

»Das ginge nur gegen einen ziemlichen Aufpreis.« Das war Frau Witt. In ihren Augen standen Dollarzeichen. Natürlich würde sie das Pferd auf die Weide stellen – oder besser stellen lassen, für solche Dinge gab es ja Nele und Co. Aber sie würde Geld dafür kassieren.

Frau Müller-Westhoff schaute prüfend von Reitlehrerin zu Bereiterin. Sie war sicher willig, sich Joker etwas kosten zu lassen. Aber sie war auch nicht dumm. Schließlich lächelte sie. »Ich weiß, dass Weidegang dreißig Euro mehr kostet, der kleine Thorsten mit seinem Mano …«

»Mariano«, ergänzte Frau Witt.

»Manomops«, rutschte es mir heraus.

Frau Müller-Westhoff lachte. »Der hat es mir jedenfalls erzählt. Und auch, dass sein Pferd viel ruhiger ist, seit es täglich herauskommt. Er macht das natürlich selbst. Um ein Pferd rein- und rauszuführen, braucht man ja keinen Profi.«

Sie wandte sich mir zu. Mit einem freundlichen, aber auch etwas scheinheiligen Lächeln.

»Wie wär's denn mit dir? Hättest du nicht Lust, Joker vor der Schule auf die Koppel zu bringen und hinterher eben überzuputzen?«

Nele, die mir gefolgt war, schaute mit offenem Mund zu uns herüber. Man bot mir da eben ihren Traumjob an. Ein Privatpferd zum unbegrenzten Pampern. Genau den Job, den ich nie gewollt hatte! Jeden Tag früh aufstehen, vor Tau und Tag im Mist wühlen und nach der Schule gleich wieder in den Stall. Und dann ein Foto von dem Pferd in die Schultasche legen und dauernd jaulen, wie »verliebt« man sei ... Ich schüttelte mich. Nein, ich wollte kein Nele-Klon werden. Ich nicht!

Joker gab eine Art Blubbern von sich und scharrte wieder. Dabei sah er mich auffordernd an.

»Du würdest dir auch ein paar Euro dabei verdienen«, meinte Frau Müller-Westhoff.

Alle sonstigen Anwesenden schnappten nach Luft.

»Ach, das machen diese Mädchen doch umsonst ...«, bemerkte Frau Witt abfällig. »Die sind da ganz wild drauf.«

Frau Müller-Westhoff runzelte die Stirn. »Aber dann könnten Sie es doch eigentlich allen Privatpferdebesitzern kostenlos anbieten, oder?«, regte sie an. »Wenn es Ihre Schülerinnen glücklich macht ...« Sie schenkte der Reitlehrerin ein unschuldiges Lächeln und wandte sich dann wieder an mich. »Ich verlange jedenfalls nichts umsonst. Von mir aus könntest du das Pferd auch einmal in der Woche reiten, aber das erscheint mir zu gefährlich. Joker ist ganz schön eigen, hast du ja gesehen. Aber an der Hand … ihr scheint euch doch zu mögen …«

Ich war inzwischen einen Schritt näher getreten, und Joker fuhr die Tapir-Teleskopnase aus.

»E. T. …«, murmelte ich und zog ein Leckerli hervor. Joker kaute vergnügt.

»Okay, ich mach's!«, sagte ich dann. Wie war das noch mit Persönlichkeitsveränderungen nach »Begegnungen der dritten Art«?

Ich redete mir ein, dass es nur mit dem Geld zu tun hatte. Dies war schließlich so eine Art Job …

Frau Müller-Westhoff strahlte. »Das freut mich. Komm, ich zeige dir alles. Wie heißt du überhaupt? Kannst du bandagieren? Vielleicht sollten wir ihn am Anfang nicht so ganz … äh … nackig auf die Weide lassen … Und vielleicht schicken wir ihn auch gleich noch eine Stunde raus. Ich meine … es ist so ein schöner Abend!«

Bei den Isländern war das verbotene P-Wort »Pony«. Bei mir war es bislang »Pflegepferd« gewesen. Diesen Nele-Slang hatte ich bisher gemieden wie die Pest. Auch jetzt gab ich mir große Mühe, die Sache für meine Mutter zu umschreiben. Die war dennoch entzückt. Ich hatte sie angerufen und musste jetzt das Handy rasch vom Ohr wegreißen, weil sie derart schrill hineinquietschte.

»Ein Pflegepferd!«, begeisterte sie sich. »Oh, Lea, davon habe ich in deinem Alter geträumt! Und dabei tust du immer so, als ob dir die Pferde eigentlich egal sind! Welches ist es denn? Dieses Riesenross? Na ja, du hast es dir ja nicht ausgesucht. Es ist auf jeden Fall ein Einstieg … Klar kannst du noch im Stall bleiben! Ich kann dich nachher auch abholen …«

Mom kriegte sich kaum wieder ein. Und ich meinte fast, etwas wie Neid in ihrer Stimme mitklingen zu hören. Womöglich stellte sie sich gleich morgen mit Nele zum Stallmisten an …

Go West!

Über die Sache mit Joker hatte ich Thorsten beinahe vergessen. Aber natürlich nagte die Geschichte mit ihm und Svenja doch an mir. Schließlich hatte ich genug Zeit, darüber nachzudenken, während ich Joker auf der Weide beobachtete. Er trabte halbherzig ein paar Runden. Nach der Mammutreitstunde am Nachmittag war er müde. Dann wälzte er sich ausgiebig und machte sich schließlich über das Gras her. Als ich ihn nach einer halben Stunde einfing, sabberte er grün. Das Ende meines ehemals hellblauen T-Shirts.

Ich wickelte die Bandagen auf und verstaute Jokers Halfter in Frau Müller-Westhoffs Schrank, als ich vergnügte Stimmen aus der Stallgasse hörte. Irgendjemand sang laut und falsch »Go West!« und lachte sich dabei fast kaputt.

Thorsten und Svenja. Alles andere als schuldbewusst. Na ja, sie konnten ja auch nicht wissen, dass ich hier war.

Am besten zeigte ich mich gar nicht. Oder doch? Verdammt, ich hatte schließlich nichts zu verbergen!

Ich trat auf die Stallgasse.

Thorsten schenkte mir sein Leuchtturmstrahle-Lächeln. »Da bist du ja, Lea! Wir waren erst bei dir zu Hause, aber deine Mutter sagte, dass du hier bist.«

Sowohl Thorsten als auch Svenja trugen riesige Cowboyhüte – er einen braunen, der ihm erstaunlich gut stand, und sie einen dunkelgrünen, der sich schaurig mit ihren blauen Augen biss. Außerdem hatte Thorsten lederne Überzieher über seine Jeans gezogen. Chaps nennt man die, und sie sind ein Muss beim Westernreiten. Allerdings ziemlich teuer. Wo mochte er sie herhaben?

»Darf ich mich vorstellen?«, fragte Thorsten lachend und zog seinen Hut vor dem fast etwas erschrockenen Mano. »Thorsten the Kid! Also, das ist jetzt mein vorläufiger Künstlername …«

»Wie Manomops«, bemerkte ich gallig. »Da werden wir noch nachschlagen müssen, was es auf Englisch heißt …«

»He, bist du schlecht gelaunt?«, fragte Svenja. »Dabei haben wir dir etwas mitgebracht, wir …«

»Ist ja sehr nett, dass ihr an mich denkt, wenn ihr ohne mich auf irgendein Turnier fahrt«, unterbrach ich sie und griff zum Stallbesen. An der Stallgasse konnte man sich wunderbar abreagieren. »Und schön, dass ihr euch gut amüsiert habt. Ich dachte bis jetzt eigentlich, Thorsten wäre mein Freund, aber wenn sich da was geändert hat …«

Eigentlich wollte ich cool bleiben, aber jetzt stiegen mir Tränen in die Augen. Ich hätte mich ohrfeigen können!

Svenja schaute ganz betroffen. Thorsten zunächst auch. Aber dann grinste er.

»Sie ist eifersüchtig! He, Svenja, sie ist eifersüchtig! Sie ist richtig verliebt in mich!«

Thorsten the Kid führte eine Art Indianertanz auf und trampelte dabei den Dreck fest, den ich eben aus Jokers Hufen gekratzt hatte. Irgendwie steckte er wohl noch in einer Identitätskrise.

Svenja dagegen guckte unglücklich bis schuldbewusst. »Oh, Lea, das wollte ich nicht! Ganz bestimmt nicht! Und wir haben dich auch angerufen. Heute Morgen um halb neun, aber es ging keiner ran. Und dann fiel Thorsten ein, dass ihr heute ja so was wie Familientag macht. Deshalb haben wir es auf dem Handy nicht mehr versucht ...«

»Wo wart ihr denn überhaupt?«, fragte ich grimmig. »Nele hat mir mit strahlendem Lächeln und ohne jeden bösen Hintergedanken verklickert, ihr wärt zusammen zum Turnier gefahren. Aber hier war gar keins. Also ...«

»Wohl war eins! In Düsseldorf!«, verriet Svenja. »Aber ich hab's erst heute Morgen gelesen. Total blöd, die Ankündigung stand in jeder Pferdezeitschrift. Aber bis gestern habe ich irgendwie nur im Zweitakt gedacht. Pass und Pass und noch mal Pass. Heute Morgen bin ich dann aufgewacht ...«

»Ach?«, bemerkte ich, immer noch ziemlich kühl. Thorsten grinste.

»Nun sei doch nicht so, Lea!«, flehte Svenja. Dann erzählte sie weiter. »Jedenfalls war an diesem Wochenende in Düsseldorf ein großes Westernturnier. Und ich dachte, Thorstens Vater müsste das einfach mal sehen. Also hab ich Thorsten angerufen ...«

»Und mein Dad war auch gleich ganz angetan«, fügte Thorsten hinzu. »Kann er schließlich rot im Kalender anstreichen, wenn ich mal zu einem Turnier will ...«

»Ihr seid also nach Düsseldorf gefahren«, versuchte ich abzukürzen. »Und, was habt ihr gesehen?«

Thorsten schenkte mir einen Blick, der fast verklärt wirkte.

»Männer!«, sagte er dann. »Unheimlich viele Männer!«

Ich muss ziemlich verdattert geguckt haben, denn Svenja schüttelte mich.

»Mensch, Lea, kapier doch! Warum wollte sein Daddy unbedingt, dass Thorsten Sport treibt? Damit er sich wie ein richtiger Junge benimmt! Aber kaum prügelt man Thorsten aus dem Fernsehsessel, da sucht er sich eine Mädchensportart. Also hat Daddy das Springpferd gekauft. Damit Sohnemann wenigstens solchen Affen wie Heiko Tünnermann und Arne Schmitt nacheifert! Aber was macht er? Zauberworte lernen. Fehlte nur noch, dass er einen Druidenkurs belegt. Daddy war so was von sauer, du hättest ihn auf der Fahrt mal hören sollen. Es war kaum auszuhalten! Aber dann betraten wir die Halle in Düsseldorf … und um uns herum waren Männer! Massenhaft Männer. Die große Mehrheit der Starter. Die meisten Verkäufer an den Ständen …«

»Und keine ›Altherrenabteilungen‹!«, fügte Thorsten hinzu. »Keine Kuchenstände, keine Turniermuttis … Dad hatte in fünf Minuten Gesprächspartner und begeistert sich jetzt für Quarterhorses. Tja, und Manomops …«

»Pug«, bemerkte Svenja. Der Sprachcomputer in ihrem Kopf hatte das englische Wort für »Mops« in irgendeiner abgelegenen Gehirnwindung aufgetan. »Man-O-Pug!«

Diesmal lachte ich mit.

Thorsten wollte seine Neuigkeit jetzt aber endlich loswerden. »Mano und ich gehen nächstes Wochenende auf unseren ersten Reitkurs. Der Hof ist gar nicht so weit weg, irgendwo in den Rheinauen. Der Besitzer heißt Jerry Altdorf und hat zig Titel im Westernriding. Jetzt unterrichtet er hauptsächlich und züchtet Quarters. Das nötige Outfit haben wir auch gleich gekauft!«

Thorsten drehte sich eitel in seinen neuen Chaps und zog den Hut diesmal vor mir. Dann setzte er ihn wieder auf und nahm Svenja das grüne Teil vom Kopf.

»Hier, und der ist für dich!«, erklärte er. »Svenja meint, ihr hättet die gleiche Kappengröße, da hat sie ihn für dich anprobiert.«

Die Schmetterlinge in meinem Bauch wussten nicht recht, ob sie ein vergnügtes Rodeo aufführen oder sich gerührt zu einem Kloß in der Kehle zusammenrotten sollten.

Auf jeden Fall setzte ich erst mal den Hut auf, und Thorsten und Svenja johlten gleichermaßen: »Cool!«

Thorsten guckte richtig bewundernd, und ich musste schnell zum nächsten Spiegel, um mich selbst davon zu überzeugen. Ich fand ihn in der Reithalle, wo Ronjas Pferd gleich vor mir scheute. Aber der Hut stand mir super. Ich sah aus wie ein Cowgirl!

Und Joker hatte Rodeo-Ambitionen. Ich musste lachen, wenn ich daran dachte, wie er Lena nach der M-Dressur heruntergebuckelt hatte. Das passte jedenfalls!

»Ich muss euch auch noch was erzählen!«, meinte ich dann. »Guckt mal!«

Ich nestelte mein Handy heraus und zeigte den beiden das erste Foto, das ich vorhin von Joker gemacht hatte.

Thorsten konnte es kaum glauben, als ich von meinem Pfle … – äh, von meinem neuen Job erzählte.

»Du wolltest so was doch nie machen!«, wunderte er sich. »Hast du nicht immer über Nele gelästert?«

Ich lächelte etwas verschämt. »Die Aliens haben mich einfach entführt und mir diesen Chip eingepflanzt …«, verteidigte ich mich scherzhaft. »Sie wollen die Welt erobern, und mit den Weiden hier fangen sie an.«

Thorsten lachte. »Dann werden wir von jetzt an die Ranch unterwandern!«, verkündete er dann. »Morgen dringen wir mit unseren Mustangs in die geheiligten Weidegründe der Wittetous ein und beschießen ihre Verteidiger mit Strahlenpistolen …«

Ich lachte, als Thorsten mich zu sich heranzog und mir einen Kuss gab. Aber gleichzeitig knuddelte mich jemand von hinten. Jokers Tapirnase schnappte wieder zu.

Ich schob ihn sanft weg. »Sei bloß nicht eifersüchtig!«

Anmerkung der Autorin:

In diesem Buch werden einige Tricks und Techniken angewandt, um ein heftiges Pferd rittiger zu machen. Sie funktionieren auch durchweg, vom Zauberwort bis zur Bodenarbeit. Allerdings geht es in der Regel nicht so schnell wie hier geschildert. Wer es nachmachen will, sollte auf jeden Fall einige Wochen, nicht nur ein paar Tage Training einrechnen.

Dr. Christiane Gohl wurde 1958 in Bochum geboren. Nach einem Pädagogik- und Psychologiestudium war sie zunächst als Werbetexterin und Reiseleiterin tätig, dann als Journalistin und Fachautorin zum Thema Pferde und Reitsport. Seit ihrem zehnten Lebensjahr beschäftigt sie sich mit Pferden und reitet in verschiedenen Disziplinen. Pferdefreundliches Reiten und artgerechte Haltung sind ihr dabei besonders wichtig. Mit ihren fundierten Sachbüchern und Romanen avancierte sie in kurzer Zeit zu einer Bestsellerautorin der Pferdebuchszene. Christiane Gohl lebt seit einigen Jahren in Spanien, wo sie sich ihren Lieblingstieren widmet.

Frei wie der Wind

Sarah Lark
DREAM - FREI
UND UNGEZÄHMT
416 Seiten
ISBN 978-3-414-82507-0

Sarah ist mit ihren Eltern nach Neuseeland gezogen. Traumland hin oder her: Anfangs vermisst sie ihr altes Zuhause, ihren Reitstall und vor allem ihr Pflegepferd. Sie fängt erst an, sich für ihre neue Heimat zu interessieren, als der Junge Lucas ihr die Wildpferde in den Kaimanawa-Bergen zeigt. Besonders ein windfarbener Hengst fasziniert sie, und sie gibt ihm den Namen Dream. Sarah ist schockiert, als sie erfährt, dass die Pferde gefangen und gezähmt werden sollen, um Platz für ein Armeeübungsgelände zu schaffen. Als ausgerechnet der junge Hengst bei einem Pferdehändler landet, hat Sarah nur noch einen Gedanken: Wie kann sie Dream seine Freiheit wiedergeben?

Boje

Kopf hoch, sonst fällt das Krönchen runter!

Sarah Darer Littman
KRÖNCHEN, CHUCKS
UND SIEBEN ZWERGE
Übersetzt von Ann Lecker
224 Seiten
ISBN 978-3-414-82494-3

Ob ihr's glaubt oder nicht: Ich bin die einzige Tochter von Schneewittchen und Prinz Charming. Klingt traumhaft? Ist es aber nicht. Okay, ich werde nicht gezwungen, in Rüschenkleidern herumzustolzieren, aber von einem der bekanntesten Pärchen der Märchenwelt abzustammen, kann echt anstrengend sein. Vor allem, seitdem dieser Schulball ansteht - denn ich bin die Einzige, die noch kein Date hat. Von wegen, Schönste im ganzen Land! Das bringt einen auch nicht weiter, wenn man keine Ahnung hat, wie man einen Jungen auch nur ansprechen soll.

Küssen Finnen besser?

Mara Andeck
WENN DAS LEBEN DICH NERVT, STREU GLITZER DRAUF
240 Seiten
ISBN 978-3-414-82432-5

Tess ist genervt: Gerade hat sie noch von den perfekten Sommerferien mit Sonne, Stränden und Jungs geträumt, da machen ihre Eltern ihr einen Strich durch die Rechnung: Sie wollen umziehen – und ab sofort mit Opa, Cousin, Onkel und Tante sowie deren vier Nervensägen einen auf Großfamilie machen. Da ist Chaos vorprogrammiert. Tess ist schon dabei, sich auf unschlagbar öde Ferien einzustellen, da bahnt sich plötzlich eine süße Überraschung aus dem Norden an. Vielleicht steht Tess ja doch noch ein glitzernder Sommer bevor …

Leicht, witzig und zum Mitschmachten schön

Boje